福建省文艺发展专项资金资助项目

鹰眼

吴玉辉

著

作家出版社

海峡出版发行集团

海峡文艺出版社

目 录

楔　子

1944年3月1日，星期三。

一艘满载军需物资的日军运输船正行驶在位于台湾海峡西侧的蝶岛海域。日本海军陆战队宫崎少佐用望远镜环视着海面，海上风平浪静，远处，是影影绰绰的蝶岛，近处，"漂着"几座形状各异的无人屿礁。

宫崎收起望远镜，冷冷一笑，对身边的军曹说："佐佐木，立刻向北岛大佐发报，运输船正安全驶过蝶岛海域。"

"是。"佐佐木转身进入无线电信室。

宫崎再次举起望远镜，下意识地朝北边天空望去，只见云层中突然钻出四个小黑点，黑点越来越大，隐隐约约传来飞机马达的轰鸣声。

"见鬼，是美军轰炸机！"宫崎转过身嘶吼着，"敌人的轰炸机来了，快拉警报，全体进入战斗岗位，打开炮衣，准备射击！"

运输船响起急促的防空警笛声，船上的日本海军陆战队士兵乱作一团。

两架美军轰炸机降下高度，贴近海面飞行，另外两架担任掩护的野马战斗机则迅速飞到运输船上方盘旋，轮番向船上的日军俯冲扫射，甲板上的日军士兵纷纷中弹倒下，有的滚落海中。

日军安装在船艉旋转底座上的高射机炮疯狂地对空中吐着火舌。

宫崎忽然发现，海面上出现两道诡异的波痕，犹如两支利箭，正快速向运输船逼近。

宫崎惊呼："不好，是鱼雷！"

船长急忙下令左满舵，避开鱼雷，但为时已晚，一枚鱼雷命中运输船船艏，一声巨响，运输船一头扎入海里。

高高翘起的船艉，日军高射炮手依然没有停止对空射击，一架轰炸机被击中，拖着黑烟摇摇晃晃撞向海面，空中展开两个降落伞。

不到十分钟，日军运输船沉入海底。

海面上，漂荡着油污、木板，还有几个空油桶，一切归于寂静。

不远处，一艘渔船上，八个渔民目睹了这场短暂的海空激战。

船老大秦潮生招呼伙计："有两个飞行员掉到象屿附近海上，快，把船开过去。"

一位伙计说："老大，我们刚刚捕捞到一大网鱼。"

秦潮生大声喊道："斩断渔网，救人！"

潮城，一辆九五式四轮驱动吉普车急速开进日本派遣军司令部大院，车上跳下一名中等身材、留着板寸头的中年日本军官。日本军官叫北岛，是日军华南特务机关长、日军潮城宪兵大队队长、日本潮城派遣军步兵大佐，可谓集军警特宪于一身。

北岛快步来到派遣军司令部佐藤光夫少将办公室。

"将军，3月1日下午，我一艘满载军需物资的运输船在蝶岛海域被美军轰炸机的鱼雷击沉。"北岛语气就像在出席一场葬礼。

"你说什么，运输船被美军轰炸机鱼雷击沉？"佐藤瞪大眼睛。

"是的，将军，据了解，美军出动了两架挂载鱼雷的B25轻型轰炸机，在两架P-51野马战斗机掩护下，对我运输船进行攻击。当时，我运输船正由北向南行驶，经过蝶岛，也就是在福建和广东接合部海域。根据情报，我运输船在下沉过程中，击落一架美军轰炸机，飞机上的两名美国飞行员跳伞，在海上被蝶岛的渔民救走了。"

"这么说，跳伞的美国飞行员死里逃生了？"

"蝶岛四面环海，如果这两名飞行员想要离开蝶岛，必须乘船渡过一道狭窄而波涛汹涌的八尺门海峡。我已经布置潜伏在蝶岛的特工盯住八尺门渡口，一旦发现美国飞行员乘船渡海峡，立即派出飞机连人带船一起炸掉。"

"嗯，这事你去办。我现在关注的是我们舰船经过蝶岛海域的航道，你不是说这条航道很安全吗?"

"将军，由于过去我帝国军队行驶在这条航道上的舰船很少受到敌人攻击，为此卑职疏忽了。我刚刚收到潜伏在蝶岛的特工'虎鲨'发来的密电，最近，美军在蝶岛的观音山设立了一个雷达站，一经发现我舰船经过蝶岛海域，立即通过无线电与美国第14航空队新设在闽西的军用机场联系，从闽西起飞的美军轰炸机抵达蝶岛海域不到二十分钟。为了确保雷达站的安全，蝶岛守军还专门抽调一个加强连防守观音山，封锁了上山的通道。"

"这个雷达站是悬在我们头上的'达摩克利斯之剑'，北岛君，你明白该怎么做吗?"

"老师，学生明白，摧毁雷达站，摘掉这把悬剑。"北岛改称佐藤为"老师"。

"最近，大本营将有重大军事部署，命令我们要确保这条海上通道的绝对安全。我让航空队配合你行动，务必尽快摧毁雷达站!"

北岛信誓旦旦:"一周之内，我一定给老师一个满意的答复。"

佐藤阴沉着脸:"北岛君，记住你刚刚说过的话，我等着你的消息。"

北岛问："老师还有什么吩咐吗？"

佐藤缓了缓口气："司令部决定由你兼任汪精卫在粤东的'和平救国军'总指导官，以加强对这支军队的控制。为了便于沟通，你有必要物色一位可靠的翻译官。"

北岛说："老师，这个人选容学生慎重考虑后再向您报告。"

第一章　特殊使命

铁蹄下的潮城阴霾密布，一片肃杀，而位于开元路的开元寺却依然钟磬悠悠，木鱼声声。络绎不绝的香客试图在弥漫的香火和呢喃的祈祷中寻找些许心灵的宁静与精神的慰藉。

一位身穿灰色风衣的年轻人走进寺院，年轻人身高约一米八，高鼻梁，浓眉毛，一双鹰一样深邃敏锐的眼睛警觉地扫视着周围。他绕过前院绿荫如盖的菩提树，穿过金刚殿、天王殿，径直来到大雄宝殿。

年轻人往功德箱投了一些钱，在释迦牟尼佛像前虔诚地烧了三炷高香，然后抽了一根签。他来到坐在大殿圆柱旁为香客解签的净空住持跟前，用眼睛余光观察了四周，确定附近没有旁人后，和净空住持对起暗语。

"竹径通幽处。"

"禅房花木深。"

"此地堪称佛国。"

"满街都是圣人。"

年轻人恭敬地把签呈上："请师父帮助解签，我只求平安，不求添福寿。"

净空接签端详片刻，笑道："施主抽的是支上上签呀，可否到禅房小坐，喝杯佛祖茶，待老僧详细说道说道？"

年轻人双掌合十："多谢师父！"

年轻人随着净空来到主殿旁一间僻静的耳房。

净空关上门，转身紧紧握着年轻人的手，小声说："唐山同志，得知你要来，我已等候多时。"

年轻人说："老古同志，我是根据大连'满铁'医院地下党同志提供的联系方式找到你的，我离不开组织呀！"

净空关切地问："手臂的伤好了没有？"

年轻人有些惊讶："你也知道我受伤？"

净空说："我们得到消息了，根据掌握的情况，是潮城的民间抗日组织干的，他们真把你当汉奸了。"

年轻人说："手臂的伤已经痊愈。不过这一枪还歪打正着，让佐藤和北岛更加相信我是效忠那狗日的'大日本帝国'了。咱不说这事，老古，我今天来，是有重要情况当面向你报告。"

净空轻声说："进里屋说。"

耳房外不远处，一位小沙弥拿着扫帚打扫着庭院，不时警觉地观察着四周。

耳房里屋，公开身份开元寺住持净空、真实身份中共潮城地下党负责人古榕和中共潜伏在潮城东亚医院的特工唐山面对面盘坐在蒲团上。

唐山直奔主题："老古，北岛可能把我调离东亚医院，担任他的翻译官。"

"哦，确定吗？"

"只是可能。你知道，东亚医院是日军宪兵大队设在潮城的准间谍机构。我昨晚和院长西村喝酒的时候，他悄悄告诉我的，还交代我一定要保密。"

"唐山同志，这种机会可遇不可求，一定要把握住。"

"我知道。老古，组织上有什么新的任务吗？"

"你今天来得正好，有一个重要任务要交给你。日军为确保其在中国东南沿海航道的安全，千方百计试图摧毁美军设在蝶岛的雷达站。你的任务就是及时获取敌人破坏雷达站的计划以及日军过往蝶岛海域舰船的具体情况，我会将情报发送给蝶岛的'海胆'，这对确保雷达站安全，掐断日军的海上通道至关重要。"

唐山声音低沉而坚定："我一定竭尽全力完成任务！"

古榕语重心长地说："唐山同志，组织相信你的智慧和胆略。不过，你在完成任务过程中也要注意自身的安全。你能潜伏下来，取得佐藤和北岛的信任非常不容易，你的作用不可代替，必要时，就是牺牲我和其他同志，也要确保你的安全。要知道，北岛和特高课美枝子都是资深的日本特务，既狡猾又毒辣，你是在与狼共舞啊！"

唐山说："请组织放心，我会注意的。至暗时刻即将过去，曙光就在前头，我很想见证抗战的胜利，然而为了这一天的到来，我也做好牺牲在黎明前的准备。"

日军潮城派遣军司令部，北岛向佐藤报告："老师，关于翻译官，学生经过慎重考虑，有一个人选。"

佐藤问："什么人？"

"东亚医院副院长唐山。"

"唔，说说理由。"

"您知道，东亚医院是大日本帝国在潮城开设的一家兼有特殊任务的医院。作为特务机关长，我仔细阅读过所有医务人员的档案，里边的支那人是重点审查对象。我认为唐山是个人才。"

"说下去。"

北岛有意在佐藤面前展示其超强记忆力："唐山，现年二十八岁，未婚，江苏镇江人。心脑外科专家，无党派，信佛，性格偏内向，有语言天赋，精通日语，政治上效忠大日本帝国。喜欢盲棋、茶道，此外无其他嗜好。其父唐济时早年赴日本学医，回国后在镇江开了一家私人诊所。唐山中学毕业后考取燕京大学。1936年，也就是昭和十一年，中共在北平大学生中再次策动反日风潮，唐父不愿其子卷入，遂让其脱离燕大，并通过他早年在日本的老同学，安排赴日学医。唐山原本就有日语基础，到日本后，先用一年时间补学日语，而后就读东京大学医学部心脑科，学习成绩优异。唐山在日期间，被我谍报机关列入支那'战略储备人才'，进行特殊培训。东京大学毕业后，被安排到大连'满铁'医院担任心脑外科主治医生。我派遣军占领潮城后，设立了东亚医院，唐调任东亚医院副院长。我还特地向西村院长了解唐山在东亚医院的表现，他对唐的评价是对帝国绝对忠诚。"

佐藤仰着头说："我就是唐济时在日本的那位老同学啊！"

北岛说："学生知道，当年老师和唐济时是东京大学医学部同班同学，也是盲棋的棋友。唐济时毕业后回国在家乡镇江开诊所，老师则被军部选派赴德国柏林陆军大学深造，回日本后在陆军士官学校担任教官。"

佐藤抚摸着架在桌上的指挥刀刀柄，感叹道："为了帝国统治大业，也为了家族的荣耀，我把手术刀换成了军刀啊！"

北岛说："正因为老师弃医从戎，当上陆军士官学校教官，我才有幸做老师的学生。巧得很，唐济时在东京时是老师的盲棋对手，而唐山在东京学医时，也是我的盲棋对手。据我观察，唐山对我大日本帝国有着特殊的感情，他是医生，其实也是一名帝国培养的特工。对了，有一件事要向老师报告，不久前唐山被潮城的地下抗日组织当作汉奸追杀，左臂还受了伤。"

佐藤点点头："实施以华制华策略，需要多培养像唐山这样效忠帝国的支那人才呀！"

北岛说："学生明白。"

佐藤若有所思："北岛君，唐山当上翻译官后，你要注意他的安全，同时还要对他继续考查，你应该明白我的意思。"

北岛起身鞠了个躬："多谢老师提醒，学生记住了！"

唐山在日军军曹的引领下，来到日本宪兵大队三层的指挥部。

北岛笑吟吟地迎上来："唐山君，我们又见面了，以后你就是我的翻译官啦！来，咱们坐下说。"

唐山说："大佐，其实我觉得还是继续当医生更合适，我还真舍不得放弃这把心脑外科手术刀呢。"

北岛说："不，我倒是认为唐山君当医生可惜了。记得你在日本参加特训时，所有科目都是优秀，还有，你不仅熟悉中国的历史，还能讲一口流利的东京腔日语。我记得唐山君还下一手好棋，我时常回忆在东京时我们两人盲棋博弈的情景。中国象棋太神奇了，至今我还保留着你送给我的象棋棋谱呢。"

唐山顺着北岛的话题："是啊！中国象棋变幻莫测，博大精深。出车架炮，飞象跃马，方寸之地，寓存亡进退之理，阴阳消长之机。虽不在疆场，则用兵布阵之道，进取竞存之招，行军运筹之宜，观敌度己之势，均在其中。"

北岛说："唐山君寥寥数语，道出象棋之精妙啊！只可惜我至今还没赢过唐山君，什么时候咱俩再来一局？"

唐山说："好呀，我也是好久没遇上盲棋对手了。"

这时候，进来一个女人。唐山迅速瞄一眼，这个女人年龄在二十六岁左右，中等个子，身着日军军官服装，少佐军衔，一双充满狐疑的眼睛冷酷中带着几分妖娆，不施粉黛却散发着淡淡的幽香。唐山感觉这香水味好像在哪里闻到过。

唐山判断，这就是心如蛇蝎的特高课课长美枝子。

北岛介绍道："唐山君，这是宪兵大队特高课课长、帝国优秀特工之花美枝子。她发明了十二种很有创意的刑法，被逮捕的抗日分子没有一个挺得过去的。美枝子，这是新来的翻译官、我在东京的老朋友唐山君。"

美枝子打量着唐山，冷冷地说："我知道，东京大学医学部高才生、东亚医院副院长、著名心脑外科专家唐山。翻译官，以后我们就要合作共事啦。"

唐山客套道："我初来乍到，还请美枝子小姐多多关照。"

美枝子说："也请翻译官多关照。哦，对了，我看了翻译官的履历，想找个时间拜访一下翻译官，了解一些履历之外的事，还请翻译官给予配合。"

北岛眯着眼对唐山说："这是每个调进宪兵大队的人员必需的，美枝子是例行公事。"

唐山淡然一笑："没问题，随时恭候美枝子小姐。"

桌上的电话响起了急促的铃声，北岛拿起听筒，尽管隔着一段距离，唐山还是依稀听到话筒传出的日语："明天早晨……轰炸机……雷达……"

北岛捂着话筒，下意识地看了一下唐山，唐山退出了作战室。

开元寺大雄宝殿，唐山点上三炷香，虔诚地插在香炉上，顺手将一张卷起来的小字条塞进香炉内的香灰里面，然后匆匆离去。

不一会儿，小沙弥端来一个清理过的香炉，替换下原来的香炉。

开元寺禅房，古榕向蝶岛的"海胆"发出密码电报：

3月12日晨，日机将轰炸观音山雷达站。闪电

蝶岛，位于闽粤接合部，面积约两百平方公里。海岛东北部，有一个月牙形海湾叫南门湾，南门湾背后，是一座古城，确切说，是一座小山城。小城依观音山而建，层层叠叠的石头房之间，点缀着几座燕尾飞檐、充满闽南风格的古厝古庙。有两条街道环绕着观音山，山腰的街道叫顶街，山脚下的街道叫下街，数条呈辐射状的长巷子把顶街与下街连接起来。顶街再往上，是嶙峋怪石和陡壁悬崖，唯有一条蜿蜒曲折的小道通往山顶，小路越往上越陡峭，为了方便上山，明末清初，古城人集资顺着小路修了223级石阶，人称"九九寿梯"。

山顶靠近悬崖处，几块巨石相拱，形成天然的石洞，洞口面朝大海，视野特别开阔。石洞前方有一个平台，正好安

放可以移动的雷达。前方三十海里处，正是台湾海峡西侧往返南北的舰船必经航道。

石洞右下方，古木森森，榕冠如盖。榕树旁，有一座建于明嘉靖五年祭祀朱熹的文公祠，为二进式，分为前殿、后殿和厢房。文公祠周围，留有历代文人墨客书写的"丈夫襟度""天开文运""学海文澜""与造物游"等摩崖石刻。其中一块巨石上镌刻着明万历三十年，福建南路参将施德政率水师横渡台湾海峡，征剿澎湖倭寇凯旋后写下的《横海歌》。

此时，观音山文公祠成了美军雷达站人员的临时驻地。雷达站站长史密斯少校正在后殿看着挂在墙上的蝶岛地图。

"少校，有电报。"

"哦，联络官请进。"

一位女性中尉手拿文件夹走进后殿。中尉身材高挑，盘着发髻，戴着一顶微微倾斜的船形军帽，身着草绿色美军尉官制服，腰系皮带，脚穿黑色长筒皮靴，一双明丽的眼睛透着沉稳与犀利。这是一个兼具刚强与柔美的东方女性。

史密斯看了电报，说："航空队的长官催促我们抓紧把在海上获救的琼斯中尉和科文少尉两位飞行员安全送出蝶岛。联络官，你熟悉蝶岛情况，说说你的意见。"

联络官走到地图跟前，说："少校你看，这是八尺门海峡，是蝶岛和邻县人员通常来往的通道。然而，飞行员乘船过八尺门海峡时，很可能成为敌机扫射轰炸的活靶子，风险极大。"

史密斯皱着眉头："如果不走八尺门海峡，还有其他通道吗？"

联络官说："少校，还有一个通道，在蝶岛的九仙山下，有一个叫后澳的渔港，如果让两个飞行员化装成渔民，在这里上渔船，然后绕开八尺门海峡北上，到邻县的屿仔尾上岸，再从陆路乘车往漳城，这样就能避开敌特的视线，等到敌人发现……"

"等到敌人发现，琼斯和科文已经坐在漳城美军联络处的沙发上喝咖啡了。"史密斯兴奋地说。

联络官说："是的，少校。不过，有两个问题，一是必须找到熟悉这条水路的可靠渔民；二是选择合适的出岛时机。"

史密斯说："我觉得联络官对这两个问题似乎已经有了答案。"

联络官说："护送的渔民没问题，就由前几天在海上救两名飞行员的渔民送，船老大秦潮生是我的亲叔叔。至于出行时机，我建议就选择在明天拂晓。"

史密斯问："明天拂晓，为什么？"

联络官说："敌人运输船被炸沉后，必定会千方百计摧毁我雷达站。今天，日本的侦察机频繁在观音山上空盘旋，我判断，敌人很可能明天清晨会派出飞机轰炸雷达站。我们一方面要做好雷达站的防护，一方面，趁着敌人把注意力放在轰炸观音山雷达站的时候，把两个飞行员送出岛。"

史密斯说："联络官，你的意见很好。雷达站的防护按设

定的预案进行。联系渔民送飞行员出岛的事由你来安排,哦,
为了确保万无一失,你随渔船护送两名飞行员到屿仔尾上岸,
再随渔船返回。"

1944年3月12日,星期天,拂晓。

伴随着一阵轰鸣声,两架日本九九式俯冲轰炸机在两架
零式战斗机掩护下,出现在蝶岛观音山上空。

隐蔽在观音山石林中的两门瑞士厄利孔20毫米高射机炮
向敌机急速开炮,零式战斗机向高射炮阵地俯冲扫射,掩护
轰炸机向设在山顶的美军雷达站投掷炸弹。

此时,蝶岛后澳,琼斯和科文穿着渔民服装,夹在几个
渔民中间,匆匆上了一艘渔船。渔船没有朝南驶向外海的渔
场,而是向北朝着邻县的屿仔尾方向驶去。一架日本九九式
俯冲轰炸机呼啸着从渔船上空掠过,扑向八尺门海峡。

观音山,"雷达"在日本轰炸机轮番轰炸中被摧毁。一架
零式战斗机被高射机炮击中,拖着黑烟,栽向大海。

日本轰炸机炸掉"雷达"后,并没有马上飞离蝶岛,而
是沿着山腰人口密集的古街扫射,扔下剩余的炸弹。顿时,
古街浓烟滚滚,火光冲天。

"很好!"观音山山腰,一个隐藏在灌木丛中的中年日本
人用望远镜观察着山顶,嘴角露出一丝狞笑。

随着轰炸机远去,山上的硝烟渐渐散开。日本人再次用

望远镜观察，山顶上的一幕让他惊呆了，只见七八个士兵在一位美国军官指挥下，不知从哪里推出一部看上去一模一样的雷达。

日本人咬牙切齿："原来在玩调包。"

运送飞行员的渔船在屿仔尾顺利靠岸，漳城美军联络处的吉普车已在岸上等候多时。琼斯、科文和护送的渔民逐一拥抱告别。科文摘下腕表，用半生不熟的中文对秦潮生说："秦，这个腕表你留下，感谢你。"

秦潮生直摆手，嘴里咕哝着。

联络官对科文说："他的意思是你们来帮我们打日本鬼子，救你们是应该的，这表很贵重，他不能要。"

琼斯笑着拿出一个便携式不锈钢扁酒壶，对秦潮生说："秦，这个你留下作个纪念。"

秦潮生接过小酒壶，点点头，做了个喝酒的动作。

联络官对琼斯说："他意思是这个酒壶可以收下，以后有机会见面，要和你喝上一壶。"

琼斯乐了，对秦潮生说："OK！有机会见面，咱哥俩好好喝上一壶。"

联络官笑着说："下次见面，我还给你们俩当翻译。"

潮城，日本宪兵大队指挥室，北岛脸色阴沉，指着桌上一个注有"绝密电报"字样的文件夹，对美枝子说："这是刚刚收到的两封电报，你可以看看里面的内容。"

美枝子拿起文件夹，打开一看，一封是航空队发来的电报，电文是：

> 观音山目标已被摧毁，我损失一架战斗机。

一封是"虎鲨"发来的电报，电文是：

> 雷达隐入山洞，摧毁的是假目标。建议实施C
> 日行动。

美枝子放下文件夹："大佐，我认为'虎鲨'的报告才是真实的，航空队被耍了……"

"不，是我们被耍了！"北岛扬了扬手，焦虑地说，"我答应佐藤将军，七天内摧毁蝶岛观音山的美军雷达站，今天已经是第七天了，将军在等着消息呢！"

美枝子说："看来观音山雷达站的美国人早有防范，跟我们玩躲猫猫游戏。他们从洞里到洞外铺设了便捷轨道，一旦发现我军轰炸机，立刻把雷达推进洞里，用假雷达欺骗我们，等轰炸机离开，再把真雷达推出来。以卑职之见，采用'虎鲨'的建议，实施'C日行动'。"

北岛停住脚步："你是指地面武装突袭？"

美枝子说："是的，大佐您知道，'虎鲨'手中有一支武装力量，人数虽然不多，却训练有素，擅长格斗、射击、攀岩、暗杀、爆破，很适合执行突袭任务。"

北岛点点头："嗯，空中不行，地面解决。传我的命令，让'虎鲨'实施'Ｃ日行动'，这回只许成功，不许失败。"

"是!"美枝子鞠了个躬，却没有要离开的意思。

北岛问："美枝子，还有事吗?"

美枝子语气有些沉重："大佐，还有一件事要向你报告。"

"什么事?"

"两名美军飞行员在蝶岛消失了。"

"消失了? 你不是让'虎鲨'盯住八尺门渡口吗?"

"大佐，我们的对手不仅在雷达站玩调包，送飞行员出岛也在玩调包，我们上当了。"

"'虎鲨'无能!"北岛咆哮着。

唐山回到新搬进的韩江路241号院，这是一座独家小院，院子里有一栋两层小楼房，这是北岛的"特别关照"，说是距离日军司令部比较近，街上又有日本巡逻队，住在这里比较安全。北岛还特地从东亚医院调来一名做勤杂工的刘妈为唐山烧水做饭整理卫生。唐山心里明白，这是北岛安在他身边的眼睛。

刘妈问："唐先生吃过饭了吗?"

唐山说："吃过了。"

"开水烧好放先生房间了，要给先生沏一壶茶吗?"

"不需要，哦，要沏茶我自己来。"

唐山径直上二楼来到卧室，把门反锁，点上一支烟，脑子梳理着这两天发生的事情。很明显，北岛对自己虽然有所信任，但在心底依然保持着警觉，接电话时下意识捂话筒的动作和示意让他离开的眼神就是信号。还有，美枝子提出要了解自己履历之外的事情，肯定事先经过北岛同意的。

那么，狡猾的美枝子会了解些什么呢？转换一下角色，假如自己是美枝子，会想了解些什么？对了，会了解在燕京大学念书这段时间的情况，还有，在日本期间，因父亲病故，回镇江奔丧的情况，这是履历中的盲点也是敏感点。必须好好想想，好好想想……

唐山续了一根烟，深深吸了一口，分析着，从今天北岛和美枝子沮丧的情绪看，敌人轰炸雷达站的企图并没有得逞，然而，北岛肯定不会善罢甘休。那么，北岛下一步会采取什么行动呢？唐山耳际回响着古榕的话："日军一定会千方百计摧毁美军设在蝶岛的雷达站，你的任务就是及时获取敌人破坏雷达站的计划。"

唐山在烟灰缸掐灭了烟，对自己说："无论如何，必须抢在敌人行动之前搞到情报。"

这时，唐山感觉门外似乎有点动静，他轻轻走到门后，突然把门打开，只见刘妈提着一个烧水壶站在门口。

唐山问："刘妈你这是干什么？"

刘妈神情有些慌乱："唐先生，我怕你房间水壶里的水不够热，想再添些热水，可不知你休息了没有，没敢敲门……"

唐山刚走进宪兵大队的办公室，就听到敲门声。

"是谁？"唐山问道。

"翻译官，是我，美枝子。"门外，传来美枝子的声音。

唐山努力让自己保持淡定："是美枝子小姐呀，请进。"

美枝子推开门，像幽灵一样飘了进来，随同飘进来的还有淡淡的香水味。唐山想起来了，这是日本资生堂"雪姬"牌香水的气味。他在日本接受特工训练时，有一个课目就是分辨各种名牌的香水。

美枝子说："唐山君，我想向你了解几个问题可以吗？"

"当然。"唐山想好了，要反守为攻，气势上不能让美枝子给压住。

美枝子坐了下来，掏出小本子："那我就开门见山喽！唐山君，你在燕京大学念书时，认识一个叫向明的教授吗？"

"你问的是他呀？燕京大学文学院著名教授，燕京大学文科学生都认识他。"

"你跟他有过交往吗？"

"没有，除了听他讲过几堂课，和他没有个人交往。"

"确定吗？"

"确定。"

"他后来去了延安，你知道吗？"

"不知道，我去日本时他还在燕京。"

美枝子步步紧逼："你在东京大学医学部学医期间，令尊大人不幸去世，你回家乡奔丧，这段时间你好像离开过镇江，去哪里，都做了些什么？"

唐山从容应对："你既然问了，我可以告诉你，我父亲生前好友佐藤将军，哦不，当时是佐藤教官，委托我顺便办点私事，至于什么私事，我无可奉告，要不你直接去问他？"

美枝子一脸懊丧："那就不必啦。我问一个小问题，你除了唐山这个名字，还有其他名字吗？比如说化名什么的。"

"没有，我这人坐不改名，行不改姓，小时候叫唐山，长大后叫唐山，现在依然叫唐山。"

"顺便问你一件个人私事，你谈过恋爱吗？比如说在燕京。像唐山君这样一表人才，总不会没有处过女朋友吧？"

唐山莞尔一笑："你问这个呀，在燕京，开始，还和同学们有一些交往，后来因为不愿参加反日游行活动，同学都不和我来往了，还处什么女朋友。"

美枝子说："据我所知，樱子小姐对唐山君很有好感，从东京追到大连，又从大连追到潮城，是不是……"

这时，电铃声响了，唐山趁机站起来打断美枝子的话："抱歉，美枝子小姐，北岛大佐有要事找我，我得走了。至于樱子小姐对我有没有好感，你自己问她去吧。"

宪兵大队指挥部，美枝子向北岛报告："大佐，我和唐山谈过了。"

北岛问："发现什么问题吗？"

"我问了他几个敏感问题，他回答得滴水不漏。大佐，我觉得这个人不一般。"

"怎么个不一般？"

"此人思维缜密、城府很深。大佐，他在你身边当翻译官，你可要有所防备呀。"

北岛若有所思："正因为不一般，或许才是帝国需要的人才。不过，我相信你对帝国的忠诚，会注意到你的职业敏感。"

美枝子略为犹豫，说："大佐，据我了解，令妹北岛樱子好像爱上了唐山。"

北岛瞥了美枝子一眼："怎么，这事也归特高课管？"

美枝子说："不，请大佐不要误会，卑职只是有些担心。"

北岛说："美枝子，我明白你的用心，这事我自有分寸。你当务之急是抓紧和'虎鲨'取得联系，确保'Ｃ日行动'的成功实施。"

"是！卑职明白。"美枝子退出指挥室。

第二章　燕大往事

傍晚，韩江路241号住地，唐山支走在眼前晃来晃去的刘妈，沏了一壶武夷岩茶，自斟自饮，回忆着今天和美枝子在办公室的对话。

美枝子像一只嗅觉灵敏的狼狗，提的问题直击要害，极具针对性。唐山相信自己的应对并没有露出破绽，然而北岛和美枝子的测试并不会到此结束，指不定还会出幺蛾子，而刘妈也在暗中监视着自己，唐山感到危机四伏。

唐山呷了一口茶，他的思绪回到了八年前的燕京大学。

那一年，燕京大学剧社排练话剧《罗密欧与朱丽叶》之《阳台告白》，历史学专业的唐山和英语学专业的秦蕊分别饰演罗密欧和朱丽叶，唐山脑海中浮现出剧中两人的一段深情对话。

秦蕊：你爱我吗？我知道你一定会说"是的"，我也一定会相信你的话；可是也许你起的誓只是一个谎，对于恋人们的寒盟背信，人家说，天神是一笑置之的。温柔的罗密欧啊！你要是真的爱我，就请你诚意告诉我:你要是嫌我太容易降心相从，我也会堆起怒容，装出倔强的神气，拒绝你的好意，好让你向我婉转求情，否则我是无论如何都不会拒绝你的……

唐山：姑娘，凭着这一轮皎洁的月亮，它的银光涂染着这些果树的梢端，我发誓……

秦蕊：啊！不要指着月亮起誓，它是变化无常的，每个月亮都有盈亏圆缺，你要是指着它起誓，也许你的爱情也会像它一样无常。

唐山：那么我指着什么起誓呢?

秦蕊：不用起誓吧，或者要是你愿意的话，就凭着你优美的自身起誓，那是我崇拜的偶像，我一定会相信你的。

唐山：要是我出自深心的爱情……

秦蕊：好，别起誓啦。我虽然喜欢你，却不喜欢今天晚上的密约，它太仓促、太轻率、太让人意外了，正像一闪电光，等不及人家开一声口，已经消隐了下去。好人，再会吧！这一朵爱的蓓蕾，靠着夏天暖风的吹拂，也许会在我们下次相见的时候，开出鲜艳的花来……

每次演出，秦蕊总是那样投入那样动情。让唐山难忘的是，有一回，当演到"朱丽叶"与"罗密欧"在阳台相拥接吻的时候，秦蕊竟然真的吻了他。那是一次短暂而刻骨铭心的吻，来得那样突然、那样热烈、那样直接，又那样自然。

从那一刻起，他们相恋了。

秦蕊身材修长，穿着蓝色宽袖短袄、黑色长裙，留着秀美清新的齐耳短发，一双眸子宛如两潭清澈的秋水，明丽而纯净。

唐山了解到，秦蕊出生在福建东南沿海的一座美丽海岛，因海岛的形状就像一只展开双翼翩翩起舞的蝴蝶，因而取名蝶岛。秦蕊的父亲是一名牧师，母亲是小学国文教师。秦蕊从小就生活在汉语和英语两种语言环境中。小学毕业后，在父亲安排下，秦蕊来到位于漳城芝山南麓一所美国人办的教会中学念书，中学毕业后考取燕京大学文学院英语学专业。

交往中，秦蕊教会唐山使用摩尔斯电码。开始，唐山只是觉得有趣。有一次，剧社组织去香山看秋天红叶，车上，其他同学一路说笑，唐山和秦蕊却互相用食指叩敲对方手心，用摩尔斯电码说了一路的悄悄话。

夜晚，唐山和秦蕊经常漫步在校园湖畔，谈孩提时的故事，谈中外文学，谈历史，谈人生，谈时局，谈未来。两人不仅有着共同的志向爱好，更有着同样炽热的家国情怀，对日本侵占东三省、向华北大量增兵忧心忡忡。在与秦蕊交谈中，唐山得知有一个主张抗日、决心挽救中华民族于危难的政党叫中国共产党，还知道有一个让全国进步青年向往的革命圣地叫延安。

在秦蕊引荐下，燕京大学文学院教授、中共地下党燕大负责人向明在家里秘密接见了唐山。从此，唐山经常在夜幕下来到向明教授家中。

这期间，唐山读到《共产党宣言》，读到中国共产党的抗日纲领，他坚信只有中国共产党才能挽救中华民族于危难，才能引领中国从黑暗走向光明、从苦难走向辉煌。

不久，就在向明家中，由已加入中共地下党的秦蕊做入党介绍人，唐山加入中国共产党。

唐山和秦蕊向学校剧社提议，在此国难当头、民族存亡之际，不要再演罗密欧与朱丽叶那卿卿我我的《阳台告白》，改排练激发民众保家卫国、奋起抗战热情的节目。

一个偶然的机会，秦蕊看到了由光未然作词，阎述诗作曲的《五月的鲜花》，歌曲中对祖国对英烈饱含深情的语言和深沉激昂的旋律让她和唐山激动不已。

剧社经过一段时间的紧张排练，节目正式上演了。

那天晚上，燕大礼堂挤满了人。由50名男生、50名女生组成的合唱团站在舞台上，用深情激昂的歌声演绎了《五月的鲜花》：

五月的鲜花开遍了原野

鲜花掩盖着志士的鲜血

为了挽救这垂危的民族

他们曾顽强地抗战不歇

……

敌人的铁蹄越过了长城

中原大地依然歌舞升平

亲善睦邻呵卑污的投降

忘掉了国家更忘掉了我们

再也忍不住这满腔的愤怒

我们期待着这一声怒吼

吼声惊起了这不幸的一群

被压迫者一齐挥动拳头

惊起这不幸的一群

被压迫者一齐挥动拳头

　　歌声表达了对民族英烈的怀念、对民族危机的悲愤，发出反抗外敌入侵的怒吼。观看演出的师生个个热泪盈眶，而合唱团领唱的女生正是秦蕊。

　　1936年11月23日，南京国民政府以"危害民国罪"在上海将沈钧儒、章乃器、邹韬奋、史良、李公朴、王造时、沙千里等七名著名抗日民主人士逮捕并投入监狱，中国共产党和国内外进步人士开展了广泛营救活动，北平高校学生开展声援上海"爱国七君子"的万人大游行。

　　唐山热血沸腾，自告奋勇要当游行队伍的旗手。就在这时，他接到父亲从镇江寄来的一封信，要他离开燕大，到日本东京大学学医，并说在日本有老同学关照。

向明教授得知消息后和唐山做了一次长谈。

向明说："组织上要求你顺着父亲的安排，赴日留学。从现在开始，停止参加学生抗日游行。"

唐山有些激动："国难当头，我却跑到日本侵略者的老巢去留学，在同学眼里，我……我成什么啦？教授，我可以承受流血牺牲，但不可以承受毁誉呀！"

向明神情严肃："作为一名坚定而成熟的革命者，这些都得承受。唐山同志，这是特殊使命，也是组织上对你的高度信任和期待，你今后发挥的作用将是不可替代的。我还要告诉你，这个安排不仅是我的意见，也是延安的意见。"

"特殊使命，延安。"

"是的，延安。"

唐山做出艰难选择，没有参加游行。燕京大学的同学对他一片责难，秦蕊还当着同学的面和唐山"吵了一架"，并宣布与他"不再往来"。

那年暑假，经向明教授同意，唐山陪着秦蕊悄悄来到她南方的家乡蝶岛。

秦蕊带着唐山登上古城观音山，站在山顶俯瞰古城，眺望烟波浩渺的大海。秦蕊告诉唐山，南门湾出去，有四座神奇的小岛屿，叫作龙屿、虎屿、狮屿、象屿，其中象屿面积最大，而且靠近外海的一条主航道。

让唐山难忘的是，在离开蝶岛的前一天晚上，他和秦蕊在南门湾邂逅了会发光的海水"蓝眼泪"，那是一个曼妙的不眠之夜……

在唐山离开蝶岛前，秦蕊告诉他回国时和党组织取得联系的方式，而后，唐山独自一人回镇江见了老父亲，不久，便前往日本东京学医。

在东京大学，唐山认识了同为医学部学生的北岛樱子，通过北岛樱子，又结识了她哥哥——从日本士官学校毕业、在日本陆军参谋本部当参谋的北岛一郎，两人成了盲棋的"棋友"。在北岛一郎的引荐下，唐山在日本参加谍报机关组织的短期特工训练。由于唐山熟悉摩尔斯电码，很快就掌握了无线电收发报技术和密码本的使用。

北岛一郎做梦也没想到，他所精心培养的"日本特工"竟然是日后成为他对手的中共地下党党员。

父亲去世，唐山回镇江奔丧，他按秦蕊预先交代的方式与地下党联络站取得联系，在地下联络站同志的精心安排下，唐山秘密去了一趟延安。临行之前，他特地到当地一家古玩店淘了一把佐藤喜欢的宜兴紫砂茶壶，这就是他在应对美枝子询问时所说的佐藤交办的"私事"。

在延安，唐山见到了在中央保密局工作的向明教授，详细汇报了在日本的情况。唐山告诉向明，他很可能被日本谍报机关派到大连"满铁"医院当医生。向明说，这个情况很重要，他必须马上向"塔山"报告。

在一个偏僻的窑洞里，中共谍报工作领导人"塔山"会见了唐山。

月光下，向明和唐山漫步在延河旁。

向明说："这几天，窑洞把你给闷坏了吧。请你理解，'塔山'特地交代，绝不能暴露你的延安之行。延安虽是革命圣地，但也有潜伏的敌特呀！就在你到达延安的前几天，我们还抓获两个冒充投奔延安的大学生的日本间谍呢。"

唐山说："我已经呼吸到延安的清新空气，感受到在母亲怀抱的温暖。"

向明叮嘱："你到大连'满铁'医院后，大连的地下党会通过暗语和你取得联系，我判断，敌人不会一直把你放在'满铁'医院。今后，无论你到哪里，组织上都会设法和你取得联系，但斗争环境严酷复杂，你也要做好独自应对突发情况的准备。"

两人在河边的石头上坐下，向明说："我还想提醒你，我观察到一个细节，你有时候会下意识地用右手食指轻叩膝盖，那是摩尔斯电码，这个习惯性动作很可能使你暴露身份。记住，作为一名特工，任何一个细节上的疏忽，都会招致灭顶之灾。知道佐尔格吗？"

"知道，理查德·佐尔格，苏联特工，前不久在日本被捕了，这事震动了日本政坛。"

"这是一名智勇双全的德国籍苏联王牌特工，以德国记者身份为掩护，为苏联统帅部提供了有关德军侵略计划和日本在远东战略企图等重要战略情报。后来被日本警视厅特高课盯上了，然而，真正暴露佐尔格身份的是一只打火机，一只落在东京'浅仓舞'酒吧一个女招待手中的打火机，这是一架微型照相机。细节决定成败甚至决定生死呀！"

"教授的提醒我都记住了。"

两人边走边谈。向明问："在离开延安之前，你还有什么要说的吗？"

唐山说："教授，有件事我必须向组织报告，我……和秦蕊恋爱了。"

向明狡黠地笑了笑："其实我在燕京大学时就看出来了，秦蕊也向我报告了，你们两人是志同道合呀！不过，我可不希望你们俩成为罗密欧和朱丽叶，你们应该有美好的将来。对了，我还要告诉你一个消息，秦蕊接受一个新的特殊任务，很快就要离开北平了。"

唐山感到有些突然："离开北平，去哪里？哦，如果我可以知道的话。"

向明说："我只能说，你和秦蕊都发挥各自专长，战斗在隐蔽战线上，做着同样的事——打击日本侵略者。"

唐山知道地下工作的规矩，感叹道："那，以后我和秦蕊就很难见面了。"

向明没有正面回答唐山："你们两人之间，也许远隔千里，也许近在眼前，甚至并肩战斗却见不到对方。不过，相信总有一天会见面的，我还等着吃你们的喜糖呢。"

唐山有些忐忑："教授，去日本之前，我想……见一下秦蕊，可以吗?"

向明想了想，说："可以安排你们见一次面，不过需要保持一定距离，不可以说话。"

唐山说："能见面就好，不说话也行。"

向明转了个话题："关于你上次汇报提到的北岛樱子，我考虑了一下，你不要断然拒绝她，还得和她周旋下去。"

"不要断然拒绝，还得和她周旋? 当时和北岛樱子交往，只是为了通过她接触北岛一郎。我想尽快摆脱她的纠缠，和一个日本女人逢场作戏，我很难做到，而且，也对不住秦蕊。"唐山说。

向明严肃起来："逢场做戏? 潜伏敌营，每天不是都在逢场作戏吗? 我觉得，北岛樱子对你客观上起到掩护作用，这很重要，就是秦蕊知道，也会理解的。和北岛樱子这段戏你还得演下去。再说，逢场作戏，不就是作戏嘛，又不是让你假戏真做。"

唐山叹了口气，有些无奈："教授，这好比让厨师做汤，既要汤热又要汤结冻，太难啦。"

向明拍了拍唐山肩膀，笑着说："我呀，就是既要汤热又要汤结冻，至于怎么做，是你的事。天不早了，明天还得赶路，回去休息吧。"

唐山动情地说："我就要离开延安了，不知什么时候再和教授见面?"

向明握着唐山的手："'塔山'时刻在注视着你。"

"塔山……"唐山仰望着宝塔山上的塔影，眼眶湿润了。

三天后，傍晚，天津马可波罗广场。

唐山身着米黄色西装，戴着一副墨镜，走进一家意大利人开的咖啡厅。咖啡厅不大，客人也不多，吧台上一台留声机有气无力地播放着意大利古典音乐《爱的晨曲》。

唐山在靠近角落的一只小桌旁坐下，点了一杯卡布奇诺咖啡，慢悠悠地喝着。唐山发现，一个身着白色连衣裙、扎着蓝色发带的女生坐在对角的小桌旁，正捧着一本《时装杂志》，全神贯注地阅读着。

唐山摘下墨镜，没错，那就是秦蕊。

秦蕊也看到了唐山，她放下杂志，端起桌上的咖啡杯，深情地注视着唐山。

唐山迎着秦蕊充满爱意和不舍的目光，一股暖流直达心底。他努力克制着自己的情感，低头抿着咖啡。

当他再次抬头时，看到秦蕊正用手指头轻叩着咖啡杯沿。

唐山读懂了，秦蕊打出摩尔斯电码：相见时难别亦难，山远天高烟水寒。

这两句分别取自李商隐的《无题》和李煜的《长相思·一重山》。

唐山沉吟片刻，轻叩桌面：待到春暖阴霾散，相约南门看归帆。

秦蕊抑制住泪水，捧起《时装杂志》遮住了脸庞……

唐山努力使自己保持平静，他移开视线，慢慢地喝着咖啡。此时此刻，唐山多想走过去，坐在秦蕊身旁，他有太多的话要和秦蕊说，但是，他不能。虽近在咫尺，却远若天涯。

当唐山再次把目光投向对角的小桌时，只见桌上放着一只咖啡杯，却不见秦蕊的踪影，只有留声机播放的《爱的晨曲》还在空荡荡的咖啡厅里回旋着。

唐山的心也空荡荡的。

第二天一早，唐山登上天津塘沽开往日本的客轮。当客轮徐徐驶离港口时，唐山惆怅地回望码头，蓦然间，他看到送别的人群中，有一位扎着蓝色发带的女生在向他挥手……

夜深沉，潮城，唐山拉开窗帘，仰望星空，听着海那边隐约传来的潮声，心里默默地说，秦蕊你现在在哪里？是不是如向明教授所说，远在天边却近在眼前，无法见面却并肩战斗呢？

唐山点了一根烟，静静吸着，他隐约感觉到，秦蕊——"海胆"——观音山雷达站，存在某种关联。

今天，史密斯心情特别好，他把副台长艾德森、联络官，还有观音山守备连连长肖楚健召集到文公祠后殿，打开一瓶珍藏多年的威士忌，高兴地说："我们不仅成功引导航空队飞机炸沉日军运输船，还挫败了日军炸毁雷达站的图谋，并安全送走两名飞行员，陈纳德将军亲自发来了贺电，我要先敬联络官一杯，是联络官及时提醒，我们在日军发动空袭之前连夜换上假雷达，骗过了敌机，也是联络官提议，让两名飞行员化装成渔民，绕开八尺门海峡安全离开了蝶岛。"

喝完杯中酒，史密斯又斟上一杯："这杯酒要敬肖楚健连长，感谢守备连官兵守护了观音山雷达站，噢，还击落了一架日本零式战斗机。"

史密斯斟上第三杯酒："这一杯，要感谢我们雷达站的全体人员。对了，联络官，叫柳姑晚餐多做几道菜，我要和华莱士上士、亨利中士、詹姆斯中士也喝上几杯。"

联络官说："好的，我来安排。只是……"

史密斯问道："只是什么？"

联络官说："我们在庆贺胜利时，不能忘了加强防范，我想，敌人不会甘心失败，一定还会有行动。"

艾德森说："是的，我们要防备日军再次空袭雷达站。"

联络官说："现在，制空权已不全在日军手中，加上地面有防空火炮和石洞作掩护，日军出动轰炸机代价大而且没有胜算，我认为敌人很可能会采取地面突袭。"

艾德森摊开手耸耸肩："蝶岛驻有两个营的中国守军，观音山还有肖楚健的加强连守护，岛上既没有日本军队，也没有汪伪部队，哪来的地面突袭？"

联络官说："敌人为什么那么快就知道我们在蝶岛观音山设雷达站，而且锁定雷达目标？我判断，岛上肯定有日本特务在活动，我们在明处，敌人在暗处，不得不防呀!"

史密斯说："联络官说得有道理。噢，中国有句古语怎么说?"

"料敌从宽，御敌从严，少校先生。"联络官随即答上。

"对，料敌从宽，御敌从严。我们不能只盯着天空而忽略地面。联络官，你抓紧与驻军姚守堂团长联系，我要实地察看观音山的布防。唔……"史密斯忽然用手捂住右腮。

联络官问："少校你怎么啦?"

史密斯说："最近牙龈老疼，用中国话说，上火啦!"

第三章　C日行动

潮城，日军宪兵大队，北岛樱子突然出现在唐山办公室。

唐山有些诧异："樱子，你怎么来了？"

北岛樱子诡谲地笑了笑："我怎么就不能来啦？唐山君，告诉你，我今天是有特别任务来找我哥哥北岛，趁机过来看看你。"

唐山说："什么事那么着急，不等下班再说？"

北岛樱子说："西村院长让我送一份报告给我哥哥，我这骨伤科医生成了他们之间的邮差啦，不过这邮差我还是挺愿意做的，只是又碰到那个讨厌的美枝子了。"

唐山清楚，西村给北岛送报告并不奇怪，可北岛樱子提到美枝子，引起唐山的注意，他装作漫不经心的样子，问道："你怎么碰上美枝子了？"

北岛樱子说："刚才走到我哥办公室门口时，听美枝子在说'蝶岛虎鲨'，还有什么'C日行动'，一看我进去，就不说话了。那眼神，就像我是间谍一样，我就看不惯这种女人。哎，不说她了，唐山君，今晚陪我到潮城新开的'青田家'餐馆吃日本料理吧，听说还有艺伎表演呢。"

唐山意识到，今天北岛樱子无意中透露了一个重要线索，敌人对雷达站还有一个"C日行动"，"虎鲨"应该就是隐藏在蝶岛的日本间谍。必须尽快弄清潜伏的敌特情况和"C日行动"的具体内容，但眼下要先稳住樱子。

唐山爽快地答应道："去'青田家'餐馆，好呀，我也好久没吃日本料理了。"

傍晚，蝶岛观音山，美军雷达站联络官兼电台报务员、中共地下党谍报员秦蕊，代号"海胆"，坐在山顶一块镌刻着"观海"两个馆阁体大字的花岗岩前。

她取下船形军帽，迎着海风，解开发髻，让一袭乌黑柔软的长发随意地披散在肩上，夕阳中，宛若安徒生《海的女儿》中的美人鱼塑像。

海面上，龙、虎、狮、象四座岛屿就像四尊神兽，卧在万顷碧波之中。近处，南门湾，归帆的渔船正陆陆续续驶进渔港，成群海鸥在樯桅上方翱翔。落日余晖把洁白的沙滩染成金黄色，绵柔的海水波连着波，轻轻拍打在沙滩上。

俯瞰南门湾，秦蕊回忆着和唐山在蝶岛海湾的不眠之夜。

那天晚上，秦蕊和唐山相依坐在海边的一块礁石上。

仰望璀璨的星空，倾听着大海深沉而舒缓的潮声，秦蕊仿佛回到了童年。

"唐山，我们两人各讲一个小时候的故事好吗?"

"好呀，我就讲一个小时候在老家赶庙会看社戏的事儿。记得有一回演'张飞战吕布'，那'张飞'出场时忘了挂胡子，'吕布'一看急啦，大喝一声，来者何人，怎么不长胡子。'张飞'一摸脸，坏啦，忘了挂胡子。他急中生智，说，我是张飞的弟弟张小飞，怎么着? '吕布'说，你不是我的对手，快回去换你哥哥张飞出来。'张小飞'趁机跑到后台挂上胡子，又重新回到前台，冲着'吕布'喊道，张飞来也。"

"真有趣，那后来呢?"

"后来'吕布'就和'张飞'开打了。小时看过很多戏，其他都忘了，就这场戏给记住了。噢，轮到你了，你也讲讲小时候的故事。"

"那我就讲一个小时候讨小海的故事。就在南门湾附近，有一个'双面海'。"

"双面海?"

"是的，那里有一座离岛，离岛与主岛之间有一条长长的带状海滩。涨潮的时候，两边的海水涌起，淹没海滩，把离岛和主岛隔开。退潮的时候，海滩浮出水面，出现一条通往离岛的'天使之路'，这离岛就像母亲身边的孩子，时而离开母亲身边，时而回到母亲怀抱。由于退潮时，中间是路，两边是海，当地人称为'双面海'。有一天，退潮的时候，我跟着几个小姐姐到双面海的海滩抓螃蟹。"

"那里有螃蟹?"

"有啊,那里有很多可爱的红色的小招潮蟹,这些小家伙长着一对火柴头般突出的小眼睛。可笑的是,雄性招潮蟹长着一对大小悬殊的螯,大的螯占体重的一半,用来自卫和求爱,小的螯用于觅食。涨潮的时候,招潮蟹躲进沙滩的小洞里,退潮时跑到海滩上觅食、修补洞穴,准备迎娶'新娘'。我当时只顾着在海滩追逐招潮蟹,不知不觉上了离岛。没想到上涨的潮水淹没了沙滩,我回不去了。"

"后来呢?"

"后来,是我当渔民的叔叔用小舢板把我接回来,为这事还挨了父亲一顿骂呢。现在回想起来还挺有意思的。"

"被你这一说,我还真想去那双面海看看呢。哦,咱们不要光讲过去的事,也说说将来,等打败日本鬼子,建立了新中国,你想干什么?"

"我嘛,想当一名英语老师。你看,从小,父亲就教我学英语,我在燕京大学读的是英语专业,将来我们国家肯定需要培养懂外国语的人才,我可以发挥这方面的特长。你呢,你将来想干什么?"

"我呀,还想干我的专业,战斗在隐蔽战线,抓特务,当一名新中国卫士。我这人就喜欢抽丝剥茧,我觉得隐蔽战线特别能考验人,和狡猾的敌特斗智斗勇,特别有挑战性。你说呢?"

"嗯,好是好,可你到时别顾着抓特务,忘了一件重要工作。"

唐山不解："还有什么重要工作？"

秦蕊脸颊发烫，附在唐山耳边小声说："别忘了为祖国生娃娃。"

唐山一脸认真："那是必须的。到时候，咱们生上一床的娃。"

秦蕊乐了："唐山同学，生那么多娃，你当我是幼儿园园长呀。"

唐山深情地看着秦蕊："我明天就要离开蝶岛了，今夜无眠，你陪我再到南门湾走走好吗？"

秦蕊说："好呀，那片海可是咱俩心灵的港湾喔！"

唐山和秦蕊来到南门湾海滩。

秦蕊指海水，惊喜地说："唐山，快看，'蓝眼泪'。"

唐山只见沿着月牙形海岸，涌动的海水荡漾着蓝色的光，犹如天上抖落的星辰，恍若倒映在水中的北极光，如真如幻，神秘莫测。

"太美了，我第一次看到，仿佛置身在童话世界中。"唐山感叹道。

秦蕊说："这是夜光藻发出的蓝光，当地人称为'蓝眼泪'。据说，'蓝眼泪'可遇不可求，是为浪漫的爱情邂逅而准备的。"说着，秦蕊转过身，深情地看着唐山，"是为咱俩准备的。"

唐山双手捧起秦蕊的脸庞："是的，为咱俩准备的。"

两人紧紧相拥在一起，任凭海浪拍打着他们的裤脚。

秦蕊热泪滴落在唐山脸颊上，她轻声说："唐山，我喜欢闻你身上那淡淡的烟草味，不知道这一别，咱们什么时候才能再见面。"

唐山摩挲着秦蕊的秀发："我相信，分离只是暂时的，等着我，到时候，我们就在这美丽的南门湾举行婚礼。"

秦蕊闭上眼睛，用手指在唐山背上轻轻敲打着：就今晚，好吗？

唐山用手指在秦蕊背上回应：很想，但不是今晚。

秦蕊：你会永远爱我吗？不论遇到什么情况。

唐山：永远爱你，让今晚的星辰大海做证！

秦蕊：我也爱你，让今晚的星辰大海做证！

一阵清凉的海风，打断了秦蕊的甜美回忆，秦蕊的思绪回到了雷达站。

敌人这次空袭雷达站失败，肯定会有新的行动，如果是采取地面偷袭，怎么上观音山呢？通往观音山顶要经过223级石阶，守备连连长肖楚健已经在这里布置机枪阵地，严阵以待，莫非，还有其他通往观音山的小道？

秦蕊忽然想起，小时候听大人说过，有一位老人上观音山悬崖峭壁采药，竟不知不觉来到文公祠。然而这仅仅是坊间传说，何况那个采药老人也早已过世，无从问起。

眺望着暮色中的大海，秦蕊想，这次挫败敌人空袭阴谋，多亏潮城的"闪电"及时提供准确的情报，那么敌人的下一步行动，"闪电"会有消息吗？

潮城，唐山陪北岛樱子去了一趟"青田家"，席间，他看着日本艺伎表演，突然萌生了一个念头，能否利用这个特殊场所，获取敌人"Ｃ日行动"情报？他想到宪兵大队无线电信室酒井中尉，这段时间，唐山有意无意和他保持着互动。

这天下班，唐山楼道上"偶遇"酒井。看旁边没其他人，唐山和酒井搭讪："酒井君，最近潮城新开一家'青田家'料理，还有艺伎表演。我这里正好珍藏着两瓶神户'菊正宗'清酒，是日本最好的纯米大吟酿。要不，今晚我们一起去放松放松？"

酒井面露喜色："'青田家'料理，艺伎表演，还有'菊正宗'清酒？唐山君，你的大大的够朋友。不过，今晚我有紧急任务。"

"紧急任务？"

"是的，要到宪兵大队无线电信室加班。明天晚上，明天晚上可以吗？"

"那就明天晚上8时，'青田家''竹'包厢见。"

蝶岛观音山，美军雷达站站长史密斯、联络官秦蕊，国民党蝶岛守备团团长姚守堂、副官钱德贵一行，在观音山守备连连长肖楚健陪同下，视察了机枪阵地、高射机炮阵地以及雷达站周边哨位。

一行人来到位于文公祠前的一座凉亭，围着一个圆形石桌坐下。天气有些闷热，勤务兵端上一盘切开的西瓜。

秦蕊利用空隙时间，掏出小镜子整理着头发。

肖楚健向姚守堂、史密斯报告观音山兵力配置情况："守备连的一排负责雷达站和文公祠驻地的守卫。二排负责'九九寿梯'机枪阵地和两侧的布防。三排负责巡逻和高射机炮阵地的守护。连部设在观音山山腰，便于指挥调度。"

姚守堂扇着扇子，说："'九九寿梯'是唯一通往文公祠的石阶，这是'一夫当关，万夫莫开'呀！我看，加强机枪阵地的火力配置，再添上一挺'乐维士'重机枪和四挺轻机枪。另外再增派兵力，在'九九寿梯'两侧和各个哨位加强布防。"

史密斯问秦蕊："联络官，你觉得呢?"

秦蕊说："姚团长考虑得很周到，我没有意见。"

史密斯说："我也觉得很好，就照姚团长的意见办。"

姚守堂吩咐肖楚健："观音山雷达站的安全就交给你了。有事随时通过钱副官向我报告，当然，也可以直接向我报告。"

肖楚健说："楚健明白，请团座放心。"

姚守堂见史密斯皱着眉头，手捂着右腮，问道："少校，你怎么啦?"

史密斯说："牙疼，这几天疼得厉害。"

姚守堂说："俗话说，牙疼不是病，疼起来要人命。这事好办，上回我也是牙疼，钱副官给找了一个姓田的牙医，很快就治好了。钱副官，你把那个牙医找来，给少校治一治。"

"牙医，哪里人，可靠吗?"史密斯问。

钱德贵凑上前，说："少校，这个牙医是鹭州人，讲一口流利的鹭州话，在这里开牙科诊所已经多年了，绝对可靠。"

史密斯说："那……就请他来吧。"

姚守堂吩咐钱德贵："钱副官，给雷达站配一个医务所，就设在观音山守备连，平时有点感冒发烧、肠胃不舒服的，可以及时诊疗。"

钱德贵说："好的，我给医务所安排一个有经验的军医。"

"青田家""竹"包厢，四个脸部涂满白粉，如同戴着面具的艺伎，身着艳丽和服，一手撑着绢伞，一手拿着纸扇，机械地跳着以樱花为主题的扇子舞。酒井一边自斟自饮，一边观看艺伎表演。

艺伎退出后，酒井陡然伤感起来，一口喝完杯中的清酒，哼起了《樱花》：

樱花啊

樱花啊

暮春三月晴空里

万里无云多明净

如同彩霞如白云

芬芳扑鼻多美丽

……

酒井颤抖沙哑的歌声听起来像是在哭坟。

唐山给酒井斟满酒："酒井君想家啦?"

酒井端起酒杯一饮而尽，眼里闪着混浊的泪光："我想念在北海道的母亲和姐姐，这首《樱花》歌，还是小时候姐姐教我的。很快就要到日本樱花绽开的季节了，我想回家乡看樱花呀!"

唐山又给酒井斟满一杯酒："中国有句话叫借酒消愁，以后我会经常约酒井君来这里喝酒解愁的。"

酒井端起酒杯："唐……唐山君，好朋友，我敬你一杯……"

一会儿工夫，两瓶"菊正宗"就都喝光了。

看酒井有些醉意，唐山试探道："酒井君，今晚早点回去休息。要不明天晚上我们还到这里喝酒?"

"明……明天的不行。"

"明天是星期六呀。"

酒井已经管不住自己的嘴："明天晚上12时……'虎鲨'有行动，大……大佐在等消息。"

"什么行动?"

"突……突袭观音山雷达站。"

一小时后，开元寺禅房，古榕向"海胆"发出密电：

　　　3月18日星期六，晚上12时，"虎鲨"地面突袭

观音山雷达站。闪电

一部日军无线电侦测车像幽灵一样在开元寺附近游荡。

无线电侦测员向美枝子报告："发现无线电信号，信号源在开元寺区域。"

"继续侦测，缩小范围。"

"报告，无线电信号中断。"

韩江路241号，唐山吸着烟，仔细梳理着今晚发生的每一个细节。他确信，今晚和酒井的会面并没有被北岛和美枝子觉察。为了掩人耳目，在去"青田家"之前，唐山特意先约樱子到江边兜了一圈。酒井透露袭击观音山雷达站的消息是在喝醉的状态下脱口说出的，过后自己不一定会记得。

那么，"海胆"收到密电后会采取什么防范措施呢？唐山记得那年跟着秦蕊到蝶岛，是从"九九寿梯"上观音山的，相信守备部队在这里肯定会加强防守。可是，有没有其他途径可以通往观音山呢？观音山地形复杂，那些悬崖怪石既是天然屏障，也是绝佳的隐蔽场所呀。能不能成功阻止敌人的地面突袭，保住雷达站，全靠"海胆"的准确判断和守备部队的快速反应了。

唐山又点了一根烟，深深吸了一口，想起今晚离开开元寺后，在附近一个丁字路口看到一部日军无线电侦测车正在横街穿过，当时正是古榕向"海胆"发报的时间点。

开元寺很可能被美枝子盯上了。

唐山忧心忡忡……

钱德贵带着牙科诊所的田大夫出现在观音山文公祠。

钱德贵对史密斯说："少校，姚团长知道你最近牙疼，特地让我带田大夫给你看牙来了。"

史密斯说："噢，联络官正好去山顶了，我让人请她下来给我和田大夫当翻译。"

钱德贵说："不必了，田大夫也会讲英语呢。"

田大夫谦逊地说："简单会话而已。少校，你张开嘴，我看看牙齿。"

田大夫仔细检查了史密斯的牙齿，说："少校，你的右下第一磨牙患急性化脓性牙髓炎。"

史密斯问："这急性化脓性牙髓炎是怎么回事?"

田大夫说："这么说吧，你这牙齿原来就有龋洞病灶，加上最近熬夜上火，引发了急性炎症，我先给你上点止痛药。"

田大夫打开药箱，取出一瓶药水，用镊子夹着一只小棉球蘸上药水，然后放进牙齿龋洞里。

史密斯眨了眨眼睛说："OK，真神奇，牙不疼啦!"

田大夫说："我刚刚给你上了'石碳酸液'药水，只是暂时止疼。要想根治，还得到我的诊所做根管治疗。"

钱德贵说："少校，姚团长上回牙疼，就是到田大夫诊所做根管治疗的。"

史密斯想了想，说："这会儿忙，等过一段时间再说吧。"

田大夫背着药箱走出文公祠，看到摩崖石上的《横海歌》，停住了脚步，饶有兴趣地朗诵着：

> 大国拓疆今最遥，九夷八蛮都来朝。
>
> 沿海边开几万里，东南地缺天吴骄。
>
> 圣君御宇不忘危，欲我提师制岛夷。
>
> 水犀列营若棋布，楼船百丈拥熊罴。
>
> 春风驶荡海水平，高牙大纛海上行。
>
> 惊动冯夷与罔象，雪山涌起号长鲸。
>
> 主人素抱横海志，酾酒临流盟将吏。
>
> 扬帆直欲捣扶桑，万古一朝悉奇事。
>
> 汪洋一派天水连，指南手握为真诠。
>
> 浪开坑堑深百仞，须臾笔拔山之巅。
>
> 左麾右指石可鞭，叱咤风霆动九天。
>
> 五龙伏鼍空中泣，六鳌垂首水底眠。
>
> 舟师自古无此盛，军锋所向真无前。
>
> ……

"这《横海歌》气势磅礴，豪情万丈，写得太好了。"田大夫赞叹道。

不远处，肖楚健观察着田大夫的一举一动。

观音山文公祠，肖楚健找到秦蕊："秦姐，有个情况必须向你报告。"

"楚健你来得正好，我也正想找你呢。"

秦蕊通过这些天的接触，了解到，肖楚健年纪比自己小两岁，本地人。父亲是个老渔民，去年夏天出海捕鱼时，渔船触到日本人布下的水雷，父亲和船上七个渔民全被炸死了。肖楚健对日本侵略者是集国仇与家恨于一身。秦蕊意识到，要挫败敌人摧毁雷达站的图谋，这个掌握着一个加强连兵力、充满血性的渔家后代是不可或缺的力量。

"秦姐，今天钱副官带着牙医上文公祠给史密斯少校看牙了，当时你正好在石洞的雷达站里。"

"哦，有什么异常?"

"我觉得让牙医上观音山本身就不妥，'九九寿梯'的布防全都暴露了。这个牙医虽然在蝶岛开诊所多年，但我们对他的来历并不了解，钱副官还说他会讲一口流利的鹭州话，绝对可靠。会讲鹭州话能说明什么?"

秦蕊很欣赏肖楚健的敏锐和警觉："楚健，说下去。"

"我发觉他有意无意在观察文公祠周边环境。"

"有什么具体表现吗?"

"他好像对文公祠边上一块摩崖石刻特别感兴趣。"

"摩崖石刻? 上面是不是镌刻着明万历三十年福建南路参将施德政写的《横海歌》?"

"是的，秦姐怎么知道的?"

"还记得前天我们察看观音山布防时的天气吗？"

"记得，当时一点风也没有，特别闷热。"

"嗯，当时我坐在凉亭的石桌旁对着镜子整理头发，借此观察周边的动静，发现摩崖石刻背后的灌木丛晃动了一下。"

肖楚健倒吸一口凉气："你是怀疑当时石碑背后的灌木丛中有人？"

"是的，为了避免打草惊蛇，我不动声色，当作什么也没有发生。"

"那么，敌人的意图是什么？下一步会采取什么行动？"

"我分析，敌人会采取地面突击行动，不过不是通过我们严加布防的'九九寿梯'。我判断，出口就是摩崖石刻背后的灌木丛，也就是说，这条通道避开了我们的布防，直达文公祠。今天这个'田大夫'是实地踩点来了。"

"'防贼一夜，做贼一更'，敌人会在什么时间点采取行动呢？"

"就在今晚12时。"

肖楚健一下站了起来："今晚12时？我得赶紧做好伏击敌人的准备。秦姐，今晚这里将成为战场，我建议全体雷达站人员先转移到安全的地方。"

秦蕊示意肖楚健坐下："楚健你听我说，这个时候更需要冷静。现在敌情很复杂，今晚的伏击行动要绝对保密。可以判断，来犯之敌是一股训练有素的亡命之徒，不可掉以轻心。我看这样，等夜幕降临之后，你亲自带领一支精干队伍……"

3月18日晚10时，观音山，肖楚健加强了雷达站的防守，自己带着一支五十人的精干小分队，配备一水汤姆森冲锋枪和六挺捷克轻机枪，在夜幕掩护下悄悄进入文公祠前殿和《横海歌》摩崖石刻周围埋伏。

秦蕊和雷达站全体人员隐入山洞。

潮城，日军宪兵大队部，北岛把涩谷中佐、特高课课长美枝子少佐召集到作战室，从橱柜里取出两瓶清酒摆在桌上，说："今晚让我们静候'Ｃ日行动'的佳音。等会儿，我请诸位喝几杯从东京带来的清酒。"

宪兵大队机要室，值班的报务员戴着耳机，调好电台频道，随时准备接收"虎鲨"发来的消息。

观音山，三十名蒙面黑衣人，带着炸药和轻武器，扎着绑腿，靠着绳索飞钩，一路攀悬崖，过山涧，穿乱石，像蜘蛛人一样快速向山顶移动。

晚上12时，一条黑影从摩崖石刻背后的灌木中钻了出来，接着又有两条黑影钻出来，三人拔出匕首，观察着四周，从文公祠后殿隐约传出留声机的英文歌曲，岗哨和文公祠有一段距离，哨兵似乎没有发现这边的动静。

一个黑衣人发出两声低沉的青蛙叫声，黑影从灌木丛鱼贯而出，不一会儿工夫，文公祠前站满三十个黑衣人。

一个领头的挥了挥手，黑衣人分成两路，一路冲进大殿，一路带着炸药冲向山顶雷达站。

肖楚健端起汤姆森冲锋枪，率先开火，埋伏在大殿和周边的士兵也一起向黑衣人开枪。黑衣人遭到突然伏击，顷刻间被撂倒十几个。剩下的一边反击一边向山顶雷达站冲去，几个追击的战士中弹倒下。

"绝不能让敌人上雷达站！"肖楚健带着小分队穷追猛打，洞口两挺轻机枪也吐出火舌，黑衣人遭到前后夹击，纷纷倒下。剩下七八个亡命之徒抱着炸药硬冲到石洞跟前，一边向洞口扔手雷，一边准备拉响炸药包。

千钧一发之际，肖楚健带着几个士兵冲到敌人背后，一阵猛烈扫射，最后几个敌人也中枪倒地。

肖楚健来到山洞口，只见有两个躺在地上的黑衣人还活着。肖楚健示意士兵别开枪，留下活口。两个黑衣人见逃跑无望，各自用手枪对着太阳穴，扣下了扳机。

整个战斗过程不超过二十五分钟。

3月19日，星期日，零点五十分，北岛收到"虎鲨"发来的电报：

C日行动失败，三十名突击队员全部玉碎。

北岛愤怒地一拳击在桌上，桌上两瓶清酒震得直摇晃。

"少校，经过清理战场，昨天晚上的战斗，前来偷袭的三十名敌人全都被消灭，战斗过程中，守备部队牺牲八人，受伤十五人，伤员已经送往邻县医院救治。"秦蕊向史密斯报告。

史密斯说："肖连长这一战打得很漂亮，应该受到奖赏。只可惜来犯之敌没有留下活口。"

秦蕊说："虽然没有留下活口，但可以确定这伙人全是日本武装特务。"

史密斯问："怎么确定？"

秦蕊说："分辨是不是日本人，有一个很简单的方法，看脚。日本人在当兵之前在家穿木屐，大脚趾和其他脚趾分得很开，经过查验，这些黑衣人都是'木屐脚'。"

史密斯问："联络官，你是怎么准确判定敌人会在昨晚行动呢？"

秦蕊说："昨天是周六，今天是周日，这是我们容易放松警惕的时间，日军偷袭珍珠港不也是在周日吗？"秦蕊努力不让史密斯发觉她真实的情报来源。

史密斯赞赏地点点头："联络官，我发觉，你一半是巫师一半是女神，不，你简直就是女神。"

秦蕊笑着摇了摇头："少校，我既不是巫师也不是女神，我只是根据观察作出的判断。我想，敌人绝不会甘心这次失败，还会千方百计摧毁雷达站。岛上敌特活动还很猖獗，我们周围随时都有看不到的'眼睛'，我们在明处，敌人在暗处，这场较量还在继续，或者说，较量才刚刚开始。"

史密斯问："联络官，你是不是认为蝶岛国民党守军内部有敌特潜伏？"

秦蕊没有正面回答史密斯的问题："少校，听说钱副官昨天上午陪牙医到文公祠给你看牙了？"

史密斯说："是呀，这牙医医术还不错，上了药，现在不疼了。噢，你是怀疑……"

这时，传来了脚步声，柳姑提着一壶开水走了进来。

秦蕊转开史密斯的话题："柳姑，昨晚听到枪声了吗？"

"听到了。昨天周六，我晚饭后回顶街去看阿姆，哦，我阿姆最近生病了。半夜里我和阿姆听到山上传来枪声，吓坏了，邻居也都被枪声惊醒了。早晨我上山来做饭，一路提心吊胆的。"柳姑心有余悸。

秦蕊安慰道："柳姑不用害怕，昨晚来了一些坏人，被肖连长他们给收拾了。等会儿我和你一起做饭，咱俩一块儿聊聊。对了，找个时间我到顶街看你阿姆去。"

"谢谢联络官！那我先去洗衣服了。"

秦蕊看着柳姑的背影，若有所思。

姚守堂带着副官钱德贵来观音山视察防务了。

《横海歌》摩崖石刻前，肖楚健简要报告了战斗过程。

姚守堂问："你怎么知道敌人会从这里冒出来呢？"

肖楚健说："那天晚上，我正好带着一支巡逻队路过这里，碰巧遭遇上了。现在，我已在摩崖石刻周边布置了兵力，并加设了暗哨，敌人休想再从这里上来了。"

姚守堂点点头："嗯，很好。看还有什么忽略的防卫薄弱点，一并加强，确保万无一失。"

钱德贵提议："团座，是不是到山洞去看看？"

山洞可是雷达站的核心区，秦蕊给史密斯使了个眼色。史密斯会意道："姚团长，山洞就不必去了，艾德森他们正在里面忙着呢。"

姚守堂说："那行，我们不进山洞，就看看周边的防务。"

一行人来到山顶，山洞不远的一间石头房里传出发电机运转的噪声，一条电缆线从石头房延伸到山洞。

钱德贵掏出打火机，点了一根烟，漫不经心地吸着。

肖楚健向姚守堂报告："团座，我们在山洞旁边增设了一个机枪阵地，还设置了流动哨……"

钱德贵似乎对肖楚健的报告不感兴趣，他转悠着，面对山洞口旋转的雷达天线，掏出打火机，点燃了第二根烟。

第四章　茶道玄机

潮城，尽管开元寺已经引起美枝子注意，唐山还是想在敌人锁定目标之前再见一次古榕。

开元寺禅房，古榕高兴地对唐山说："唐山同志，你提供的情报很及时，敌人从地面突袭雷达站的行动失败了。"

唐山说："我从北岛沮丧的神情中看出来了。老古同志，我今天冒险来见你，是想告诉你，敌人的无线电侦测车已经盯上开元寺，我判断美枝子很快就会对开元寺实施布控，你是不是考虑尽快转移到安全的地方。"

古榕神情凝重："我明白了，难怪这两天突然来了一些形迹可疑的陌生香客。我暂时还不能离开开元寺，有位途经潮城的地下党负责同志需要掩护，我一走，他将陷入危险。"

"能不能通知这位同志改道？"

"来不及了，估计敌人短时间内还锁定不了我，但开元寺已经不安全，唐山同志，以后你尽量少到开元寺。"

"我判断,我到开元寺烧香拜佛,北岛和美枝子是知道的,如果突然少来或不来,反而会引起怀疑。"

"嗯,有道理,但我们两人要避免直接接触。如有紧急情况,你可借敬香的机会,面对释迦牟尼佛像前的烛光眨眼,发出摩尔斯电码,我在一侧解签,可以看得到的。密码本和电台在我这里,在组织上派来新的报务员之前,情报还只能由我发送。"

"可是你继续发报会很危险。"

"发的电文都很简短,我会把握的。"

"如果你有急事要通知我呢?"

"你不是每次来都要烧香吗?在买香的时候,注意找给你的零钱里有没有夹着小字条。"

"明白了。"

"你万一和我断了联系,可以和打锡巷503号济和药铺罗掌柜取得联系。在潮城,至今你只和我保持单线联系,罗掌柜并不认识你。你们第一次见面,只能靠暗语对接。"

"接头暗语是……"

"你问,有上等天麻吗?罗掌柜说,有,你要云南的还是四川的。你说要云南的。罗掌柜会说,请到里边看药材。"

"我记住了。能告诉我罗掌柜的长相特征吗?"

"国字脸,四十开外,中等个头,单眼皮,潮城口音,哦,是个左撇子。济和药铺是我地下党设在潮城的备用联络点,这个罗掌柜还以药铺为掩护,为八路军秘密采购稀缺药品，当然他只是负责采购。你的情况特殊，不到万不得已，不要轻易启用这个联络点，知道你身份的人越少越好。"

"老古同志，我都记住了。你千万注意安全，事情办完赶紧转移。"

唐山走出开元寺，警觉地看了看四周，迅速消失在夜幕中。

北岛办公室，美枝子一脸沮丧："大佐，美枝子失职，请再给我一次机会，如果失败，美枝子愿剖腹向天皇谢罪。"

北岛沉着脸："可以再给你一次机会，如果成功，你将得到提升，如果失败，我不得不把你送回东京。"

"是！"美枝子明白北岛所说"送回东京"的意思。

"说说，你还有什么计划？"

"大佐，'虎鲨'在蝶岛守军内部成功策反了一名军官，代号'毒刺'。美军在观音山建雷达站的时候，需要雇一名做饭洗衣服的女佣，'毒刺'向雷达站推荐了一个叫柳姑的女佣，这个女佣可以自由进出观音山美军驻地文公祠。"

北岛眼中露出幽光："哦，说下去。"

美枝子说："这个柳姑是蝶岛当地人，家住在离雷达站不远的顶街……"

秦蕊穿着便装，和柳姑沿着"九九寿梯"边走边聊。

"联络官，你那么忙，还特地下山来看我阿姆，让你费心了。"

"不要叫我联络官，叫我秦姐好了。其实我早就想去看你阿姆了，她的病好些了吗？"

"前段时间一直发烧咳嗽，我用你送的那枚银圆给阿姆治病，阿姆喝了几服城内一个出名郎中开的中药，现在好多了。"

两人下了"九九寿梯"，经过一片乱石冈，秦蕊指着一块平坦的岩石对柳姑说："我们在这儿坐一会儿吧。"

柳姑说："好的秦姐，这里挺安静的。"

两人坐下，继续聊着。秦蕊问："柳姑，你阿姆平时在家做什么？"

柳姑说："补渔网，帮人补渔网。我阿爸去世得早，家里靠阿姆帮人补渔网挣点工钱，还有我讨小海卖点小海鲜过日子。"

"你后来怎么不讨小海了呢？"

"后来，钱副官就介绍我到文公祠来做饭了。"

"哦，钱副官是你亲戚吧，这么关照你？"

"不是亲戚，他是通过顶街的孙保长找到我们家的。阿姆觉得文公祠离我们家近，又有固定收入，就答应了。就是每天都要登'九九寿梯'，累一点。不过我还年轻，也习惯了。"

"你今年多大了？"

"二十岁，你知道，我们这里都是算虚岁的。"

"你到文公祠做饭后，钱副官和孙保长有再找过你吗？"

"没有，不过有一天半夜，我起来解手，感觉门口好像有动静，我解完手开门一看，发现几个人正沿着小巷往下走。也不知道这些人半夜到小巷来干啥。"

"是这样……"

一阵凉风吹来，柳姑说："秦姐，我们走吧，我家就在顶街边上。"

生长在蝶岛的秦蕊对顶街并不陌生，这是一条有着五百多年历史的古街。明洪武二十年，观音山成了抗击倭寇的要塞，随后依山逐渐建起了一座古城，顶街成了明清两朝的官路，坐落在这条古街的有"总镇衙""纶章垂耀坊""漳潮巡检司""真君宫"，还有许多明清古厝。

走在熙熙攘攘的古街上，秦蕊有一种融入人间烟火的感觉。柳姑领着秦蕊拐进一条通往下街的僻静小巷，小巷冷冷清清，和喧闹的古街形成强烈的反差。

柳姑指着一间低矮破旧、爬满藤蔓的老瓦房："秦姐，我家到了。"

"大佐，有事找我？"美枝子来到北岛办公室。

"嗯，我刚刚收到'东梅'，也就是陆军东亚情报局发来的密电，电文是，潮城中共地下党一名代号'鹰眼'的特工潜伏在我内部，具体情况不详。"

"大佐，'鹰眼'会不会就是唐山呢？"

"我知道，你一直在怀疑唐山，可我需要的是证据。最近发现唐山有什么异常吗？"

"唐山下班后大多直接回韩江路241号住所。有时，樱子小姐会约他去散步或到'青田家'吃日本料理。不过，我发现一个情况，唐山周末一般都会去开元寺烧香拜佛。"

"唐山信佛，这我在日本时就知道。"

"可我们的无线电侦测车侦测到，有一个秘密电台的方位就在开元寺区域，我怀疑唐山拜佛和那神秘电波之间会有联系。"

"嗯，继续加强无线电侦测，还有，看唐山到开元寺和什么人接触。"

"根据化装成香客的便衣观察，唐山到开元寺只管自己烧香拜佛，并没有和任何人接触。"

北岛仰头沉思，默不作声。

潮城城郊，北岛在"和平救国军"司令黄再生陪同下，视察了所属各团驻地和部队训练情况，唐山一路当翻译，他预感到，连汪伪部队都动起来了，下一步敌人可能有重大军事行动。

离开"和平救国军"司令部，北岛对唐山说："唐山君，请上我的车。"

唐山有些意外，虽然担任北岛的翻译官，唐山出门都是和北岛分开乘车的。

见唐山有些犹豫，北岛重复一句："唐山君，请上我的车。"

唐山努力让自己保持平静，先上车再说。

车上，北岛拍了拍唐山肩膀："唐山君，佐藤将军请你喝杯茶。因为不谈军务，所以将军不在派遣军司令部，而是在他住所等着你。"

蝶岛，秦蕊离开古城顶街小巷的柳姑家，没有返回观音山，而是沿着巷子继续往下走，径直来到了古城的下街。

比起顶街的明清古风，下街更显浓厚的市井之气。这里有铁匠铺、铜壶铺、打银铺、炮仗铺，有开诊所的、卖鱼干的、做烧饼的、卖海蛎煎的，街旁还有算命卜卦、敲锣耍猴、打拳头卖膏药的。

几个小孩围在一起，用方言唱着时令鱼谣：

一鲴二红鲮，三鲳四马鲛，五鳖六鲛鲻，七小鳍八墨鲷，九月鲅母人人夸，十是犁头鲨，十一是红鲳，十二是龙虾甲钓白带。

秦蕊会心一笑，这是她熟悉的儿时鱼谣。

下街的一个开阔处，一帮中学师生正用闽南方言做街头抗日宣传：

一为祖（祖宗），二为某（妻子），三为田园，四为国土。

滚滚滚，大家起来打日本，阿兄做先锋，小弟做后盾，打得日本鬼子变作番薯粉。

查埔俭烟支，查某俭胭脂，拜神俭纸钱，煮饭俭把米，俭俭抗战买飞机，打死矮股日本坏东西。

秦蕊绕开围观的人群，低着头加快脚步，尽量避免与行人的视线对接。她来到聚祥银铺跟前，环顾了四周，确信无人跟踪，快速闪进银铺。

一个银铺师傅戴着一副顶在鼻尖上的眼镜，正聚精会神地加工着银饰。工作台上，摆着羊角锤、戒指铁、锉刀、小锤、熔银模具、拔丝板、锯、葫芦夹、焊板、坩埚、镊子、煤油灯等一应俱全的工具。这时，他正用一盏煤油灯、一根铜制管，靠嘴吹气控制喷射的火焰焊接银饰。见秦蕊进来，银铺师傅停止"吹银焊"，问道："你是要修银器还是买银饰?"

秦蕊说："我想买一只银手镯，不知道你这里有合适的吗?"

银铺师傅说："有呀，货在里间，有好多款式，你可以进来看看，挑一只中意的。"

银铺师傅人称"打银刘"，真实身份是中共在蝶岛的地下联络站负责人老树。他让伙计看着铺面，自己领着秦蕊来到里屋。

老树关上小门，小声说："秦蕊同志，你来得正好，有重要消息要告诉你。"

秦蕊说："老树同志，我是借着看望柳姑母亲的机会来见你的，现在蝶岛到处有敌人的眼线，我这里不宜久留。"

老树尽可能用简洁明了的语言表述："我们通过鹭州的地下党同志了解到，那个给史密斯看牙的医生名字叫田野荒木，是生长在鹭州的日侨，讲一口带鹭州腔的闽南话，后来回日本就读东京医科大学，毕业后到鹭州开了一家牙医诊所。鹭州沦陷后，田野荒木与'全闽新日报社'社长，实际上是日军华南情报部部长的泽重信过从甚密。1941年10月26日星期日中午，泽重信在鹭州大中路喜乐咖啡厅门口遇刺身亡。不久，田野荒木就离开鹭州，把牙医诊所设在蝶岛古城的下街。"

秦蕊说："看来这个田野荒木很可能是潜伏的日本间谍'虎鲨'。"

老树说："是不是请示上级，把田野荒木除掉？这事我来安排。"

秦蕊想了想，说："老树同志，我觉得现在除掉田野荒木还不是时候，先不要惊动他，注意观察他都跟些什么人来往。"

老树说："田野荒木的牙医诊所就开在下街拐角处，我已经在诊所周边布置'流动商贩'监控。秦蕊同志，你不是孤军作战，蝶岛的地下党同志随时为你提供支持。有件事可以告诉你，在蝶岛守军内部也有我们的同志。"

"在蝶岛守军内部有我们的同志？"

"是的，代号'童子'，他在暗中保护着你，必要的时候，会和你直接联系。"

"可到时候怎么确认和我联系的人就是'童子'呢？"

老树从抽屉中拿出一本上海商务印书馆民国二十七年出版的《康熙字典》，他打开书，只见里面夹着一张被撕掉一半的10美元面值纸币。

秦蕊问："另外一半纸币呢？"

老树合上《康熙字典》："另一半在'童子'手中，和这一半原来是同一张纸币，是用手不规则撕开的。到时候，他会拿着另一半美钞找你。"

秦蕊接过老树手中的《康熙字典》："知道了，如果这两半拼成一张完整的纸币，来人就是'童子'。"

老树说："为了确保安全，纸币对上之后还有一段暗语……"

"唐山君，有位朋友送我一罐粤东今年春天的凤凰单丛，我突然来了兴致，让北岛君约你过来一块品茗论茶道。"佐藤光夫身着一袭"纹付羽织袴"日本和服，仿佛套着一件奇怪的浴衣。

唐山和佐藤、北岛盘着腿，围坐在榻榻米的小茶桌旁。

佐藤拿起小桌上的茶壶，说："唐山君，这就是你当年送给我的那把宜兴茶壶。我从北到南一路征战，这茶壶一直带在身边呀。"

唐山介绍道："将军，这是一把用宜兴赵庄山朱泥制作的西施壶，出自制壶名家时大彬后人之手。"

佐藤说："我研究过了，这把西施壶具有良好的透气性、吸水性、保温性，造型精美，是一把好茶壶。有道是，'水为茶之母，器为茶之父'，今天，我们就用这把西施壶泡凤凰单丛，看看滋味如何。"

佐藤一边用沸水烫壶一边说："中国茶道博大精深，记得令尊在日本学医时，不仅盲棋下得好，对中国茶道也颇为精通，想必唐山君也深得要领。"

唐山说："深得要领不敢说，少时陪着父亲'寒夜客来茶当酒，竹炉汤沸火初红'，对茶略知一二。"

"那这凤凰单丛……"

"哦，凤凰单丛是潮城特产，属于乌龙茶，因凤凰山而得名，有诗云'愿充凤凰茶山客，不作杏花醉里仙'。宜兴茶壶则以保温、聚香、透气而闻名。将军，今天是好水好茶配好壶呀。"

"听说这茶的冲泡方式也有讲究?"

"说讲究也讲究，说简单也简单，那就是好水、沸水、快出水、沥干水。"

佐藤说："好水、沸水、快出水、沥干水，言简意赅呀。噢，水烧开了，那我们就开始泡茶啦。唐山君你别动手，今天我是主人你是宾客，这茶得我来泡。"

佐藤用沸水冲泡出第一道茶汤："唐山君，刚才我们说的是如何泡茶，这茶泡出之后又如何品鉴呢?"

唐山说："品茶要观茶色、闻茶香、品茶味、悟茶韵。这茶香气高扬，汤色金黄，入口齿颊留香，余韵无穷，是款好茶呀。"

佐藤端起茶杯："中国有句古语，叫做'壶小乾坤大，杯中日月长'，茶如人生，人生如茶。我听说，茶道体现一个'和'字，和气、和睦、和谐，让人感受到一份淡泊与宁静。"

唐山心里骂道："小鬼子都跑到中国来杀人放火，还扯淡什么和气和睦。"他努力克制着自己，"其实，中国茶叶还有另一面，历经磨砺，浴火重生。"

"哦，愿闻其详。"

"茶树在生长过程中，历经风霜雨露的洗礼。茶叶采摘之后，要经过晾青、摇青、杀青和反复的揉捻、翻炒、烘焙，才能散发出茶的芳香，使茶叶获得第二次生命。最后，茶叶在一次次滚烫的沸水冲沏下，在壶中不断地翻滚、沉浮、舒展，才绽放摄人心魄的清香。中国茶，在水火中重生，实现生命的涅槃。"

佐藤作讶异状："我还是第一次听到这样诠释中国茶道的。"

炭炉上的水壶冒起白汽，佐藤慢悠悠地冲泡了第二道茶，不经意地说："今天难得空闲，咱们边品茶边随便聊聊。唐山君你对当前战场形势是怎么看的?"

这老鬼子终于出招了。唐山谨慎应对："将军，我履行翻译官职责，对战场形势不敢妄加评论。"

佐藤说："不不，我很想知道，从一个效忠日本的支那人……噢，中国人的视角，你是怎么看这场战争走向的。"

唐山沉思片刻："将军，那我就直说了，在太平洋，中途岛战役、瓜达尔卡纳尔岛战役之后，盟军攻势咄咄逼人，帝国军队处境维艰。而在南洋，帝国军队遭到盟军海上封锁，与大本营的海上交通线有被切断的危险。美国人还利用在中国东部沿海的机场对日本本土持续轰炸。我是忧心忡忡啊!"

唐山这些"忧心忡忡"的分析，其实都来源于从报纸和收音机获得的消息。

见唐山停顿下来，佐藤说："唐山君，说下去。"

"尽管战场暂时对帝国不利，但我还是坚信最后胜利是属于帝国的。我认为，部队应缩短战线，抽调在华兵力增援太平洋，而当务之急，是打通从中国到南洋的战略通道。"

"唐山君很有战略眼光呀！打通从中国到南洋的战略通道固然很重要，可在我们眼皮底下，就有一条海上通道被美军切断。"

"将军是指……"

"台湾海峡西岸，蝶岛的观音山有个美军雷达站。"

"那就派轰炸机炸掉它。"

"不不，没那么简单，每到雷达站要被我摧毁的关键时刻，总能化险为夷。"

"为什么？"

"因为在潮城有敌人的谍报人员，一个代号'鹰眼'的特工就潜伏在我们内部。"

佐藤和北岛都在静静地观察着唐山的反应。

唐山平静地说："那好办，这事交给美枝子，她是这方面的专家。"

"可潮城的日军司令部，加上'和平救国军'，人员那么多，该从何查起呢？"佐藤说。

唐山淡然一笑："从我查起。"

"你说什么，从你查起？"唐山的回答让佐藤感到意外。

唐山说："因为我是中国人，而且就在北岛大佐身边工作。从我查起，对我，对将军和大佐都好。"

佐藤莞尔一笑："唐山君开玩笑了，你对大日本帝国那么忠诚，我和北岛大佐怎么可能怀疑你呢。噢，看我只顾着说话，都忘记泡茶了。来，咱们接着冲泡第三道茶……"

第五章　极限测试

日军宪兵大队指挥部，美枝子向北岛报告："大佐，遵照您的吩咐，在特高课行动队之外，又组建了一支特别行动队，队长叫金全豹。这支特别行动队由日本特工和从'皇协军'中严格挑选的支那人混合组成，驻地设在一个十分隐蔽的地方。特别行动队经过一个月的魔鬼式训练，随时可以执行特殊任务。"

北岛说："很好，对付中共地下党，也需要支那人。"

美枝子问："大佐，我想冒昧问一句，佐藤将军对唐山是什么看法？"

北岛沉思片刻："将军特别欣赏唐山的从容与淡定，认为是个帝国需要的难得人才，也正因为如此，更需要加强考查。"

美枝子说："我有一个想法。"

北岛问："什么想法？"

美枝子说："我想对唐山进行一次极限测试。"

"极限测试，怎么测试法？"

"大佐，这样……"

傍晚，观音山，秦蕊坐在"观海"巨石前，面对南门湾，静静地思索着。

多亏"闪电"发来密电，及时采取防范措施，才挫败了敌人破坏雷达站的图谋。从密电的发报指法上，秦蕊判断"闪电"不是唐山，发报的指法如同人的脚步声，只要熟悉了，是可以感觉得出来的。然而直觉告诉秦蕊，"闪电"提供的情报很可能来自唐山。唐山利用他在日本的特殊经历，已经成功打入潮城敌营。这几天"闪电"的无线电突然静默，让秦蕊有一种不祥之感，她急需得到敌人下一步行动的情报，同时担心着"闪电"和唐山的安全。

这段时间，柳姑纳入了秦蕊的视线，接触中，秦蕊感觉柳姑是个纯朴的姑娘，与母亲相依为命，简简单单。然而，柳姑进入文公祠背后的孙保长、钱德贵因素，依然是秦蕊挥之不去的阴影。柳姑虽说是个用人，但她是最有机会接近雷达站的人，而这种行动上的便利很可能被敌特所利用，那么敌特会怎样利用柳姑呢？还有，柳姑提到有一天夜里几个陌生人突然出现在小巷，这是不是什么预兆呢？

忽然，秦蕊听到背后有人用英语在说："联络官，一个人坐在这里看海呀？"

秦蕊回头一看，是雷达站副站长艾德森上尉。

"上尉，你也来看海吗?"

"是呀。"艾德森在秦蕊对面的一块石头坐下，说，"联络官你看，那湛蓝的海水、银色的沙滩，让我想起夏威夷的火奴奴岛。还有这古城，依山而建的层层叠叠的石头房就像希腊的圣托里尼。太美了简直!"

"当然了，不美我怎么会选择出生在这里呢?"听到艾德森赞美自己的家乡，秦蕊充满自豪。

"联络官好幽默，这出生地点还能自己选择呀!"

艾德森停顿片刻，说:"联络官，其实……我想说……"

见艾德森有些吞吞吐吐，秦蕊问:"艾德森你想说什么?"

"其实我想说……你很美，夕阳下，你坐在这石头上，就像一尊美人鱼塑像，美得令人窒息。"艾德森绕了一圈，终于直奔主题。

秦蕊没有接艾德森的话，她看了看手表，说:"艾德森，你继续欣赏美丽的海景。时间到了，我得回去开启电台。"

艾德森急促地说:"等等，我还有话要对你说，我喜欢你。秦，我觉得，我是爱上你了。"

艾德森的表白让秦蕊觉得突兀，她站起来，说:"不，艾德森，现在不是谈情说爱的时候，况且，我心里已经有人了。"

艾德森也站起来:"心里有人，是谁? 我是不是可以和他决斗，不，和他竞争?"

"是我，想和我竞争吗?"石头后面冒出一个人。

艾德森定神一看，是肖楚健，不由得目瞪口呆，摊开双手，惊叹道："Oh! My God!"

望着艾德森伤心远去的背影，肖楚健笑着对秦蕊说："秦姐，我正好查岗路过这里，看到艾德森在纠缠你，就当了一回竞争者啦。"

秦蕊松了一口气，轻声说："楚健你来得是时候，帮我解了围。正好，跟我说说钱副官的情况。"

"我了解过了，钱副官是姚守堂团长的小舅子，平时爱喝花酒，和牙科诊所的医生关系密切……"

潮城，日军宪兵大队，唐山办公室响起了急促的电铃声，这是北岛通知他见面的约定信号。

唐山来到北岛的指挥部，只见通往里间的门关着，里面隐约传出关保险柜的声音。不一会儿，北岛开门走了出来，顺手把钥匙放进上衣口袋。

唐山问："大佐，找我有事吗？"

北岛说："唐山君，听说最近黄再生的'和平救国军'里有官兵存在反日厌战情绪。大战在即，军心尤为重要，我准备派一个可靠的人去了解一下情况。"

"大佐的意思是……"

"我考虑，派你去最合适，你是我身边的人，我相信你。你又是中国人，这便于你听到真实情况。"

"大佐，我什么时候动身？"

"事不宜迟，立刻动身。我已经和黄司令通过电话了，他特地派了一部吉普车和两名护兵过来接你，'和平救国军'司令部在潮城北郊，必须确保你路上安全。你了解情况后赶紧回来，直接向我报告。"

唐山在两名端着日本百式冲锋枪的"和平救国军"士兵护卫下，乘坐一辆军用吉普车向郊外开去。

唐山想起，前不久曾经听一位在黄再生身边当参谋的镇江老乡谈起，"和平救国军"里有一些官兵因忍受不了日军的欺压，怨气很大。在其他地方，还出现"皇协军"士兵哗变事件。由此看来，北岛关注这件事并不奇怪。然而，在这个节点上，诡计多端的北岛派自己去"和平救国军"了解情况，还有没有其他用意呢？

车子颠颠簸簸开上郊外一条僻静土路，土路两边是高低不平的土坎，土坎后面是小树林。两名士兵端着冲锋枪，紧张地注视着车窗外。

驾驶员突然刹住车："不好，前面的路被挡住了。"

唐山一看，一棵树正横卧在路中间。

"车子往后退！"唐山命令道。

"翻译官，后面也有一棵树倒在路中间。"坐在驾驶员旁边的士兵看着后视镜报告。

唐山拔出日制南部十四式手枪，拉动枪栓："我们中埋伏了。"

坐在唐山身旁的士兵说："翻译官，你坐在车上不要动，我们下去看看。"

两个士兵和驾驶员打开车门跳下车，路旁的土坎和树林突然冒出十几个蒙面人，端着冲锋枪朝着吉普车猛烈射击。驾驶员和一个士兵应声倒地，剩下一个士兵躲在小车背后开枪还击，一阵对射，最后也被击中。

几个蒙面人端着枪把小车围住，其中一个瘦高个蒙面人打开布满弹孔的车门，用手枪指着唐山额头，夺走唐山手中的南部十四式手枪："翻译官，我们已经恭候你多时了，请下车吧。"

唐山发现，蒙面人左手无名指上戴着一只金戒指。

唐山被蒙面人捆住双手，蒙上眼睛，押着穿过一片小树林。

一切来得这么突然，唐山在思索着，这到底是伙什么人？可以肯定，这场伏击不是潮城地下党干的。会不会是潮城的民间抗日组织所为呢？从蒙面人一水的冲锋枪配备和战术动作看，民间抗日组织不太可能有这样的装备和军事素质。那么，会不会是国民党军统干的，抑或是北岛和美枝子精心设下的局？

在一座破庙的内殿，几个蒙面人对唐山进行审讯。

"你这个汉奸，上回打伤了你的手臂，让你躲过一劫，这回你逃不掉了，明年的今天就是你的忌日。在处决你之前，你有什么话要说？"

"我没什么可说。"

"妈的，你这个为虎作伥的铁杆汉奸，死到临头还嘴硬。"

一个蒙面人用枪托狠狠撞击唐山胸口，唐山一头栽倒在地，另外两个蒙面人把唐山从地上架起来，唐山鼻孔流着血。

一个蒙面人走到唐山跟前，用手枪顶着唐山的头："给你三分钟时间，如果你愿意戴罪立功，答应今后为我们提供潮城日伪军的情报，我们将给你留一条活命。当然，你如果能够说明你确实是打入敌人内部的抗日特工，那我们也可以放过你。不然，我将扣下扳机，把你当作汉奸除掉。现在开始倒计时。"

唐山告诫自己，越是危急关头越要保持冷静。战斗在隐蔽战线，自己早已把生死置之度外，但如果这伙人是民间抗日组织或是国民党军统暗杀队，党交给自己的任务还没完成，却死在他们手中，那就太不值得了。但万一这是北岛、美枝子设下的局，暴露了自己地下党身份，那就正好中了敌人的圈套了。

唐山意识到，自己正面临一场生死攸关的心理博弈。

"还有两分钟。"蒙面人说。

唐山没有任何反应。

"还有一分钟。"

唐山还是没有任何反应。

"还剩三十秒。"

这时，唐山忽然闻到一股淡淡的香水味，对，是日本资生堂"雪姬"牌香水味。唐山心想："美枝子，你精心设计了这场迷局，可最终还是露出了狐狸尾巴呀！"

"还剩最后十秒，再不说要开枪啦！"蒙面人声嘶力竭。

唐山说："你们开枪吧，我唐山就是主张和日本亲善，曲线救国，没什么可说的。"

这时，有人从外面急匆匆跑进来，呼喊着："赶快撤退，北岛带着日本宪兵追上来啦！"

黑衣蒙面人收起手枪，对唐山说："今天先饶你一命，与我们合作的事好好想想，下回再找你了断。"

"美枝子，我能不能这样理解，你这次的'极限测试'彻底失败了，抑或不算失败，通过这次测试，排除了唐山是'鹰眼'的怀疑，我们必须关注其他方向？"宪兵大队指挥部，北岛的眼光咄咄逼人。

"大佐，我承认，这次'极限测试'没有达到预期目的。可我心里还是没有完全排除对唐山的怀疑，唐山可能不是'鹰眼'，也可能是心理素质超强的'鹰眼'。"

北岛说："嗯，我们是不是该去趟东亚医院，安抚一下蒙受惊吓的唐山。"

美枝子会意道："当然，这是必须的。"

车上，北岛问："无线电侦测有新的进展吗？"

美枝子说："这几天没有侦测到无线电波，不过我想这神秘的电波不会一直静默下去，一定会再出现的。"

东亚医院，樱子捧着一个插满樱花的花瓶来到唐山的病房，她轻轻把花瓶放在床边的小方桌上，说："唐山君，你胸部受了点轻伤，配合用药，卧床疗养几天就可以恢复了。"

唐山说："这次多亏北岛大佐带着宪兵大队及时赶到，我才得以脱险啊！"

樱子心有余悸："我听到消息时吓坏了，你要是出了意外，我该怎么办？对了，听我哥哥在电话里和佐藤将军说什么一号作战，是不是又要打仗了？"

唐山坐了起来，背靠着枕头，说："军人嘛总是要打仗的。"

樱子说："我希望这场战争早点结束，咱们到东京开一家私人诊所，春天去富士山赏樱花，夏天到长野观瀑布，秋天到岚山看红叶，冬天到关西泡温泉，多惬意呀！哦，唐山君你知道吗，潮城也有樱花呢！这就是我特地从郊野采来的。"

"嗯，这樱花挺好看的。"

"唐山君，你知道樱花的花语吗？"

"什么花语？"

"樱花在春天绽放，象征着爱情与希望。你看，粉红色的樱花里，凸显着点点纯白，粉嫩代表爱意，白色代表忠贞。唐山君，你明白我的意思吗？"

唐山点点头，又摇摇头。

"哎，到底明白还是不明白呀？唐山君，我真心爱你，就像这粉嫩洁白的樱花。告诉我，你也真心爱我吗？"

"你说呢？"

樱子抓住唐山的手："我要你亲口说出来。我觉得你总是若即若离，不冷不热。真正的爱，是全身心的交触，是灵与肉的结合。唐山君，我想……拥有你。"

唐山说："樱子，现在是战争时期，随时都有生命危险，你看这次我差点就挂了。再说，北岛大佐也不会同意我们真正走到一起的。"

樱子说："会的，我哥哥终究会同意的，经过这次遇险，他更信任你了。听哥哥说，还要请你到'青田家'吃日本料理压惊呢。唐山君，正因为战争，我们才更应该好好享受生活、享受爱，不是吗？"

樱子脸颊泛红，慢慢俯下身子，轻声说："唐山君，抱抱我，好吗？"

"樱子，这里是医院……"

这时，传来轻轻的敲门声，一位日本护士在门外说："樱子医生，北岛大佐和美枝子小姐来看翻译官了。"

"青田家"，榻榻米"云"包厢，北岛、唐山、樱子、宪兵中队长涩谷围坐在一张深色实木方桌旁，方桌上摆满日本特色菜。

北岛说："唐山君这次遭反日分子绑架，用中国话说，是逢凶化吉，否极泰来呀！今晚，我和涩谷中队长，还有樱子在这里备点薄酒，算是家宴，为唐山君压压惊。我特地交代上几道日本特色料理，这是寿司，由糯米饭团，配以新鲜的鱼肉、贝类、鸡蛋、海藻捏制组合。这是刺身，也叫沙西米，中国人叫生鱼片，听说中国早在周朝就有吃生鱼片的记载，这生鱼片还是从中国传入日本的呢。哦，这是寿喜烧，也叫日本火锅。当然了，今晚有一样东西不能缺，这是日本清酒。"

北岛给每个人都斟上酒，然后端起酒杯："这次遇险，唐山君临危不惧，表现出对大日本帝国的忠诚，来，我们一起敬唐山君一杯。"

唐山端起酒杯一饮而尽："还要感谢大佐，危急时刻亲自带着宪兵赶到，不然今晚我就不可能坐在这里了。不过请大佐放心，袭击绑架吓不住我，军人以服从命令为天职，大佐交给我去'和平救国军'了解军心的任务我是一定要完成的。"

北岛喝光杯中的清酒："唐山君还惦记着'和平救国军'的事呀，行，下回我派一个战斗小队保护你出城。作为军人，我就喜欢你这股劲、这股气，这是黄再生'和平救国军'那帮军官所没有的。噢，别光顾着说话，快吃菜。"

涩谷和樱子轮番向唐山敬酒。

吃了冒着热气的"寿喜烧"，北岛脱下外套，一旁的女招待帮北岛把外套挂衣帽架上。唐山快速瞄了外套一眼，他养成一个习惯，在公众场合，视线从不在目标上停留超过一秒钟。

唐山判断，作战室保险柜的钥匙就在北岛上衣口袋里。

几杯酒下肚，北岛对女招待说："你，出去，我们这里有话说。"

"是!"女招待鞠了个躬，退了出去。

不一会儿，女招待推门进来："大佐阁下，有位美枝子小姐急着要见你。"

"美枝子?"北岛有些不悦。

涩谷在北岛耳边小声说："大佐，美枝子这时候赶过来，应该有重要情况报告。"

北岛站起来，对唐山说："唐山君，樱子先陪着你用餐，我和涩谷君出去一会儿。"

包厢内剩下唐山和樱子。唐山再次瞄了一眼衣帽架上北岛的外套，心想，都赶上了，是机会还是陷阱?

樱子挪到唐山身旁，一边给唐山斟酒，一边说："这个讨厌的女人，像鬼魂一样缠着我哥哥。我哥还给她挂过电话，让她晚上也来'青田家'，她好像在电话里说什么要去见一个线人，我刚松一口气，没想到又找上门来了。"

唐山决定抓住这个稍纵即逝的机会，赌个时间差。他捂着肚子，对樱子说："晚上喝太多酒，胃有点不舒服，你去帮我要一杯酸梅汤好吗? 对了，就是我们上次在这里喝的那种酸梅汤。"

樱子说："我知道，那叫日本浅草酸梅汤，唐山君你等着，我去去就来。"

支走樱子，唐山迅速起身来到衣帽架跟前，从北岛外套口袋中掏出一串钥匙，唐山很快认出其中一把日本东京三菱会社制的保险柜钥匙。他从自己口袋里掏出一个装着胶泥的小铁盒，打开盒子，将保险柜钥匙正反两面印在胶泥上，然后把整串钥匙放回北岛外套口袋中。

这一连贯的动作不到二十秒钟。

唐山回到榻榻米刚刚坐下，就听到门口传来樱子的声音："唐山君，女招待送酸梅汤来了，我要了两杯。"

第六章　一号作战

开元寺，唐山在"香缘柜"买了一束香，他感觉找回的零钱中好像有张小纸片。唐山不动声色，敬完香，往功德箱里添了些香火钱，然后悄然离开大殿。

回到住地，唐山取出夹在零钱里的一张空白小纸片，用棉签蘸上碘酒在纸上轻轻涂抹着，纸片上显出两行字：

26日上午10时天然居茶叙，来客带古早味糕点。

唐山划了根火柴点燃纸片。他想，古榕是不会轻易作出这种安排的，这是次重要的会面。那么，这个神秘来客会是谁呢？

宪兵大队，北岛紧急召见美枝子："刚收到陆军东亚情报局发来的密电，延安有位'要客'近日将潜入潮城，与'鹰眼'秘密见面。"

美枝子问:"大佐,这个情报太重要了。有'要客'的特征和来潮城更具体的情报吗?"

北岛说:"只知道这位'要客'年龄在五十岁左右,戴眼镜。很可惜,潜伏在延安社会部的特工关键时候暴露身份,在遭围捕时饮弹自尽了。"

美枝子说:"大佐,我碰巧得到一个消息,明天上午有人要用'天然居'茶楼包厢。"

北岛问:"有人用'天然居'包厢,这有什么问题吗?"

美枝子说:"'天然居'是特高课的一个据点。刚刚茶楼老板报告,说有人挂来电话,要茶楼预留2楼包厢,明天上午10点,一位戴眼镜的老者要来喝茶。客人提前预订包厢,说明有私密性的约谈。这件事和'要客'的到来会不会有关联呢?"

北岛问:"你是说'要客'与'鹰眼'可能在'天然居'包厢见面,会有这么巧吗?"

美枝子说:"一切皆有可能,说不定我们煞费苦心抓不到的鱼自动撞上网,如果运气好,我们将'要客'连同'鹰眼'一起逮上呢。"

北岛说:"嗯,那就赶紧撒网吧。"

26日上午,星期日,唐山按惯例到开元寺烧香拜佛,离开开元寺后到潮城"百乐福"商场逛了一圈,确定没有人跟踪，便来到一条具有南洋风格、当地人称为"五脚基"的骑楼老街。老街商铺鳞次栉比，"天然居"茶楼处在老街的拐角处，也是两条街道交会的十字路口。

9点45分，唐山走进位于茶楼斜对面的一家服装店，一边佯装挑选衣服，一边观察茶楼的动静。"天然居"大门两侧，挂着一副对联，上联是"客上天然居"，下联是"居然天上客"。对这副对联，唐山并不陌生，传说这是乾隆游江南时写下的回文对联。

茶楼门口不远处，一个脖子上挂烟箱子的小男孩在招呼着过往行人买香烟。到茶楼喝茶的人进进出出，没有什么异常。

9点55分，唐山戴上墨镜，走出成衣店，正当他准备跨过街道走向"天然居"的时候，忽然看到从茶楼里走出一个穿着灰色衣服的瘦高个中年人，中年人走到卖香烟小男孩跟前，一边买烟一边观察着周边动静。

唐山感觉这人似乎在哪里见过，猛然间，他发现瘦高个中年人左手无名指上戴着一枚金戒指，唐山明白了。

中年人买完香烟反身走进茶楼。不远处，一个手提古早味糕点、留着山羊胡子、戴着墨镜的老者正向"天然居"走来。情况紧急，唐山快速走到卖香烟小男孩跟前，买了一包"老刀"牌香烟，用钢笔在烟盒写上：

有埋伏　城隍庙竹林见

唐山吩咐小男孩，把香烟交给迎面走来的老人。

唐山闪到骑楼的红砖柱子后面，观察着眼前的动静。只见小男孩把香烟交给了老人，老人接过香烟，顺手把古早味糕点送给了小男孩，然后若无其事地继续往前走。唐山暗暗着急，莫非老人没有看到香烟盒上的字？

老人并没有进茶楼，而是像其他路过茶楼的行人，沿着骑楼长廊悠然走下去。

唐山终于舒了一口气，他望着老人的背影，忽然觉得这背影很熟悉。

城隍庙后山小竹林，唐山见到了老者，让唐山感到意外和惊喜的是，这位经过化装的老者竟然是从延安来的向明教授。

两人穿行在竹林中，边走边谈。

唐山问："教授，你看到香烟盒上的字，有没有担心是敌人设下的陷阱？"

向明笑了笑："不会，我认得你的笔迹，绵里藏针，柔中带刚。"

"你这次见我，一定有重要事情交代。"

"嗯，我先要告诉你，你前后两次提供敌人企图破坏观音山雷达站的情报很及时，对保护雷达站起到重要作用。"

"这事延安都知道啦？"

"记得在延河边上话别的时候我说过的话吗？'塔山'时刻在注视着你。"

"记得，当然记得。"

"我这次去澳门途经潮城，一方面想借机见见你，一方面是有一项重要任务要交给你完成。保护观音山雷达站，依然是你的重要任务，蝶岛的'海胆'随时等着你提供的情报。另外，组织决定交给你一项新的任务。"

"什么任务？"

"搞到日军大本营的《一号作战纲要》。"

"《一号作战纲要》？"

"是的，当前世界反法西斯战争发生重大转折，同盟国转入战略反攻和进攻，日军在太平洋战场屡遭失败，在南洋的军队也被封锁分割，不能形成完整的战略体。中国抗战在经历了战略防御阶段、战略相持阶段之后，也将进入战略反攻阶段。"

"鬼子的末日快到了。"

"日军为了打通从中国东北到越南北部的大陆交通线，将关东军、中国派遣军和南方军连成一体，同时摧毁驻华美军在中国的空军基地，阻止美军利用中国为基地空袭日本本土、中国台湾和南洋日军，日军大本营制定了《一号作战纲要》，冈村宁次根据《一号作战纲要》，从华北、华中抽调大量兵力，准备在湘豫桂发动大规模进攻。这对我华北、华中的八路军、新四军开展反攻作战，扩大解放区、缩小沦陷区是一个有利时机。"

"我明白了。拿到敌人的《一号作战纲要》，对我们制定反攻作战计划很重要。"

"是的，根据情报，日军《一号作战纲要》已下达到各派遣军司令部。也就是说，佐藤手上也有这份纲要，作为日军华南特务机关长的北岛也有机会接触到这份纲要。驻潮城的日军对'一号作战'负有策应任务，其中也包括摧毁美军设在台湾海峡西岸的观音山雷达站。"

"我想起来了，前几天在医院时，樱子说过，北岛在电话里和佐藤谈到'一号作战'。只要《一号作战纲要》在佐藤、北岛手上，我就有机会搞到。"

向明拿出一架特工专用的微型照相机交给唐山："里边有微型胶卷，你受过专门训练，懂得怎么使用这东西。你到时候想办法把整份纲要拍下来，交给古榕同志。"

看着唐山没有说话，向明问："怎么，有什么问题吗?"

唐山说："刚才，在茶楼里设伏的是几天前化装成蒙面人绑架过我的特高课特别行动队特务，就在教授走向'天然居'茶楼的时候，行动队头子出来买香烟，被我看出破绽了。敌人这次设伏，说明事先掌握了中共地下党在茶楼见面的情报，尽管这个情报可能还不详细。我担心我们内部有人泄露了消息，教授得尽快离开潮城。我判断，敌人很快就会封锁出城的交通要道，加强盘查。"

"这件事古榕会做安排的。"

"这段时间，开元寺经常有敌人便衣出没，古榕同志身份虽然还没有暴露，但危机四伏，行动不方便。我有个想法，教授从现在开始，停止和其他人员接触，由我来安排出城。"

"由你安排出城？那古榕那边……"

"古榕同志那边我会向他解释。教授，我能知道你出城后下一站是哪里吗？"

"十八里铺，那里有我们的同志接应。"

"我明白了，那是黄再生伪军的一个边远防区。教授，我们来个金蝉脱壳……"

北岛把宪兵中队长涩谷、特高课课长美枝子召集到指挥部。

美枝子报告："大佐，行动队在'天然居'守了一个上午，结果'要客'没到。过后了解到，10点左右，有行动队员发现一位老者从'天然居'经过，这名队员把他当作普通过路人，当时没有在意。"

北岛自言自语着："预订包厢，人又没有到，一位老者从'天然居'经过……"北岛忽然冲着美枝子大声吼道，"一条大鱼从我们眼皮底下溜走了！"

美枝子说："大佐，这条大鱼还在潮城。这回我们要撒一张大网，军、警、宪联手，加强对城里各旅店、重点场所和可疑行人的盘查，加强对所有出城路口、车站、码头的检查。还有，驻守潮城郊外的黄再生'和平救国军'也要配合行动，万一这条大鱼溜出城，还有沿路几道关卡把着。"

北岛对涩谷说："快，通知黄再生司令、警察局高敬斋局长速来宪兵大队，我要当面布置任务。"

唐山来到开元寺，借着"敬香"向古榕传递一组摩尔斯电码：

　　情况有变，客人离城由我安排

　　唐山敬完香，快速回到了宪兵大队。他甫一坐定，就听到办公室有敲门声，进来的是"和平救国军"司令部作战参谋——唐山的江苏镇江老乡郭申卯。

　　"唐山兄，听说你前些天遇险，颇为牵挂。今天趁着陪黄司令来宪兵大队的机会看看你。"

　　唐山知道，北岛在台湾待过，能够用简单的中文甚至闽南方言对话。北岛约见黄再生，不让随行参谋参加，也不让自己当翻译，肯定是谈很机密的事情，而这件事情，肯定和抓捕向明教授有关。

　　唐山叹了一口气："哎，我是被地下抗日组织给盯上啦！"

　　郭申卯沮丧地说："干我们这一行的，只有三种结局，一是在战场上被打死；二是被地下抗日组织秘密处死；三是今后被当作汉奸遭到清算。总之没有好下场。最近都有军官私下里议论找机会反水呢。"

　　唐山小声提醒道："兄弟，这话只能在我这里说。"

　　"知道，我知道老兄的为人，这话也只能在你面前说说。不瞒你，黄司令也在私下做生意，为自己留后路呢。唐山兄，世事难料，咱哥俩以后多相互关照呀。"

唐山说："老弟把话说到这份上，我还真有一事相托。"

"唐山兄有什么事尽管说。"

"是这样，我的一个堂叔，趁着战乱做点走私生意，发点小财。他前几天来潮城，急着到澳门签一单买卖，可没有通行证，出不了城。"

"这事我来想办法，就是要冒点风险。"

唐山从抽屉里拿出一个小木盒，推到郭申卯跟前："里面有一根金条，这事就拜托你老弟啦。"

郭申卯把小木盒推回唐山跟前："唐山兄把我当外人啦。我想这样，黄司令的专车配有特别通行证，出入日本派遣军司令部、宪兵大队，包括进出潮城都是免检的。这部车是日本在珍珠港事件前从美国进口的带有后备厢的'雪佛兰'。这次进城，黄司令为了在车上方便谈生意上的事，不带驾驶员，直接由我开车。我想，这是一个机会。"

"你的意思是让我堂叔躲在后备厢出城？"

"是的，只能委屈他老人家了，路上虽然颠簸一点，但好在路途不长，就一小时的车程。我等会儿向黄司令建议，晚上开车路上不安全，等明天一早再出城。当然，后备厢的事不会让黄司令知道。"

"嗯，看来只能这样了。正好北岛要我明天去你们那儿了解部队一些情况，因为上次路上遇险，这回北岛还特地派日军一个小队'保护'我出城呢。"

"那，我们就出城后见。"

"出城后见。"

唐山再次把小木盒推到郭申卯跟前："老弟，赶快收起来，这是堂叔的一点小意思，你留着做打点用。"

郭申卯说："那就恭敬不如从命，我先收下啦。"

第二天一早，潮城的城门口增加了许多宪兵和警察，附近还有不少便衣特务在转悠着。一辆满载着日本兵的九四式军用卡车经过城门，被一个挥着白旗的宪兵给拦住了，坐在驾驶室的日军小队长张口就骂。

这时，美枝子不知从哪冒了出来，她走到卡车跟前，仔细观察驾驶室，只见里面坐着驾驶员、日军小队长，还有唐山。

美枝子明知故问："唐山君，一早就出城呀？"

唐山说："北岛大佐派我出城执行任务，怎么样，美枝子小姐，要下车接受检查吗？"

这时，一辆持有特别通行证的雪佛兰轿车没有受到宪兵阻拦，快速开出了城门。

美枝子看卡车没有什么疑点，挥了挥手："唐山君请走吧，路上注意安全。"

3月的岭南，草长莺飞。五彩缤纷的野花，鲜艳火红的木棉，金黄色的油菜，郁郁葱葱的田野，构成一幅大地彩绘。大自然试图用自己的方式安抚战争给人们带来的苦痛与创伤。

唐山开着军用敞篷吉普车，车上坐着身穿伪军校官服装的向明。

"唐山，你这出'金蝉脱壳'的戏演得漂亮呀。"

"教授，其实我是提着一颗心下了一着险棋，要是半道上我那镇江老乡变卦，要是美枝子拦住黄再生的'雪佛兰'，坚持检查车的后盖，后果不堪设想呀！"

"所以，为了吸引美枝子的注意力，你抢先一步到了城门。"

"教授，你在后备厢里怎么知道外面的情况？"

"因为我是你的老师呀！"向明语气中带着几分赞赏和自豪。

"教授，这次北岛让我来调查黄再生'和平救国军'军心不稳问题，这支伪军中有部分官兵不想再当汉奸，反日情绪高涨，其中三个团长有反水的想法，我想通过镇江老乡郭申卯做这几个团长的策反工作，让他们择机率部投诚。"

"你可以借着这次调查的机会，避免这些反日的军官遭到北岛的毒手，为他们哗变争取时间，但不要直接去做策反工作，以免暴露自己。记住，你肩负着更为重要的使命，这是别人不可替代的。"

"我明白了。"

唐山小心开着车，绕过一个小土堆，说："教授，我觉得古榕同志现在的处境很危险，组织上应该安排他尽快转移。"

向明说："你说得有道理，接替古榕工作的同志在穿越敌人封锁线时负了伤，重新安排的同志一时半会儿还到不了潮城，古榕坚持等到和新来的同志交接后再转移，觉得有些情况需要当面交代。唐山同志，你现在的处境特别复杂，要注意保护好自己。"

"我会注意的。"

一阵静默。向明说："我知道，你很想知道秦蕊的情况，我现在可以告诉你，她是美军在蝶岛观音山雷达站的联络官兼报务员，代号'海胆'。"

唐山眼眶湿润了："教授，记得你在延河旁对我说过，我和秦蕊也许远隔千里，却近在眼前，甚至并肩战斗却见不到对方。我曾经猜测过'海胆'就是秦蕊，但没敢确定。"

向明说："我想，不用多长时间，你和秦蕊就可以见面了。"

"教授，我和秦蕊有个约定。"

"什么约定？"

"'待到春暖阴霾散，相约南门看归帆。'教授，等抗战胜利了，我和秦蕊邀你到蝶岛的南门湾，一块看归来的渔船。"

"好呀，到时候，我还要当你和秦蕊的证婚人呢。"

唐山脸上洋溢着幸福的笑容，这是他到潮城后难得的一次短暂而灿烂的笑容，这笑容定格在向明的脑海中。

敞篷吉普在一望无垠的旷野上疾驰着。

向明说："对了，在漳城，有我们一个联络站，我想，或许你会用得着。"

唐山问："漳城不是国统区吗？"

"是的，漳城紧挨着鹭州沦陷区，美国第14航空队在漳城设有联络处，联络处和蝶岛雷达站保持着联系。你记下和漳城地下联络站的联系方式。"

"教授你说，我用脑子记着。"

"漳城府埕路太古桥'阿凤成衣店'，老板娘既卖成衣又兼做裁缝，是我们的同志，她脖子上戴着一个白玉弥勒佛挂坠。我这里有个碧玉小指环，你拿上，如果和阿凤见面，记得把指环戴在左手食指上。她会问你，先生，衣服要量身定做还是买现成的？你回答，时间来不及了，我想挑件成衣。"

"我记住了。"唐山清楚，从地下工作的角度，向明把另一座城市的联络站告诉他，是非同寻常的。

向明问："有敌人下一步对雷达站的行动计划吗？"

"我正要向你汇报，你分析得没错，驻潮城的日军对'一号作战'负有策应任务，其中包括摧毁观音山雷达站。还有，佐藤和北岛制定了一个绝密的'D计划'，具体内容还不清楚。"

"唐山同志，你一定要搞到敌人'D计划'的详细情报，这关系到雷达站的安全，也关系到蝶岛地下党同志的安全。"

"教授，我知道。"唐山明白，向明所说蝶岛地下党同志安全的含义。

车子往前开了一段，唐山说："教授你看，前面有炊烟，十八里铺就要到了，这是个'三不管'地带，相对比较安全。"

车子在路边一棵大榕树下停下，只见不远处，几个老乡拿着草帽站在一辆马车旁。

"那是来接我的同志。"

向明脱下身上的伪军服装扔在吉普车上，紧紧握着唐山的手："唐山同志，我们就此别过。"

向明刚走几步，听到唐山在背后说："教授，你等等。"

向明转过身，只见唐山从口袋里缓缓掏出微型照相机。

向明有些错愕："怎么，遇到什么困难？"

唐山说："《一号作战纲要》在相机里头。"

"什么，你搞到《一号作战纲要》了？"

唐山点点头。

向明快步走到唐山跟前，接过微型照相机，他紧紧拥抱着唐山，眼里噙满泪水："记住，一定要给我活着回来……"

目送向明乘着马车渐渐远去，唐山回到了车上，周围一片寂静，空气中弥漫着泥土与青草混合的芳香。唐山坐在方向盘前，并没有马上开车，几天几夜没有合眼了，他需要歇一歇。

唐山点了一根烟，慢慢吸着，脑海里回放着窃取敌人《一号作战纲要》的过程。

城隍庙后山竹林接受向明布置的任务之后，唐山做出一个大胆的决定，潜入北岛作战室。他判断，《一号作战纲要》应该还在北岛作战室保险柜里，而且时间不可能放太长，他必须也值得冒一次险。

第二天晚上，借着为北岛笔译一份资料，唐山来到宪兵大队"加班"。他先到二楼自己办公室待了一阵子，确信楼道没有其他人，他往鞋上套上了布套，这是为了避免走路发出声响和留下鞋印。他悄悄来到了三楼。这层楼有北岛的指挥部兼作战室，还有会议室、无线电信室。平时，没有经过北岛的同意，其他人员是不能随便上三楼的。

唐山来到作战室前，里面没有灯光也没有任何动静。这时，唐山在日本间谍学校学到的开锁特技派上了用场，他掏出两根铁丝，很快打开作战室的门，走进房间后随即把门关上，又用铁丝打开通往里屋的房门。

靠着小手电筒的微弱亮光，唐山迅速找到了放在墙角的保险柜。他蹲下身，用嘴咬着手电筒，腾出手来，戴上预先备好的听诊器，把连着听诊器的拾音胸件按在保险柜密码刻度盘旁边，轻轻转动着刻度盘。

唐山先顺时针转动三圈，然后放慢速度，当刻度盘指针转到"3"的位置上的时候，听到"咔嚓"一声轻微的金属轮片碰撞声，这是第一个密码数字。唐山又逆时针转动两圈，刻度盘指针在"7"的位置上时又发出轻微的"咔嚓"声，第二个密码数字对上了。唐山再顺时针转一圈，刻度盘指针在"1"的位置上发出比之前略大一点的"咔嚓"声。这是经过特殊训练才能感觉到的声音，三个密码数字全都对上了。

唐山拿出之前按照胶泥印模制作的钥匙，插进保险柜锁孔，向左转动160度，保险柜终于打开了，只见里面放着一个标有"绝密"字样的档案袋。唐山用袖子擦拭了额头上的汗珠，戴上白手套，轻轻取出档案袋里的文件，没错，正是

《一号作战纲要》。

唐山把《一号作战纲要》放在桌上，取出微型照相机，一页一页拍摄着。

"狗日的小鬼子，这《一号作战纲要》还弄得这么长。"唐山心里骂道。

这时，作战室外间突然响起了急促的电话铃声，唐山意识到，北岛随时可能到作战室，此地不可久留，他努力让自己保持镇定，继续拍摄着。

终于剩下最后一页了，电话铃声又响起，外面房间传来了开门的声音，借着电话铃声的掩盖，唐山坚持把最后一页拍完，这时，门缝中透出外间电灯的亮光。

已经来不及把《一号作战纲要》放回保险柜，唐山拔出手枪，闪在门后，轻轻拉动枪栓。

电话是佐藤挂来的。隔着一扇门，唐山没能听清佐藤在电话里说些什么，却能清楚听到北岛说话的声音。

北岛："哦，是将军，对不起，我刚进作战室接到您的电话。"

佐藤："……"

北岛："抓捕行动我正在安排，是的，军警宪联手行动，一定捉住'要客'。"

佐藤："……"

北岛："明白，务必在'一号作战'实施前实施'D计划'。将军，我听清楚了，这是华南派遣军田中久一司令官亲自下达的命令。"

佐藤："……"

"是，这回是里应外合，确保万无一失，请将军放心。具体行动时间听从将军的指令。关于军事准备情况，我明天上午到司令部送《一号作战纲要》时，当面向将军报告。"

电话挂上了，作战室外间传来北岛来回踱步的脚步声。唐山屏住呼吸，万一北岛开门进里屋，那只有鱼死网破了。

一会儿，外间的灯光熄灭了，接着听到关门的声音，房间顿时安静下来，唐山终于松了一口气。

十八里铺，榕树下，唐山的回忆被一阵清凉的细雨打断。唐山想，这次向明教授到潮城，美枝子和北岛是怎么知道的，到底是谁走漏了这么重要的消息？还有，北岛在和佐藤通话中说到要里应外合，彻底摧毁雷达站，还提到做军事上的准备。里应外合是什么情况，军事准备是什么情况，"D计划"的内容是什么呢？

唐山耳际回响起向明的叮嘱："唐山同志，你一定要搞到敌人'D计划'的详细情报，这关系到雷达站的安全，也关系到蝶岛地下党同志的安全。"

唐山提醒自己，战斗未有穷期，不可以有丝毫的松懈和大意，要以坚强的意志和强大的内心去面对更加险恶的环境，去迎战狡猾凶残的敌人，去完成组织交给的任务。

唐山抹去脸上的雨珠，启动吉普车，调转车头，朝着来路开去。

宪兵大队指挥部，北岛紧绷着脸："美枝子，全城搜查了几天，就抓捕了几十个没用的人，有沿街算命的，有开烟馆妓院的，还居然把我们扶持的潮城商会会长也抓了。你那行动队简直是一群废物。"

美枝子说："大佐，这位'要客'躲过我们在'天然居'的设伏，还有避开城里城外的严格盘查，确实是个谜。或许这条大鱼还在城里。"

北岛说："不，大鱼早已溜走啦！本来想着把延安来的'要客'和潮城的'鹰眼'一网打尽，没想到竟颗粒无收。我有一个感觉，这次'要客'能够成功躲过我们的设伏和盘查，'鹰眼'起到关键作用。我正在和一个幽灵，一个看不见的幽灵在下棋博弈，总有一天，我要见识见识这个幽灵的真实面目。"

美枝子说："大佐，最近我发现一个新的线索，顺着这条线索，或许会有意想不到的收获。"

北岛有些不耐烦："又有什么新线索？"

"我的一个线人，叫张曼莉，是'夜来香'歌舞厅的领班，兼做药材生意。最近，一位长期和她合作做生意的老板突然对盘尼西林感兴趣，而且需要的数量很大。"

"哦，说下去。"

"这个人，也许只是个冒着危险一心想着发财的商人，但我更愿意相信，这是中共地下党一个负责采购稀缺药品的联络人。据我所知，中共领导的八路军、新四军缺医少药，尤其是缺少消炎抗感染的特效药盘尼西林。"

"嗯，可以让张曼莉给他提供少量的盘尼西林，先套住他，取得他的信任，必要的话，还可以提供别的，张曼莉是歌舞厅的领班，懂得提供什么。"

"大佐，我明白了。如果这个人是中共地下党的联络人，我们或许能顺藤摸瓜，挖出电台，甚至挖出'鹰眼'。"

"美枝子，你知道中国神话里的二郎神吗？"

"知道，二郎神杨戬，长着三只眼睛。"

"你要像杨戬那样，长着三只眼睛，两只眼睛紧紧盯着蝶岛观音山雷达站，中间的一只'天眼'则要时刻不停地搜寻'鹰眼'。"

"大佐放心，我三只眼睛都睁着呢。"

"最近忙着抓捕'要客'，蝶岛'虎鲨'情况怎么样了？"

"我正要向你报告，'虎鲨'那边的方案进展顺利，他请示什么时候行动。"

"佐藤将军亲自制定了一个高度机密的'D计划'，'虎鲨'的行动方案只是'D计划'的组成部分，或者说是重要一环，'虎鲨'的行动太早了不行，太迟了也不行。告诉'虎鲨'，相关准备照常进行，但具体行动时间听候我的指令。这回绝对不能有一丝一毫的疏忽和差错，我再重复一遍，不能有一丝一毫的差错！"

"大佐，我记住了。"

第七章　石林谍影

蝶岛东面，一片神秘的石笋滩，由于海水常年拍击海岸，致使土崩沙流，岩石裸露，而岩石经海水长期冲刷侵蚀，打磨出形态各异的嶙峋怪石，有的如雨后春笋，有的似硕大蘑菇，有的像倒立棒槌，有的成天然拱门，还有形态各异的"人物雕塑"，宛若一座扑朔迷离的魔鬼城。由于民间关于这里出现鬼影的种种传说，加上海风吹过石林发出的凄厉呼啸，让石笋滩蒙上恐怖而神秘的面纱。这里平时除了海鸟栖息，很少有人光顾。

黄昏，石笋滩的石林中出现了两个鬼影："虎鲨"和"毒刺"。

田野荒木咬牙切齿："没想到这次地面突袭，竟然毁在一个中尉连长手中，这个肖楚健，对我们下一步的行动是一大障碍。"

钱德贵说："我已经向姚守堂建议，鉴于肖楚健守护雷达站'有功'，把他提拔为上尉副营长，调离观音山，将团部一个参谋调来当观音山守备连连长。"

田野荒木："这个参谋可靠吗？"

钱德贵："放心，是我的一个小兄弟，叫车道宽，都玩在一起，听我的。"

田野荒木："很好。那个柳姑怎么样？"

钱德贵："一切正常。"

田野荒木："她是我们实施行动计划的关键人物，现在注意先稳住她。"

"据我了解，柳姑的活动范围很简单，除了文公祠，就是回家陪她母亲，偶尔也会和守备连的庶务长一起去集市采购海鲜、蔬菜。"

"雷达站人员的名单带来了吗？"

钱德贵拿出一张纸条："带来了，全写在上面了。"

田野荒木借着黄昏的微光，看了纸条，问："这个联络官是什么来历？"

"是中国人，就出生在蝶岛，父亲是牧师，母亲是小学国文教师，都已去世。她小学毕业后，到美国人在漳城办的一所教会中学念书，以后听说到北平读大学，具体情况不详。这回她跟着史密斯一行来到蝶岛，成了观音山雷达站的联络官兼报务员。据我观察，史密斯好像对她很信任。对了，这段时间她和柳姑走得比较近，前几天，还到柳姑家看望她生病的母亲。"

"嗯，这个联络官不一般，要多加提防。钱副官，在蝶岛，很可能有中共地下党和国民党军统的眼线，我们要注意接头安全，平时按约定时间，一周两次在这里会面，遇到特别紧急的情况，你才可以直接到牙科诊室找我。"

"知道了，遇到紧急情况才到牙科诊室找你，我不是在帮着姚守堂和史密斯联系看牙嘛。"

"你上次提供的雷达站发电机房位置和近距离拍摄的雷达天线照片很有价值，我已通过特殊渠道送到日军在鹭州的航空队，鹭州航空队会和潮城航空队对接。这段时间要特别密切关注雷达站的动静。"

"我盯着呢，有情况随时向你报告。"

田野荒木掏出一根金条："钱副官，这是你的谍报活动经费，怎么使用，你自己掌握，等计划成功实施，还有重赏。不过，这段时间你悠着点，别再去找女人了，免得暴露身份，误了大事。"

"我知道了。"钱德贵收下金条，田野荒木忽然拔出手枪。

钱德贵有些错愕："田野君，你这是……"

"前面石头上好像有人影在晃动。"田野荒木小声说。

钱德贵也拔出手枪，观察四周后，松了一口气："嗨，到了晚上，这里的石头看起来都像鬼影，哦不，像人影。"

下街聚祥银铺里屋，老树和秦蕊秘密会面。

老树小声说："刚刚得到消息，钱德贵向姚守堂建议，提拔肖楚健为上尉副营长，调离观音山。准备派他一个当参谋的小兄弟接替肖楚健为观音山守备连连长。"

秦蕊说："这个情况很重要，观音山需要肖楚健，绝对不能让钱德贵的阴谋得逞，我知道该怎么做了。老树同志，我得赶紧回文公祠。"

老树说："先别走，有一个新情况要告诉你。"

秦蕊问："什么新情况？

"昨天早上，这个钱副官来银铺了。"

"钱副官，你是说钱德贵？"

"是的，尽管他穿着便装，但我还是一眼就认出来，我这儿有他的照片。当然，我装作不认识他。"

"他来银铺做什么？"

"他问银铺能不能加工金首饰，我说可以。于是他拿出一根金条，让我切割下一小块做两枚金戒指，一枚上面刻'阿贞'，一枚上面刻'阿兰'。还说剩下的金子下回想做个手镯。据我了解，这个钱德贵经常出入风月场所'秋香阁'，最近又迷上莫乃巷的小寡妇阿贞。"

秦蕊分析："事出反常必有妖。据我这段时间观察，钱德贵的行为很反常，从'热心'为雷达站物色女佣，到推荐牙医上文公祠为史密斯看牙，再提出到山顶近距离察看雷达站，这次又企图借姚守堂之手把肖楚健调离观音山，一件件都和他脱不了干系。我认为，钱德贵极有可能是'虎鲨'安插在国民党蝶岛守军中的间谍。"

老树说："秦蕊同志，我完全同意你的分析，我已安排人对钱德贵暗中跟踪。对了，以后钱德贵可能经常出入银铺，你注意暗号，如果门口墙角搁着一把扫帚，就别进来。"

秦蕊说："我明白了。"

老树若有所思："我忽然想起《三国演义》里的一段谍战故事。"

秦蕊问："什么故事?"

老树说："蒋干盗书。"

秦蕊若有所悟："你说的是周瑜使用的反间计?"

老树点点头。

文公祠，史密斯和秦蕊在后殿临时会客室接待了守备团团长姚守堂、参谋长余鸿儒、副官钱德贵一行三人。

史密斯问："姚团长今天到观音山有什么急事吗?"

姚守堂说："少校，今天还真有件重要的事情要和你商量，是这样，韩师长在漳城得知观音山守备连一举消灭了来袭之敌，特别高兴，下令要嘉奖有功人员。这回立头功的当推守备连连长肖楚健了。我已经报请师座同意，提拔肖楚健为上尉副营长，调离观音山担任新的防务，由团部中尉参谋车道宽接任观音山守备连连长。哦，车道宽是正规军校毕业，在我身边当了多年作战参谋，是青年才俊，我想史密斯少校一定会同意的。"

史密斯说："我是同意又不同意。"

姚守堂不解："少校，你这同意又不同意是什么意思?"

史密斯说："我同意提拔肖楚健为上尉副营长，不同意将他调离观音山。"

姚守堂莞尔一笑："少校放心，这观音山防务只会加强不会削弱。再说，这个决定是报请韩师长同意的。"

史密斯站起来："那姚团长今天是来跟我商量还是来下达通知的？"

"这……"姚守堂一时语塞。

史密斯寸步不让："理由很简单，守备连连长必须和雷达站配合默契，而是不是默契，我说了算，因为我是雷达站站长。如果姚团长感到为难，是不是我通过陈纳德将军跟你们韩师长发个电报？"

姚守堂慌了："韩师长这边我来说，这事嘛就不必惊动陈纳德将军啦！"

离开文公祠，姚守堂愤愤地说："这史密斯简直犟得像头驴，老子是上校，他还只是个少校，竟然这样跟老子说话。"

看着三人走远了，始终一言不发的秦蕊对史密斯说："少校，你今天像个爷们。"

史密斯问："爷们，爷们是什么东西？"

秦蕊说："爷们不是东西，是真正的男人。"

史密斯乐了："我本来就是真正的男人呀！"

潮城，韩江路241号，唐山沏了一壶茶，静静地喝着，心里却波澜起伏，敌人对观音山雷达站"里应外合"的行动日期正在逼近，蝶岛的"海胆"正焦急地等待情报，而自己对敌人的行动方案却仍然一无所知。对这次行动计划，北岛封锁得实在太严密了，突破口在哪里呢？

门口，传来刘妈的声音："唐先生，樱子小姐来找你了。"

"哦，让她在楼下稍坐片刻，我就来。"

樱子和唐山在"恋爱"中，这已不是什么秘密，也无须保密，但唐山还是尽量不让樱子上二楼卧室，理由是卧室烟味太重，又脏又乱。

樱子送上一束樱花，问："唐山君，你知道今天是什么日子吗？"

唐山反应过来了："谢谢樱子小姐提醒，这一忙，我把自己的生日都给忘了，事实上，我已经好多年没过生日了。"

樱子说："唐山君，今天，咱们不去'青田家'，我特地在屋里给你准备了红豆饭，还有一些糕点，在中国，红豆寄相思，在日本，红豆寓吉祥，你不会拒绝吧？"

樱子曾多次邀请唐山到她住处，都被唐山婉拒了，这回是去还是不去？向明教授说得没错，樱子客观上对自己起到掩护作用，还必须稳住她。

唐山接下樱子手中的樱花，说："樱子小姐，你红豆饭和生日糕点都准备了，我还能不去吗？正好，我这里有一瓶法国波尔多红酒，咱们喝上几杯。"

樱子高兴地说："太好了！唐山君，以后别再叫我樱子小姐，直接叫我樱子，好吗？"

樱子的房间弥漫着橘红色的烛光，这烛光，配上粉红色的碎花窗帘和摆放在茶几上的樱花，温馨浪漫中略带几分撩人的暧昧。

　　沙发前的长方形小桌上，摆着红豆饭和几样糕点。唐山把随身带来的一瓶红酒和两个高脚杯也放在小桌上。

　　樱子对唐山说："唐山君跟我来。"

　　唐山跟着樱子来到客厅旁的一间小书房，只见书桌上铺着一张宣纸，旁边放着一个砚台、一支小楷毛笔。

　　唐山说："我记得樱子小姐在日本时就喜欢诗歌和书法，现在还在写毛笔字呀。"

　　樱子说："唐山君你肯定知道，中国古代有一本《诗经》，里面有许多描写男女情爱的诗，可你知道吗，日本古代也有一本诗集叫《万叶集》，同样有许多描写爱情的诗，我抄录了其中一首，因为这首诗特别能表达我的心情。"

　　唐山看见宣纸上面用娟秀工整的中文楷书写着：

　　　我正恋君苦，待君门户开。秋风吹我户，帘动
似人来。

　　"好诗配好字，这让我想起中国唐代元稹《莺莺传》里的一首诗。"唐山说。

　　樱子问："那首诗是怎么写的？"

　　唐山吟诵道："待月西厢下，迎风户半开。拂墙花影动，

疑是玉人来。"

樱子说:"真是巧合,两首诗的意境、平仄韵律都很接近,两个国度的古人对爱情的表达竟然是相通的。唐山君,我愿做'迎风户半开'的女子,你想做'拂墙花影动'的玉人吗?"

唐山拿起桌边的一个阿司匹林药瓶,关切地问:"樱子小姐,你偏头痛的毛病还没好呀?"

"这该死的偏头痛,老治不好,痛的时候服用点阿司匹林,也只能起到缓解作用。"

"治头痛中医会更有效。"

"我也听说了,唐山君,找个时间你陪我去看中医好吗?"

"好呀,我正好认识一个人称'三指仙'的老中医,专治偏头痛。"

"三指仙?"

"哦,就是用三个指头号脉,特别准。据说他当御医的太爷爷曾经治过慈禧太后的偏头痛,还赏了一件黄马褂呢。"

两人回到客厅,樱子说:"唐山君,你先坐一会儿,我身上有些汗,先去淋个浴,少候就来。"

唐山坐在客厅沙发上,他发现樱子卧室的房门虚掩着,盥洗室传来樱子淋浴的流水声。唐山看了看手表,估计樱子淋浴需要十五分钟时间,樱子进去大约三分钟了,他有十分钟时间可利用,必须做点什么。

唐山脱掉皮鞋,穿着袜子悄悄推门走进樱子的卧室。他轻轻拉开床头柜抽屉，只见抽屉里放着一把袖珍型勃朗宁手枪。唐山拿起手枪掂了掂，沉甸甸的，弹夹压满了子弹。

唐山倒吸一口凉气，原来樱子也是菊与刀兼备啊！

唐山看到抽屉里还有一本小小的笔记本，他拿出笔记本打开一看，上面写着：

绝密　参加步兵大队出征医务人员名单……

唐山感觉盥洗室停止了流水响声，樱子马上就要出来了。特工训练使唐山形成习惯，每动一件物品之前必须先精确记住原来的位置，他把手枪和笔记本放回原处，关上抽屉，退出卧室回到客厅。

樱子从盥洗室走了出来。只见她身上罩着一件半透明的桑蚕丝和服睡裙，一袭乌黑的长发披散在肩膀上，浴后的脸庞在烛光映照下，像一朵刚刚绽放的红樱花，鲜艳而娇妍。

樱子坐在唐山身旁，空气中氤氲着薰衣草的芳香。樱子轻声问道："唐山君，这件桑蚕丝睡裙好看吗？我是特地穿给你看的。"

唐山下意识地往沙发边挪了挪，嘴里说："嗯，好看。"

樱子也往前挪了挪："唐山君，今天我想送你一件特别的生日礼物。"

唐山问："什么礼物？"

"礼物就裹在这桑蚕丝睡裙里，你想……打开看看吗？"

樱子的声音，轻柔得像来自午夜宁静的湖底，像她身上那似有似无的桑蚕丝。

唐山拿起小桌上的红酒瓶："哦，我想打开这瓶红酒，和你喝上一杯。"

樱子不作声，眼里噙着泪水。

唐山问："樱子你怎么啦?"

樱子哽咽着："我遇上一个自虐的圣徒般的人，我不知道自己为什么偏偏就喜欢上他……"

潮城，日本派遣军司令部作战室，刚刚升任联队长的北岛召开军事协调会。

北岛说："诸位，现在请雷达工程师原田君对观音山雷达站做个讲解。"

原田指着小屏幕上一张近距离的观音山雷达天线照片，说："这是美国人制造的岸基探测海上目标的雷达，由发射机、发射天线、接收机、接收天线、显示屏还有电源设备组成。由于受地球曲率影响，距离超过50公里的舰船直线处于海平面以下，除机载雷达外，舰载雷达和岸基雷达电磁波是照射不到的，也就是说，观音山雷达探测不到50公里以外的海上目标。"

北岛问："观音山雷达站和蝶岛海域航道的直线距离有多少?"

海上运输队队长桥本报告："我舰船在经过象屿附近的航

道时，距离观音山雷达站只有25公里，也就是说，航道完全在雷达探测范围内。上回，我们的一艘运输船就是在这个海域被观音山雷达探测到，而后被美军轰炸机用鱼雷炸沉的。"

美枝子报告："根据蝶岛特工提供的情报，美军雷达一旦发现我舰船，立即由雷达站报务员通过无线电将舰船方位和行驶速度报告给美国第14航空队设在闽西的机场，美军轰炸机到达蝶岛海域上空不到20分钟。"

投影仪在小屏幕上播放一张石头房子照片。

航空队队长犬冢报告："观音山雷达站的发电设备就安装在山洞背后这座石头房子里。上回轰炸雷达站，敌人提早从正面发现我轰炸机，于是利用假雷达欺骗了我方飞行员。这回我们的轰炸机要绕到北面，从背后进入雷达站上空，然后将发电设备和雷达天线一起炸毁。"

北岛说："诸位，摧毁观音山雷达站，是大本营的指示，华南派遣军田中久一司令官过问、佐藤将军亲自策划的。今天，我还要向在座各位透露一条高度机密的消息，最近，我们将有一支运兵舰队经过这个海域，要知道，如果在陆地，敌人就是出动一个整编师的兵力也很难跟我两个步兵大队交手，可是在海上，情况却不同了，只要几枚鱼雷，就可以让两个步兵大队全军覆没，葬身海底。所以，这次摧毁雷达站的行动只许成功，不许失败。"

桥本、犬冢、美枝子猛地站了起来："明白，只许成功，不许失败！"

美枝子和北岛同乘一辆吉普车返回宪兵大队。

美枝子说："大佐，这次'毒刺'提供的近距离雷达站照片对航空队的下一步行动还是很有价值的。"

北岛说："航空队那帮家伙能不能炸毁雷达站，我心里还是没底。"

"大佐放心，有'毒刺'做内应，到时候我一定让雷达站的美国佬全都躺平，即使雷达站没有被轰炸机摧毁，也要确保运兵舰队安然无恙。"

"嗯，提醒'虎鲨'，在实施'D计划'过程中，'毒刺'的特工身份一定不能暴露，否则将功亏一篑。"

"大佐，我记住了。"

耐不住寂寞的"毒刺"钱德贵并没把"虎鲨"的提醒当回事，入夜，他先到"秋香阁"喝花酒，然后来到了莫乃巷。

莫乃巷，一条又窄又长的巷子，两个人迎面走来，必须侧着身子才能挤得过去，当地人给这条巷子起了一个形象却不太雅的名称，叫"摸奶巷"。据说清末一个县令觉得叫"摸奶巷"有伤风化，于是一拍脑袋，将巷子名称改为"莫乃巷"。然而民间还是习惯叫这条巷子为"摸奶巷"，反正发音也差不多。

钱德贵晃晃悠悠走在小巷石阶上，嘴里哼着闽南小曲《桃花搭渡》：

正月人迎尪（迎神），单身娘子守空房，嘴吃槟
榔面抹粉，手提珊瑚等待郎……

寡妇阿贞开了门，嗔怪道："钱副官，又跑到'秋香阁'
找阿兰喝花酒了？"

钱德贵冒着酒气："阿……阿兰哪比得上你，那货我才
不稀罕呢。阿贞，再过几天，你就不能叫我钱副官，要叫我
钱……钱少校了。"

"少校，少校是什么东西？"

"没文化吧，连少校是什么都不知道。告诉你，我升官
了，这领章由原来的一道杠换成两道杠啦。"

"怎么就突然升官了呢？"

"什么叫突然升官，知道前几天夜里文公祠的枪声吗？"

"知道，那天半夜观音山上响枪，第二天，有人说是日本
人打来了，也有人说是住在文公祠的美国人闲着没事，半夜
起来放鞭炮闹着玩呢。"

"告……告诉你，还真是日本人打来，被观音山肖楚健的
守备连给灭了。漳城的韩师长下令嘉奖有关人员，肖楚健那
家伙由中尉提为上尉，我指挥战斗有功，由上尉晋升少校。
打……个比方，那姓肖的只是上了一个小小的台阶，我呢，
是登上一层楼。一层楼，明白吗？"

"那天夜里响枪时，你不是还在我这里折腾吗，怎么又去

指挥战斗呢？"

"嗨，不是有我姐夫姚守堂吗？别看我姐夫很凶，他怕我姐。我姐夫说了，再混上几年，给我提个中校参谋长干干。告诉你，我不仅升官，还发……发财呢。"

"还发财，发什么财呀？"

钱德贵掏出一枚金戒指："来，把手指头伸出来，戴上这戒指，看看，上面还刻着你的名字呢，懂得我的心了吧？"

"这上面刻的是我的名字吗？别是阿兰的吧。我不太识字，可自己的名字还是看得懂的。"

"哦，拿……拿错了，是这一枚。下回，我再给你一个惊喜。"

"什么惊喜？"

"现在说了，到时就没有惊喜啦，哎，索……索性告诉你吧，我还准备送你一只金手镯，金、手、镯，听清楚了吗？"

阿贞这回只有惊，没有喜："钱副官，你哪来的钱？"

"又忘啦，叫钱少校。钱从哪来你不用管，我不是姓钱嘛。阿贞，只要你对我好，我保证让你穿金戴银，吃香喝辣。噢，快给我铺床暖被去，我今晚想好好和你……"

"不，你要先告诉我钱从哪里来。"

"嗯，我就喜欢你这股执拗劲。我呀是黑白通吃，守军赢了我升官，日本人赢了我领赏，靠哪边都不吃亏。阿贞你千万别……别说出去。"

让钱德贵想不到的是，阿贞最终还是说出去了。

第八章　绝密计划

潮城，日军联队指挥部。北岛召集会议，参会的有联队参谋长武藏一郎、"和平救国军"司令黄再生、宪兵中队长涩谷、特高课课长美枝子、翻译官唐山。

北岛郑重其事地说："今天通知诸位来，是传达一项绝密计划。根据华南派遣军司令部部署，最近，要从广东抽调部分兵力赴广西作战。佐藤将军决定，驻潮城派遣军联队的两个步兵大队、黄再生司令的'和平救国军'三个主力团参战。"

指挥部一阵寂静。北岛环视了参会人员："诸位，这是大本营'大陆打通作战'的重要组成部分，也是事关帝国命运的一次军事行动，各部要抓紧做好参战准备，包括实战训练、弹药储备和后勤补给。过几天，我将亲自下部队视察。"

黄再生问："大佐，部队什么时候集结出发？"

北岛神秘兮兮地说："部队具体行动时间和路线属高度

机密，连我也不清楚，等候司令部临时通知，到时候说走就走。"

会议结束，北岛留下美枝子。

美枝子说："大佐，你这是在演绎中国《三国演义》中的'明修栈道，暗度陈仓'呀。"

北岛狞笑道："中国有句古语，小心驶得万年船，我是运用孙子兵法的'示形惑敌'呀。"

"大佐，我觉得在'鹰眼'被挖出来之前，对唐山的测试还要继续。"

"都'极限'了，还怎么测试？"

"我觉得令妹就是很好的测试剂，她是唯一能走近唐山的人。"

北岛瞪着眼睛："你是说拿樱子作测试？美枝子我告诉你，这个想法我可以有，你不可以。"

美枝子诡谲一笑："大佐，我明白了。"

唐山回到办公室，坐在椅子上静静吸着烟，北岛今天的话虚虚实实，透露了什么，又掩盖了什么？

从几天前获取的日军大本营《一号作战纲要》中得知，日本陆军将展开贯穿中国河南、湖南、广西的大规模进攻战。如果日军要进占广西的桂林、柳州，必然会动到华南派遣军司令官田中久一在广东的23集团军，然而，按常理调动的应该是在广东清远和遂西一带的日军，怎么会舍近求远，调动靠近福建的潮城部队呢?

北岛对蝶岛海域的航道安全一直高度关注,对摧毁观音山雷达站更是精心谋划,志在必得,而今天却只字不提,航空队队长也没有参会,难道是放弃针对观音山雷达站的"D计划"?不,不可能。摧毁观音山雷达站是佐藤亲自下的命令,北岛不提雷达站是有意忽略,而"调兵广西"很可能是烟幕弹,用意在"声西击东"。狡猾的北岛扮演了施放墨汁的乌贼。

今天参会人员中,武藏、涩谷、美枝子在听到北岛下达调兵赴广西作战这样重要命令时,反应出奇地平静,说明他们早已心中有数。

很显然,升任联队长的北岛是这次军事行动的操盘手。那么,出动两个日军步兵大队和三个团的伪军,进攻目标会是哪里?假如行动方向不是向西而是向东,那就是福建东南沿海,北岛必然要动用海上运兵舰船。如果是这样,日军在潮城的军港一定会有动静。

周末,唐山和樱子来到白沙湾,这是一个僻静的小海湾,正好和潮城日军军港形成掎角之势,可以看到军港里影影绰绰停泊着的舰船。

樱子兴奋地说:"唐山君,今天天气很好,这白沙湾,天蓝海碧沙滩白,就像日本神津岛的前浜海岸,我们赶紧多拍几张照片。"

"好的，樱子，我先取几个空镜头，看看哪个角度最好。"

唐山拿着一部德国徕卡旁轴相机，朝不同方向选景，当相机镜头对着军港时，迅速调焦对焦，这时，镜头里清晰出现一艘护卫舰、两艘运兵船。

唐山怔住了，日军一个完整的步兵大队编制标准为一千一百人，包含四个步兵中队、一个机枪中队、一个运输中队、一个炮中队。停泊在军港的一艘护卫舰、两艘运兵船正好可以运送两个步兵大队，人数大约在两千两百人。

那么这两个步兵大队的登陆地点是哪里，和"D计划"有什么联系？毫无疑问，敌人为了确保运兵船安全，一定会不惜一切代价摧毁观音山雷达站。唐山心里充满焦虑。

樱子催促道："唐山君，角度选好了没有？"

唐山说："选好了，还是对着大海拍好，这个角度不逆光，而且把大海、蓝天背景都拍进来了。"

樱子摆出各种造型，唐山"咔嚓咔嚓"地按着快门。

拍完照，唐山和樱子坐在沙滩上。

樱子说："唐山君，你今天好像有什么心事。"

唐山吃了一惊，索性表现出一副忧心忡忡的样子："是呀，最近部队将有军事行动，我想，我们可能要分离一段时间了。"

樱子靠在唐山肩膀上："唐山君，你能这样想，说明你在乎我。告诉你，这次东亚医院也有派医务人员随军出征的任务，我报名了，因为我知道你作为翻译官肯定也会随着部队走，可是我哥把我的名字从名单中划掉了。不知为什么，这回我有一种不祥之感。"

"战争难免有人员伤亡的。"

"唐山君，我忠于我的祖国，我又反对战争，反对杀戮，可这场战争是日本天皇发动的，是国家行为，我经常陷入矛盾挣扎之中。"

唐山相信，樱子这番话是真实的，她的挣扎，说明在内心深处还保留着良知的微光，这和北岛、美枝子两个狂热的军国主义者有所不同。但现在，他无法接樱子的话题。

唐山站起来，拍拍沾在身上的沙子："樱子，时间不早了，我们回去吧。"

樱子也站了起来，她紧紧拥抱着唐山，仰起头："唐山君，我们就要分别了，吻我一下，好吗？"

樱子的眼神中，透露着渴望，也带着一丝困惑。

终于，唐山俯身接住樱子的双唇，像是在完成一项规定动作……

开元寺，唐山在"香缘柜"买香时，收到古榕的字条：

明天上午11时华严寺后山见

第二天，华严寺后山，唐山见到了古榕，两人边走边谈。

古榕说："唐山同志，好久没有和你当面交谈了。华严寺今天做法会，寺庙住持邀请我来参加诵经祈福，我是借着这个机会避开特高课的监控，和你在这里见面的。"

唐山激动地说："老古，我也很想见你，靠烧香时眨眼传送摩尔斯电码只能用短句，而且难以双向交流，许多话还需要当面说呀。"

古榕说："先告诉你一个消息，向明教授已经顺利返回延安。这段时间，日军为打通大陆交通线，从华北抽调大量兵力，根据地周围日军明显减少。太行、冀鲁豫八路军利用这个机会，开始反攻作战，向日伪军发起一系列凌厉攻势，拔除据点，收复失地，将敌人压缩到城市和铁路沿线。其中，你提供的敌人《一号作战纲要》情报发挥了重要作用。"

唐山眼中闪着亮光："老古，我们虽身处敌后，却在与前方八路军将士一起并肩作战啊！"

古榕说："是呀，教授说你顶得上一个师的战斗力呢。哎，这次教授潮城脱险，多亏你的周密安排啊。"

唐山神情凝重起来："教授这次到潮城，是一次绝密行动，敌人怎么会知道的，是谁走漏了风声？敌人在'天然居'设伏，在城门口加强盘查，教授当时的处境是非常危险的。我担心内部出了问题。"

古榕点点头："是啊，教授这次到潮城，内部知道的人很少，而且接触的情况都很有限，我得仔细排查，这关系到潮城地下党组织的安全。"

唐山充满忧虑："老古，我觉得你得赶紧撤离潮城，我有一种预感，特高课正在向你逼近。送教授出城的时候，我把这个担心也向他报告了。"

古榕说："我知道，组织上已经作了安排。接任我的同志在穿越敌人封锁线时负伤了，新接替的同志带着报务员绕道走另一条交通线，一时还到不了潮城。我提出慢一点转移，主要考虑到两点，一方面，潮城的地下工作当面向新来的同志交接会比较稳妥。更重要的是，这段时间你如果有重要情报需要发出，密码和电台在我手上。为确保观音山雷达站的安全，我多承担一点风险也是值得的。"

"老古，我理解你的考虑，只是转移时间不宜拖太久。"

"我知道了。唐山同志，有最近敌人动向消息吗?"

"我正要向你报告，敌人制定了一个'D计划'，企图通过里应外合摧毁观音山雷达站，怎么个里应外合，还不清楚。另外，北岛最近升任联队长，正在策划一次军事行动。敌人在潮城军港停泊了一艘护卫舰、两艘运兵船，北岛联队的两个步兵大队可能窜犯福建东南沿海，具体登陆地点不详。敌人对消息封锁很严密。"

"唐山同志，你知道，情报需要精确，忌讳用'不详''可能'来表述。敌人对消息封锁越严密，越显得情报的重要性。"

"知道，这也是我焦虑的地方。老古，我一定想办法搞到精确情报。"

"唐山同志，我随时等着发送你提供的情报。不过我们都要做最坏的准备，万一我发生不测，我是说万一，你要想办法直接把情报发给'海胆'。"

"可我没有电台，也没有和'海胆'对接的电台频率和密码。"

"电台你自己想办法，到时把发射频率调到438.500兆赫，记住，438.500兆赫。"

"记住了，发射频率438.500兆赫。"

"必要时，我会通过小沙弥把密码本转交给你，密码本绝对不能落入敌人手中。"

"是我们在厢房见面时，在门口扫地那个小沙弥？"

"是的，那是我们自己的同志，名字叫赵海波，今年才十六岁，人很机灵。他父母都被日本飞机炸死了，是个孤儿。"

唐山预感到什么："老古同志，我都记住了。你一定要安全转移，我们一起见证抗战的胜利。"

古榕有感而发："我们隐蔽战线的战士，历尽危险，历尽煎熬，行走于刀尖之上，为了保密，有的同志甚至牺牲了还隐姓埋名。但为了心中的信仰，为了民族的解放，我们无悔无怨。"

唐山深有感触："是啊，支撑着我们在暗夜与敌人周旋、战斗的是坚定的信仰，是神圣的使命，是心中的'塔山'。"

古榕紧紧握住唐山的手，语重心长："唐山同志，无论如何一定要挫败敌人的图谋，保住观音山雷达站。这是党交给你的任务。"

唐山感觉到古榕的话，像是共勉，更像是托付。

秦蕊站在观音山一块花岗岩巨石上，眺望着波光粼粼的大海。一阵透雨，冲散了锁在蝶岛海上的迷雾。海面上，龙、虎、狮等瑞兽变得清晰起来。

龙屿，宛如一条巨大蛟龙，身段颀长，弯曲起伏，在波涛上振鳞舞爪，驾浪腾空。龙的脊背树木成荫，海风吹动，如绿鳞闪烁。

虎屿，似一只猛虎纵身欲扑，头部高耸，利牙外露，双目眈眈，头、脚、身、尾栩栩如生，连虎的皮毛质感都隐约可见，令人望而生畏。

狮屿，恰如一只赤褐色的百兽之王，昂首吼叫。风吹狮头上的野草，如狮毛随风抖动，威风凛凛。在狮屿前面，有一块形如彩球的礁石，在风浪中时大时小，变幻莫测，呈现"狮子戏球"的生动景观。

再远处，是有些模糊的象屿。

秦蕊回想起和唐山在这里登高望远时的情景。

唐山："那远处的象屿真的像一头大象吗？"

秦蕊："是呀，象屿也叫象鼻屿，那长长的象鼻伸进海里，像一头正在吸水的西双版纳大象哩。其实，这是海浪长期冲刷形成的一条巷道。听说，风浪小的时候，小船可以从象鼻和象嘴之间的巷道穿过。这里靠近航道，南来北往的船只都要从这头大象跟前经过呢。"

唐山充满好奇："能上一趟象屿吗？"

秦蕊笑道："可以呀，找个船老大带我们去，不过那里靠近外海，风浪比较大，你可要做好晕船的准备哦。"

秦蕊和唐山乘着一艘渔民近海捕鱼的小船来到象屿。两人登上"象背"，只见上面灌木、草丛中遍布鸟巢，到处是大大小小的鸟蛋，一群群觅食的海鸥鸣叫着往返于象屿鸟巢与大海之间。

唐山感叹道："真是海鸟的天堂呀！"

秦蕊告诉唐山："这里是东海和南海的交接处，也是东南沿海重要航道的必经之处。"

唐山问："平时有人到象屿吗？"

秦蕊说："这里风浪比较大，偶尔有渔民上来采集一种名贵的中药材，平时人迹罕至。"

忽然，秦蕊指着海面："唐山你快看，那是一艘日本运输船。"

只见不远处，一艘运输船正从航道驶过，船上站着许多荷枪实弹的日本兵。

唐山攥紧拳头："小鬼子，跑到我们东南沿海来耀武扬威了，迟早让你们葬身海底！"

离开象屿之前，唐山坚持让小船穿过象鼻与象嘴中间那段窄窄的巷道。当船驶到巷道中间的时候，唐山和秦蕊惊奇地发现，在靠象嘴一侧石壁，有一个海蚀溶洞，溶洞宽约2米，纵深约5米，是一个天然石室。由于溶洞处于巷道中部内侧，又有象鼻遮挡，相当隐蔽。

小船驶离象屿，唐山感叹道："这神奇的岛屿，还有神秘的溶洞，应该发生点谍战故事才对。"

秦蕊揶揄道："你是生活在谍战故事里呀。"

唐山说："我是在想，这象屿就在航道边上，必要时，可以成为隐蔽的观察平台，为抗战做出贡献。"

秦蕊恍然大悟："好个唐山，原来你今天陪我到象屿是另有企图呀！"

唐山笑道："要不我一路'翻江倒海'，这船不是白晕了吗？"

秦蕊从回忆中走出来，眺望着大海，眼中闪烁着晶莹的泪花，唐山，你现在也站在海岸上吗？

第九章　不速之客

唐山徘徊在白沙湾的礁石旁，这里海上距离蝶岛直线不到一百公里，却咫尺天涯。此时此刻，秦蕊在做什么？是守着电台等待着"闪电"的密电，还是和自己一样，正隔海相望？

敌人的行动在步步逼近，观音山雷达站危在旦夕，秦蕊也身处险境，可自己至今依然没有掌握敌人"D计划"的确切情报。必须想办法找到突破口，可突破口在哪里呢？

忽然，唐山听到背后有人在打招呼："老同学，你到海边来看风景了，我找你找得好辛苦呀！"

唐山转身一看，心里不由一怔，来人是燕京大学时的同学丁亦儒。这个人在燕大时表现活跃，曾参加反日游行，可后来不知去向。有人说他加入国民党军统，有人说他在北平沦陷后和日本特务机关有勾连，出卖主张抗日的学生。他怎么会突然出现在这里呢？

丁亦儒说："老同学，你一定感到很意外，我怎么来到潮城，又怎么找到你的，咱们借一步说话好吗？"

来者不善，既然遭遇上了，那就先搞清楚他的来意再说。

唐山笑道："好呀老同学，没想到在这里见面，咱们找个地方边吃边聊。"

丁亦儒问："到哪儿聊呢？"

唐山："哎，住店要住大酒店，吃饭要吃小饭馆，走，我带你去一个地方。"

"潮膳坊"贵一包厢，唐山点了几道特色菜，和丁亦儒边吃边聊。

唐山观察着眼前的丁亦儒，身材微微发胖，眼神灰暗而带着几分诡秘，当年在燕京大学时的意气风发已经荡然无存。

丁亦儒吃了几口菜，放下筷子，叹了口气："老同学，我这几年混得不好呀！"

唐山故作关切："老同学，你到底怎么啦？"

丁亦儒说："说来话长，你去日本不久，我也离开燕大。不瞒你说，我被军统选中，到北平特训班培训了一年，然后分配到军统北平站工作，不久升任特勤科副科长，可是我碰上一个混账科长，我们俩尿不到一壶，而科长又是站长的心腹，我混不下去了，索性脱离北平站，来到潮城，开了一家私人侦探所，主要是帮助那些有钱的阔太太发现老公出轨的证据，也算是发挥我的专长吧。开始嘛业务还可以，慢慢地，这些阔太太也红杏出墙，只顾着自己玩乐，管不了老公出不出轨了，我这侦探所也开不下去了。正当我穷途末路时，打听到你在这里当日本人的翻译官，我想，我遇上贵人了。"

唐山说："哎，我无非是懂得一点日语，混口饭吃而已。"

丁亦儒诡谲一笑："老同学，你是静水深流呀！在燕京大学时，你不愿参加抗日游行，后来又去了日本，同学们都在背后戳你脊梁骨，骂你没骨气，投靠日本人，可我不这样认为。"

"为什么？"唐山问。

丁亦儒小声说："有一天晚上，我去拜访向明教授，无意间听到你们两人的谈话，记得你说到'延安'。噢，老同学，你可别说是我听错了，我可是听得清清楚楚。"

唐山没有接丁亦儒的话。

丁亦儒慢悠悠地喝了一口汤："嗯，这汤味道不错，我喜欢。我们接着说，不久，你去了日本，而向明教授也离开燕大，据我所知，他去的地方正是延安。顺便说一下，我还了解到潮城中共地下党的一些重要情况，相信特高课对这些情况会感兴趣。"

唐山问："你想说什么？"

丁亦儒说："老同学，别紧张，你放心，我不会出卖你，今天我来找你，只是手头有点紧，想向你借点money。"

唐山淡然一笑："我们是老同学，出门在外，又逢乱世，有困难互相帮衬是应该的。说，缺多少钱？"

丁亦儒竖起两根指头。

唐山说:"二十块大洋,没问题,我来解决。"

丁亦儒说:"不,是两根金条。"

"两根金条,一根行吗?"唐山做为难状。

"两根金条。你如果实在为难,我只好另想办法了。"丁亦儒话中有话。

唐山感受到丁亦儒赤裸裸的讹诈和咄咄逼人的威胁,然而,眼下必须先稳住这个厚颜无耻、贪得无厌的家伙。

"老同学,这样吧,给我一周时间,我来想办法。"

"三天时间,我拿到金条后立马离开潮城,就当这事没有发生,怎么样?"

"行,可到时候怎么给你呢?"

"我的侦探所,哦,也就是我的住所,就在城内牌坊街133号,我在那儿等你。"

"那是条古街,人多眼杂。这样吧,大后天晚上9点,簸箕巷榕树下见。"

"爽快!不过,唐山兄不会跟我耍心眼吧?"

"哎,老同学想哪儿去了,相见是缘,你就等着拿金条好了。来,吃菜。"

开元寺,唐山借烧香的机会通过眨眼向古榕发送摩尔斯电码:有紧急情况当面报告。

只见古榕手持一串菩提子佛珠,坐在解签桌旁,双目微

132

闭，口诵经文，拇指有节奏地掐着念珠。唐山发现，古榕是在发摩尔斯电码，他默读出电码内容：今晚10点厢房见。

晚上10点，开元寺厢房。古榕听了唐山遭遇丁亦儒过程的汇报，神情凝重："唐山同志，我知道你遇到了紧急情况，才冒险约你来这厢房会面的，虽然冒充香客的特务'下班'了，但在寺庙周边，晚上经常有敌人便衣出没。从你刚才所说情况看，我觉得事态相当严重，这个丁亦儒不仅对你，而且对整个潮城地下党组织已经构成极大威胁，特别是在当前节骨眼上，你要是发生意外，我们保护观音山雷达站所作的努力将毁于一旦。"

唐山说："如果让丁亦儒拿了金条走人呢？"

古榕严肃地说："这个丁亦儒已经在拿情报做赌注了，这种人欲壑难填，根本没有底线，即使拿了金条也不会消停，会不断地敲诈勒索，甚至'一鱼两吃'，这边拿了金条，那边又向日本人邀赏。这个人的存在就是祸害，必须果断清除。唐山同志，你要是下不了手，到时只要把他约到簸箕巷口的榕树下，我安排人来解决。"

唐山说："老古你说得有道理，丁亦儒必须清除。这事还是由我来解决。簸箕巷虽然僻静，但离潮城影剧院不远，附近经常有日本宪兵队巡逻，我一个人比较好脱身。"

古榕说："唐山同志，你一个人行动，没有帮手，千万小心，注意不要失手，一定要安全脱身。记住，后头还有重要任务等着你去完成。"

唐山说："我知道。那，我走啦。"

古榕说："等等，我让你带上一样东西……"

1944年4月1日，星期六。唐山约樱子到"青田家"共进晚餐，然后一起到潮城影剧院看《支那之夜》，这是1940年由日伪"满洲映画协会"拍摄的一部粉饰日本殖民侵略的宣传电影。

在影院进口处，唐山和樱子碰上了东亚医院院长西村，互相打了个招呼。

8点整，电影准时开演。唐山发现西村就坐在前面一排不远处。

过了一段时间，唐山悄悄看了看腕表。8点45分，唐山小声对樱子说："可能是刚才在'青田家'吃了'刺身'，胃肠有些不舒服，我去方便一下。"

樱子关切地问："要不要我陪你去？"

唐山笑道："我上厕所你陪什么呀，没事，我去去就回。"

9点15分，唐山回到座位上。

樱子问："唐山君，好些了吗？"

唐山说："放心，现在好多啦。"

樱子轻轻抚摸着唐山的手，担忧地说："看你脸色不太好，要不，等电影放映结束，我陪你到医院去看看。"

唐山说："没事，回去吃点药就好了。"

回到住地，唐山躺在床上辗转反侧，今晚的行动出了点意外，他脑海里回放着离开影剧院后的情景。

9点，唐山准时来到簸箕巷口榕树下，正当他四处张望的时候，从榕树后面冒出一条人影，唐山仔细一看，正是丁亦儒。

"老同学，金条带来了没有？"

"带来了，在这儿呢。"

见一根枪管顶住自己的胸口，丁亦儒大惊失色："老……老同学，你别……别是要杀人灭口吧？"

"差不多。你本来可以不死，是你的贪欲害了自己。"

"老同学，你听我说，我上有老，下有小，你千万饶我一命，这金条我不要了，明天就离开潮城，我保证。对了，我这里还有关于日军的情报，我可以提供给你。"

"太迟了，是你逼出来的，我只能送你上路了。"

这时，一队日军巡逻兵正从巷口横街穿过，丁亦儒转身大喊："来人啊，有地下党……"

唐山扣动扳机，丁亦儒应声倒地，唐山担心黑暗中没打中要害，上前准备再补上一枪，没想到子弹卡壳了。只见日军巡逻兵一边吹着口哨一边冲了过来，唐山只好迅速撤离簸箕巷。

唐山清楚，今晚发生的事，北岛和美枝子绝对不会放过，一定会对自己进行严苛的审查。最糟的是，丁亦儒如果没有死，那自己将面临极为凶险的处境。

敌人的"D计划"还没有获取，却插上丁亦儒这一杠子，情况变得更复杂了。唐山告诫自己，一定要保持淡定，做好最坏的准备。

潮城宪兵大队。美枝子向北岛报告："大佐，昨天晚上9时5分，潮城簸箕巷榕树下，发生一起枪击事件，事情很突然也很蹊跷，这绝对不是一般的谋财害命案件。"

北岛说："我正想问你，这到底是怎么一回事。"

美枝子："遭枪击的是一名二十八岁左右的男子，身高一米六九，肺部被子弹击中。当时我们的巡逻队正好经过，枪手乘夜逃脱。受重伤的男子连夜送到东亚医院抢救。"

北岛："告诉西村院长，全力组织抢救，一定要让他醒过来开口说话。还有，抓紧查明这名男子身份。"

美枝子："我已经做了安排，手术将由西村院长亲自做，东亚医院能做这种大手术的除了原来的副院长唐山，就是现在的院长西村了。至于这名男子身份，很快就可以查出来。"

北岛问："发现枪手的线索了吗?"

美枝子说："正在侦查中。大佐，我觉得唐山有重大嫌疑。"

北岛问："为什么?"

美枝子说："昨天晚上，唐山将近10点才回到住所。我们必须立即展开对唐山的调查，搞清楚昨晚8点到9点30分这段时间他人在哪里，在做什么。这个调查还需要得到令妹樱子小姐的配合。还有，我需要查验唐山的佩枪。"

"为什么要查验唐山的佩枪？"

"西村院长检查伤口后判断，这名男子是被南部十四式手枪的子弹击中的。这是一款南部麒次郎设计、名古屋兵工厂制造，装备帝国军队将校级军官的佩枪。这种手枪结构简单紧凑，重量轻，便于携带，瞄准基线长，精度较高，使用的是南部式八毫米子弹，有效射程六十米。但这款枪有个缺点，就是容易卡壳。枪手很可能在开了第一枪后，子弹卡壳了，如果当时再补上一枪，这名男子就不用再抢救了。而唐山配备的正是南部十四式手枪。"

"嗯，没错，唐山使用的是南部十四式手枪。排查是必需的，不过，昨晚宪兵队部其他外出的人也顺便问一问，你明白我的意思吗？"

"我明白了。大佐还有什么吩咐吗？"

北岛沉默片刻，说："告诉西村，手术结果及时向我报告。"

唐山一到宪兵大队，就被美枝子和两名特高课行动队员"请"到会议室。

美枝子说："翻译官先喝杯水，想了解几个问题，请你配合。哦，宪兵队部凡是昨晚有外出的人员都需要了解。"

唐山有些不耐烦："美枝子小姐又有什么问题？"

"请问，昨天晚上翻译官外出过吗？"

"外出过呀，先和樱子到'青田家'吃日本料理，然后一

137

起去潮城影剧院看了一场电影。"

"哦，昨天晚上9点5分，就在潮城影剧院附近的簸箕巷发生一起枪击案，你听说了吗？"

"什么枪击案？没听说。"

"昨天晚上演的是什么电影？"

"是'满洲映画协会'拍摄的《支那之夜》。"

"嗯，这部电影我看过，很多日本青年是看了这部影片报名参军的。记得在电影中有一段插曲是……"

"是李香兰唱的《苏州夜曲》。"

"没错，是《苏州夜曲》。那么，电影放映期间你出去过吗？"

"没有。"

"确定吗？"

"确定。"

"你让樱子证明你当时在潮城影剧院看电影，那么又有谁能证明樱子是和你在一起的？"

"西村，西村院长，他也去看电影了。你可别再问我，又有谁能证明西村院长也去看电影了。"

"不，这个问题就问到这里了。翻译官，我想借看一下你的佩枪，你不会介意吧？"

"当然介意。查验我的佩枪，伤害性不大，侮辱性极强。美枝子小姐你说呢？"

"请别误会，查验佩枪，如果没有问题，对翻译官也好，不是吗?"

唐山把佩枪放在桌上,说:"我原来那把枪前些天在去'和平救国军'司令部的路上,被那帮黑衣蒙面人给劫走了。这把改进型南部十四式手枪还是北岛大佐重新配发给我的,可惜还没机会用上。这枪弹夹里装满子弹,小心别走火了。美枝子小姐,我可以走了吗?"

"翻译官,还得委屈你在这里坐一会儿。哦,你不会寂寞的,这里有我的两位特高课同事陪着你。"

美枝子拎着枪离开了会议室。

唐山清楚,美枝子去干两件事,取证和验枪。

唐山在想,自己昨晚约樱子一起去潮城影剧院看电影,是为掩护簸箕巷行动而有意安排的。然而,樱子既能证明自己8点到9点30分在影剧院看电影,也可以证明自己中间离开过影剧院。在这生死攸关的时刻,樱子会做何选择?

在影剧院入场时和西村打过照面,当时纯属偶然,现在看来是多了一个有利的证人。记得西村是坐在前面一排,相信自己离开影剧院没有被他发现。

至于那把手枪,要感谢古榕的睿智。

唐山在开元寺厢房接受古榕布置除掉丁亦儒的任务后,准备告辞,古榕说:"等等,我让你带上一样东西。"古榕从蒲团里取出一把日本南部十四式手枪,"我知道你有佩枪,但最好不要留下开火的痕迹。把这枪带上,里面有八发子弹,过后将这把枪处理掉。"

"老古，你想得真周到，不过你也得有自卫的武器呀。"

"放心吧，我另外留着一把手枪，还有一枚高爆手雷。你完成任务后，记得来开元寺'烧一炷香'，我等着你的消息。"

4月1日晚上，唐山向丁亦儒开枪后，在夜幕掩护下，迅速撤离簸箕巷。他躲进一处废墟，将枪拆卸，扔进一口枯井，然后回到潮城影剧院继续看电影。

刚才美枝子提出要验枪，唐山故意表现出极不情愿的样子，其实心里很坦然。

现在，关键看樱子的态度了……

约莫等了两个小时，美枝子走了进来，她把枪放在桌上，说："翻译官，对不起，让你久等了。"

唐山收起佩枪，一脸不悦："美枝子小姐，耽误我的工作，你可要负责任。"

唐山回到办公室，点了一支烟，他意识到，尽管美枝子的盘问和验枪对付过去了，但危险还在后头。他猛然想起，有一件事必须抢在美枝子前头——检查丁亦儒住所。

在夜幕和细雨的掩护下，唐山穿着斗篷来到牌坊街133号，他戴上手套，用铁线打开房门，这对他来说并不难。唐山借着小手电筒搜查了房间，在抽屉里发现一架军统特工配备的微型间谍照相机，还有一个大信封，他打开信封一看，里面装的净是出轨男女"偷鸡摸狗"的照片。

唐山又仔细搜查了一遍房间，他的目光停留在挂在墙上的一幅花鸟画框上，他取下画框，发现墙上有一个小洞，洞里放着一个小铁盒。唐山取下铁盒，打开一看，倒吸一口凉气，里面竟然有唐山和古榕在华严寺后山见面的照片、唐山在白沙湾朝着军港取"空镜头"的照片。

唐山取出铁盒里的照片和照相机里的胶卷，其他东西放回原处。他悄悄关上门，刚走出不远，迎面开来几辆日军侧三轮摩托车，唐山迅速闪在石牌坊背后，只见摩托车在133号前"嘎吱"一声停下，美枝子带着几个人下车冲向丁亦儒住所。

北岛和美枝子乘坐一辆军用吉普前往东亚医院。美枝子报告："大佐，经排查，4月1日晚上，唐山确实和樱子小姐一起到潮城影剧院看电影。据了解，电影8点开始放映，9点30分结束。樱子小姐证实唐山这段时间没有离开过影剧院，不过我认为，电影放映期间，唐山是否离开过影剧院，还是个谜。"

北岛问："唐山的佩枪查验结果怎样？"

"查验过了，弹夹里八颗子弹一颗不少，没有发现开火的痕迹。"

"受伤的男子身份查明了吗？"

"已经通过北平特高课查明，这名男子叫丁亦儒，曾是国民党军统北平站的一名特工，北平被我帝国军队占领后，丁亦儒被特高课秘密逮捕，供出了北平一批抗日的大学生名单。

后来，丁被中共北平地下党和国民党北平军统站追杀，逃到潮城，化名陈祥，开了一家私人侦探所。值得一提的是，这个丁亦儒和唐山是同时期的燕京大学学生。"

"对这个侦探所搜查了吗？"

"搜查了，没有发现什么有价值的东西。不过，我觉得有人先行一步造访侦探所了。"

"我们的对手反应太快了。不过，只要这个丁亦儒能开口说话，一切都会水落石出了。"

吉普车在东亚医院门口停下，西村陪着北岛和美枝子来到急诊室附近一间僻静的办公室。

北岛开门见山："西村院长，说说对伤者救治的情况吧。"

西村拿着X光胶片，讲解道："子弹是近距离从这名男子背后射入穿过肺部的，弹道离心脏仅两公分。伤者送到医院时，出现严重气胸，我们对其胸腔进行闭式引流，也就是把胸腔里的积血和气引出来。现在生命体征还算平稳，不过还处于深度昏迷之中。"

北岛问："什么时候可以苏醒过来？"

西村说："由于伤者电解质平衡紊乱，引起脑代谢紊乱，造成严重缺氧，还有，这名男子中枪倒地时头部撞到石头，造成脑挫裂伤，估计昏迷时间会比较长，什么时候能醒过来还很难说。醒来的时候我会第一时间向大佐和课长报告。"

北岛冷冷地说："我很感兴趣，这个丁亦儒醒来最想说的

第一句话是什么。我要让这具僵尸变成一柄'达摩克利斯悬剑',他睁眼说话之际,就是悬剑落下之时。我想,肯定有人特别不希望他醒过来。美枝子,你明白我的意思吗?"

美枝子说:"大佐放心,我和西村院长已经做了安排,在医院加强布控,暗中设伏。还有,为丁亦儒准备了一真一假两处病房……"

潮城"蓝波湾"咖啡厅,樱子约唐山喝意大利拿铁咖啡。

樱子往自己和唐山的咖啡中各加了一小块方糖,问:"唐山君,4月1日晚上看电影的事,美枝子没再找你麻烦吧?"

唐山抿了一口咖啡,说:"有你和西村院长做证,美枝子能找我什么麻烦。再说,我没事,也不怕她找麻烦。"

樱子:"美枝子一直在追问看电影期间你有没有出去过,我怕她节外生枝,你去上厕所的事没有告诉她。"

唐山:"我相信,你肯定不会告诉她。再说,这看电影时去上厕所也不算离开影剧院吧。"

樱子看了唐山一眼:"只是时间上有点巧合。唐山君,你愿意给我一些解释吗?"

唐山放下杯子,说:"我想,樱子要是不相信我,我再解释也没有用,樱子要是相信我,不用解释也能理解。我们俩都是医生,你说胃肠不舒服上厕所还需要解释吗?"

樱子说:"当然,我相信你。唐山君,你的话总能让人释怀。看我,约你出来喝咖啡,却谈上厕所的事,真是抱歉。"

唐山莞尔一笑，转了个话题："樱子，这段时间够你忙的了。"

樱子说："也不会，主要是西村院长和胸外科的医生护士在忙。听说那个人中枪倒地时，头部撞到石头，造成脑挫裂伤，经过抢救，已经脱离危险，但仍处在深度昏迷之中。"

唐山淡淡地说："这个人还是快点醒来好，省得美枝子到处咬人。"

樱子说："就是，这些天医院增加不少穿白大褂的陌生面孔，肯定又是美枝子在搞鬼。哎，不说这女人了，别坏了我们喝咖啡的心情。"

唐山想，从刚才交谈中可以感觉到，樱子对自己是既相信又带有疑惑，这种反应是正常的。樱子无意中提供了丁亦儒在东亚医院的信息，看来丁亦儒就像一颗定时炸弹，随时都会引爆，必须做好应对准备……

"唐山君，你在想什么？"

"噢，我在想，咱们不能光喝咖啡，是不是再要一份港式糕点。"

"好呀，我喜欢吃港式糕点呢。"

唐山到开元寺大殿烧了一炷香，根据买香时收到的字条提示，黄昏，他来到江畔荔枝园和古榕见面。

听了唐山关于丁亦儒情况的汇报，古榕神情严肃："唐山同志，我认为现在只有两个选择，一是派人潜入东亚医院把丁亦儒干掉；二是安排你尽快撤出潮城。"

唐山说："老古，我认为这两个选择都不可取。"

古榕问："为什么？"

唐山说："据我了解，北岛和美枝子已在东亚医院严密布控，派去的同志不仅无法完成任务，而且将付出无谓的牺牲。至于让我撤出潮城，更是不可取。保护观音山雷达站是党交给的重要任务，而只有我有机会获取敌人的'D计划'。我在这个节骨眼上置观音山雷达站安全于不顾，撤离潮城，那之前所有的努力将前功尽弃，这和战场逃兵有什么区别。"

古榕说："可是，丁亦儒随时都有可能醒来。我担心到时候不仅任务无法完成，把你也搭上。"

唐山说："老古，我想赌个时间差。丁亦儒是深度昏迷，我估计没有十天醒不过来。我争取抢在丁亦儒醒来之前拿到敌人的'D计划'。为了雷达站安全，担这个风险值得。"

"唐山同志，你是在用生命书写忠诚啊！"

"老古，你不也一样吗？"

"我们见一次面不容易，你还有什么事要说吗？"

"老古，我觉得有必要给'海胆'发一封密电，电文是'敌计划里应外合摧毁雷达站，将会有兵舰进入蝶岛海域'。尽管情报内容还不够具体，但可以起到预警作用。同时，也给'海胆'以信心，知道潮城地下党在行动。"

"好的，我会尽快将密电发出去。"

"老古，敌人的无线电侦测车依然在开元寺周边游荡，发报时千万注意安全。"

古榕拍了拍唐山肩膀，风趣地说："我知道，这回老僧跟无线电侦测车玩个躲猫猫，让小鬼子找不着北。"

黄昏，潮城郊外一片寂静的小树林里，古榕打开僧人出行用的行李箱，取出里面的发报机，架起天线，调整频率，向"海胆"发报。不远处，小沙弥在警觉地望风。

开元寺附近，日军无线电侦测车里，侦测员报告："发现无线电波，西边方向，信号很弱，像是在郊外。"

日军侦测小队长命令："快，侦测车向西，朝无线电波发射方向行驶，继续搜索。"

1944年3月25日晚，8点，观音山雷达站，秦蕊收到"闪电"发来的密电。

秦蕊摘下耳机，热泪盈眶，一股暖流涌上心头，潮城地下党在行动，唐山仿佛就在眼前。秦蕊似乎闻到唐山身上淡淡的烟草味，这是令她熟悉的挥之不去的味道。

秦蕊不敢沉溺于思念之中，她拿着电文思索着，敌人一定会抢在兵舰进入蝶岛海域之前摧毁雷达站，否则，被雷达探测到的兵舰将难逃葬身海底的厄运。那么，敌特怎么个"里应外合"法？自从上次雷达站遇袭之后，守备部队加强了观音山防卫，雷达站周围布满明岗和暗哨，然而，百密恐有一疏，狡猾的敌特会在什么节点用什么手段摧毁雷达站呢？

　　真正的危险在于面临危险却不清楚危险在哪里，秦蕊一颗心悬着。然而，此时的秦蕊并没有想到，自己已成为"虎鲨"狙杀的目标。

第十章　古塔迷镜

姚守堂带着钱德贵、肖楚健、车道宽来到观音山。史密斯、艾德森、秦蕊在文公祠见了姚守堂一行。

"少校，今天前来拜访，是有两件事相告。"姚守堂笑嘻嘻的，仿佛忘记了上回见面的不愉快。

史密斯问："姚团长有什么要事相告？"

"第一件事，是向少校通报一下最近本团几个军官晋升情况，对了，这几个人都和雷达站有关。"

"噢，是哪些人升官了？"

"钱德贵，由上尉副官晋升为少校副参谋长，主要负责守备团与雷达站的联系；肖楚健，由中尉连长晋升为上尉连长，继续担负观音山雷达站守护任务；提拔团部中尉参谋车道宽为观音山守备连上尉副连长。"

秦蕊和肖楚健互相对视一下，没有吭声。

钱德贵和车道宽站起来行了个礼，见现场反应冷淡，也没有人鼓掌，尴尬地坐下。

姚守堂干咳了一声，说："这第二件事呢，是来邀请史密斯少校和雷达站的弟兄们明天下山观看关帝出巡和民间踩街游艺表演。"

"关帝出巡？还有民间踩街游艺？"艾德森来了兴趣。

钱德贵接了话头："是的，团座特地在演武亭搭了个看台，邀请史密斯少校和雷达站弟兄们去观赏。"

姚守堂说："上峰有交代，在确保观音山雷达站安全的同时，对雷达站的美军官兵生活上要多加关照。我想，雷达站的美军弟兄整天在山上闷着，也需要下山放松放松，接接人间烟火气，是吧？"

史密斯说："感谢姚团长的盛情邀请，我们商量一下，再由联络官和钱副官，噢，和钱副参谋长联系。"

送走姚守堂一行，史密斯问秦蕊："联络官，这关帝出巡到底是怎么一回事？"

秦蕊说："关帝也叫关公、关羽，三国时期蜀汉名将，是忠诚、正义、勇敢、仁义的象征。蝶岛百姓尊称为关帝，还建了一座关帝庙。关帝出巡是蝶岛最盛大、最富仪式感的民俗活动，伴随着关帝出巡，踩街艺棚、旱船'桃花搭渡'、舞狮弄龙、秧歌腰鼓、南音昆腔、潮音汉剧、竹马高跷、钱鼓扇舞、大头弥勒，还有'公背婆''海底反'，等等，载歌载舞，热闹非凡。"

史密斯有些心动："你们说说，明天是去还是不去？"

艾德森说："我认为要去。少校，华莱士、亨利、詹姆斯他们不敢找你，却整天跟我嚷着要下山透透气呢！再说，姚团长专程来邀请，咱不去也不好。"

秦蕊带着忧虑："我很理解艾德森的想法，不过，我更担心下山人员的安全，也担心雷达站的安全。"

艾德森坚持自己意见："这段时间，海上和岛上都比较平静，就明天一个上午，我想没事的。"

史密斯说："这样，我明天上午留下来值班，雷达站除了负责电源保障的詹姆斯留下，其他人员下山参加活动。"

秦蕊说："还是我留下来吧，我是本地人，关帝出巡的民俗我从小就看过。"

艾德森说："少校是雷达站的长官，必须得去。联络官要给少校当翻译，不能不去，还是我留下来。不过我有一点要求，联络官回来后，必须把所见所闻单独讲给我听。其实我也很想去呢！"艾德森说着，朝秦蕊俏皮地眨了眨眼。

史密斯说："也好，明天艾德森上尉和詹姆斯留下值班，其他人随我下山。肖连长注意做好雷达站和下山人员的安全保护。"

黄昏，石笋滩，出现三个人影，他们是"虎鲨"田野荒木、"毒刺"钱德贵，还有一个尖下巴、瘦高个、长着络腮胡子的年轻人。

田野荒木指着年轻人，向钱德贵介绍道："这位是狙击手片山次郎，德国柏林狙击学校的高才生，射程三百米以内从来没失过手。"

钱德贵说："明天上午9点整，关帝出巡和游艺开始，到时候，美军雷达站站长史密斯、联络官兼报务员秦蕊，还有雷达兵华莱士、亨利都会坐在演武亭看台上。"

田野荒木问片山次郎："片山君，伏击地点选好了没有？"

片山次郎说："选好了，演武亭看台斜对面有一座古塔，我会提前到古塔顶层设伏。"

田野荒木问："你觉得有几分把握？"

片山次郎说："我使用的是九七式狙击步枪，安装了4倍率光学瞄准镜，使用7.62毫米枪弹，精确射程四百米，在不受干扰的情况下，三百米以内击中目标没问题。据我踩点目测，古塔到演武亭看台之间距离约二百五十米。"

田野荒木说："我明白了。片山君，记住，史密斯和秦蕊是这次猎杀的主要目标。"

片山次郎平静地说："这两个人的照片我都看过，已经印在脑子里了，只是第一个被击中后，现场会混乱，能不能有机会击中第二个，要看运气了。"

钱德贵有些忐忑："片山君，到时候我也坐在看台上，你可别打偏了。"

片山次郎沉下脸："钱少校，你不觉得说这话是对一名帝国狙击手的侮辱吗？"

田野荒木忙打圆场："片山君别介意，钱少校也就顺便一说。我们再商量几个细节……"

第二天上午，演武场热闹非凡。

9时整，关帝圣辇从关帝庙起驾前往演武场。只听见花杆铳三响，八面大锣"哐哐"开道，接着，是八面"肃静""回避"牌清道宣禁，一面面"山西夫子""蝶岛帝君"红幅彩幛引领；紧接着，枪、矛、斧、戟、金瓜、葫芦、佛手、兽头八宝武器队列齐整而来；再下来，是几名精壮的渔家汉子抬着两百余斤重的青龙偃月大刀；之后，是数十名雄姿英发的勇士簇拥着八抬大轿，圣辇中端坐着关帝圣君神像，在日月芭蕉扇前、黄龙伞下，冕旒飘飘，威仪赫赫；紧跟着，是长龙般的持香信众队伍，一路祈佑合境平安，山旺海兴。

"震撼，太震撼了！"史密斯惊叹道。

古塔顶层，片山次郎调整着狙击步枪瞄准镜旋钮，只见看台上，中间坐着史密斯和姚守堂，史密斯一侧，依次坐着秦蕊、华莱士和亨利，姚守堂一侧，坐着参谋长余鸿儒、副参谋长钱德贵、新任副官单光宗。

见钱德贵一双眼睛不时朝古塔这边瞄，片山次郎骂道："这头泄密的蠢猪，小心把你也崩了！"

演武亭一个不显眼的角落，肖楚健正警觉地观察着看台和周边的动静。

看台下，游神队伍过后，踩街游艺过来了。

史密斯问秦蕊："联络官，这踩街游艺都是什么意思？"

秦蕊依次介绍道："少校，这最前面的是舞龙舞狮，接下来是秧歌腰鼓，再下来是钱鼓扇舞、竹马高跷、大头弥勒，这是旱船'桃花搭渡'，这是'公背婆'。"

"噢，这是什么，那么热闹?"

只见一队规模庞大的拟人化水族动物，有鱼兵、虾将、鳌王、龟相，有龙虾展须、墨鱼放烟、扁鱼使叉、大头鲢舞锤、鱿鱼扛大锯、海鳌使长矛、鲂鱼挥大扇、花螺吹号角、鲨鱼张血口、海蚌展英姿。各种角色手握各种奇异兵器，动作夸张地一路表演耍弄过来。

秦蕊讲解道："这是'海底反'，也叫'海反舞'，是根据中国神话故事演绎的。传说孙悟空到龙宫借宝，四海龙宫众兵将齐聚东海，摆开阵势练兵，以震慑孙猴子。为此各路兵将大展英姿，一时搅得四海变色，日月无光，故称'海底反'。"

史密斯说："这是中国式的狂欢节。太美妙了!"

古塔顶层，片山次郎的狙击步枪瞄准镜十字线在史密斯和秦蕊之间移动着，终于，十字线锁住史密斯头部，史密斯正在和秦蕊说话，片山次郎在等待扣动扳机的最佳时机。

看台上，钱德贵心不在焉的反常表现引起肖楚健注意，而他眼神不时瞟向古塔的细节也被肖楚健捕捉到了。

踩街游艺仍在继续，"海底反"过后是"蚌舞"。一群身着艳丽小旦服装的姑娘，双手握着装饰华丽的蚌壳道具，踩着水步过来了。姑娘身子时而从蚌壳露出，时而躲进蚌壳，一张一合，一仰一俯，穿插双蚌斗趣、相互对夹的戏舞，撩得全场一片沸腾。

这时，一缕阳光透过薄薄的云层，照进古塔。肖楚健发现，古塔顶层瞬间有镜子的反光，他惊呼："不好，是瞄准镜，塔上有狙击手！"

肖楚健找到正在指挥踩街游艺的老乡蔡阿福："快，'海底反'和'蚌舞'重来一遍，这回从看台上经过。"

蔡阿福不解："为什么？肖连长，这关帝出巡还要到古城顶街去游一圈，那里的乡亲都等着呢。"

肖楚健说："哎，来不及跟你解释了，你照做就是了。过后请你到'本港渔村'，糯米酒让你喝个够。"

说完，肖楚健拔出手枪，冲向古塔。

"光糯米酒不够，还要有大龙虾。"蔡阿福朝肖楚健喊道。

古塔上，片山次郎屏住呼吸，正要扣动扳机，忽然一群"海底反"的"水族"手持兵器，从看台上鱼贯而过，片山次郎根本看不到秦蕊和史密斯的身影。

"见鬼了！"片山次郎收起狙击步枪，放进肩背琴盒，迅速撤离古塔。

观看完关帝出巡和民间踩街游艺，史密斯一行回到观音山文公祠。肖楚健向史密斯和秦蕊报告了演武亭古塔出现刺客的情况。

史密斯问："肖连长，你能确定塔楼里埋伏的是日本狙击手吗？"

肖楚健说："完全可以确定。我上了塔楼顶层，发现布满灰尘的地板上有人卧倒的新鲜痕迹，卧倒的方向正对着演武亭看台。而且，我还在地上捡到一样东西。"肖楚健说着，拿出一只打火机，见打火机上面印有日本裸体女人的图像。

史密斯说："一切都清楚了。看来敌特沉寂一段时间，又开始行动了。"

肖楚健说："我认为，敌人狙杀的目标是少校和联络官。还有，我觉得钱德贵有重大通敌嫌疑，今天在看台上他一直心神不定，老是往古塔方向看，我正是从他反常表现中怀疑古塔里有鬼的。"

秦蕊说："敌人从飞机轰炸、夜间偷袭，到今天派出狙击手，都是为了摧毁或瘫痪雷达站。我判断，敌人急于破坏雷达站，很可能和海上军事行动有关。敌特今天行刺未遂，接下来肯定还有动作，我们必须保持高度警觉。对钱德贵，我完全同意肖连长的分析，我们要加强防范，但表面上不动声色，不让他觉察到我们对他的怀疑。"

史密斯双眉紧锁："联络官说得有道理，问题是接下来敌特会有什么动作呢？"

潮城，樱子拎着一个皮包来到唐山办公室。

唐山问："樱子又当西村院长的信使啦？"

樱子说："是呀，可我哥刚好出去了，我不能空跑一趟，唐山君，你下班陪我一起用餐好吗？"

唐山提醒道："樱子你可别耽误了西村院长交代的正事。"

樱子不屑地说："哎，就一份关于那个中枪人的救治情况报告，听说那个人很快就会苏醒了。我们吃饭去，明天上午我再把报告交给我哥。"

唐山似乎心有余悸："我再也不想去'青田家'了。"

樱子笑着说："知道，咱们不去'青田家'吃'刺身'，到'爱琴海'吃西餐好吗？我喜欢这家西餐厅的名字，'爱琴海'，多浪漫，多温馨呀！哦，听说这家西餐厅不仅菜做得特别好，还设有两人世界的包厢呢。"

"爱琴海"西餐厅包厢，樱子把皮包顺手放在座位旁一把空椅子上。

服务生拿着菜谱走过来。樱子说："唐山君，你来点菜。"

唐山翻着菜谱，点了意大利千层面、西班牙火腿、法式蜗牛、鲜煎三文鱼、神户牛肉，还开了一瓶法国波尔多红葡萄酒。

樱子很惊讶："你点的都是我爱吃的呀！"

唐山说："还记得在东京时我们一起吃过西餐吗？当时你点的菜谱我都记下了。"

樱子感动地说："唐山君，你真是有心人啊！我想，我以后也要学做你爱吃的中国菜，当个中国厨娘。"

"为什么？"

"我想起一句谚语，要想俘虏一个人的心，得先俘虏他的胃。我呀，得先把你的胃给俘虏了。"

唐山端起酒杯："樱子，当厨娘的事以后再说，来，我们先把这杯红酒干了。"

约莫过了半个小时，樱子对着小镜子捋了捋头发，对唐山说："唐山君，我去一趟洗手间，顺便补补妆，很快就回来。"

唐山说："好的，我正好也抽根烟。"

包厢里剩下唐山一个人，他点了根烟，瞄了一眼樱子放在空位子上的皮包，心想，丁亦儒会在什么时候苏醒过来，正是自己急需了解的，这不仅关系到自己和古榕的安危，还关系到保护观音山雷达站的任务能否完成，而西村的分析报告就放在眼前这个皮包里。要不要利用樱子去洗手间的机会打开看看呢？不，这公文包不能碰。樱子每次当西村信使，都是事先和北岛在电话约好才过来的，今天为什么偏偏碰到北岛不在时过来？还有，樱子离开包厢时，下意识地看了一眼公文包，尽管只是瞬间，还是不小心泄露了内心的秘密。

又是一次测试，所不同的是，这回的测试者是"恋人"樱子。

隔墙有眼。唐山不动声色，静静地吸着烟。

一会儿，樱子进来了："对不起，唐山君，让你久等了。哦，刚才我们说到哪里了？"

唐山说："你说到不仅要俘虏我的胃，还要俘虏我的心。"

"对，我不仅要俘虏你的胃，还要俘虏你的心。来，唐山君，咱们再喝一杯。"看得出，樱子的状态比刚才放松许多。

此时，唐山并没有想到，就在樱子对他进行测试的时候，一个新的险情正在向他悄然逼近。

潮城"夜来香"歌舞厅，一对对沉溺于声色的男女，正随着《风流寡妇圆舞曲》旋律翩翩起舞。

歌舞厅休息区一个不显眼的角落，张曼莉与济和药铺罗掌柜小声交谈着。

张曼莉："上回的货出手了没有？"

罗掌柜："出手了，还比较顺利。你手头有新的货吗？"

张曼莉环顾左右："这里说话不方便，我们到2楼旅馆开个房间吧。"

罗掌柜："开房间，安全吗？"

张曼莉："放心，我是这里的领班，安不安全我最清楚。很多跳舞的男女到楼上开房约会，不会被注意的。这样，我先上去，你过五分钟再上来，记得上楼左拐，206房间。"

五分钟后，206房间，罗掌柜和张曼莉分别坐在一长一短沙发上。张曼莉打开烟盒，问："抽根烟吗？"

罗掌柜欠了欠身："不，我不抽烟。"

张曼莉给自己点了一根烟，吐着烟圈，神色诡秘地说："我告诉你一个消息，最近，潮城海警截获了二十箱盘尼西林，还有一批医疗器械，是南洋华侨捐献给华南抗日纵队的。"

罗掌柜顿时来了精神："哦，这些药品和器材现在在哪里？"

"在码头一个隐蔽的仓库里。这事海警队长没有上报，想找个合适的买家。"张曼莉说着，拿出一张清单。

罗掌柜看了清单，兴奋地说："我就是合适的买家，这些货我都要啦。"

张曼莉往烟灰缸里敲了敲烟灰："罗掌柜，这事是要冒很大风险的，我能知道谁是你的下家吗？"

罗掌柜说："放心，只是一个生意上的朋友。曼莉小姐，你知道这道上的规矩，你只管和我做生意赚钱就行，至于我的下家是谁，你不要问也不用管。同样，我也不会告诉下家，我的供货商是谁，你说是吧？"

张曼莉："哎，罗掌柜你误解我了，我的意思是既然冒风险，就要冒得值得。如果我没猜错，下家是这个吧？"张曼莉有只手比了个八字。

罗掌柜反问："是又怎么样，不是又怎么样？"

"如果是帮助'八路'，冒再大风险，这单生意我也做了。我毕竟是中国人呀！如果不是……"张曼莉收起了清单。

罗掌柜沉思片刻，看着张曼莉，点了点头。

"明白了。"张曼莉把手轻轻搭在罗掌柜手背上，"明天晚上8点见，还是在这个房间，我们商量交货细节。"

"曼莉小姐，其实，我是受人之托，也赚一点钱，这事千万谨慎，要是让日本宪兵队知道，是要掉脑袋的。"

"放心，我们合作这么多年，你还信不过我吗？我们是共担风险呀！"

"那，我先告辞了。"罗掌柜起身离开206房。

十分钟后，张曼莉走出房间，她轻轻叩开隔壁的204房门，开门的是日本宪兵队特高课课长美枝子。

美枝子指着桌上的监听装置说："你们在房间的谈话我都听到了，罗掌柜已经上钩。我料定，这是个意志薄弱者，明天晚上你必须想法让他上床，我要在床上捉住他。"

张曼莉说："我约他明天晚上8点206房间见面，9点以后，我保证他一丝不挂躺在我的床上。"

第二天晚上8点，罗掌柜按约定来到"夜来香"206房间，张曼莉施了浓妆，身着一袭高开衩青花瓷旗袍，显得性感而典雅。

张曼莉招呼罗掌柜在沙发上坐下，她给摆在小桌上的两个高脚杯斟上红酒："这是产于法国波尔多左岸皮雅克产区的红酒，来，罗掌柜，为我们的成功合作干一杯。"

罗掌柜端起酒杯，问："曼莉小姐，关于交货的安排……"

"哎，咱们先放松心情喝杯红酒嘛，交货的细节等会儿再慢慢谈。"

喝了杯中酒，张曼莉移位到长沙发，紧挨着罗掌柜坐下，胸脯有意无意地触碰着罗掌柜的手臂，罗掌柜仿佛被电着，顿觉浑身发麻。

张曼莉摇了摇罗掌柜的肩膀，嗲声嗲气地说："你先去洗个澡，咱们床上谈，好吗？"

"不不，曼莉小姐可是名花有主的呀。"

"哎呀，这兵荒马乱的，还谈什么名花有主没主的，就是名花有主，偶尔也要松松土嘛！"

面对张曼莉温柔而凌厉的攻势，罗掌柜完全失去招架之力……

日军宪兵队秘密刑讯室，遍体鳞伤的罗掌柜被绑在十字刑架上。美枝子示意两个打手松开绳子，架着罗掌柜坐在一条板凳上。

美枝子搬了一只凳子，坐在罗掌柜跟前："罗先生，告诉我，你的上线是谁？和你接头的人是谁？"

罗掌柜摇了摇头。

美枝子说："刚才的鞭刑只是给罗先生热热身，看来有必要介绍一下后面的刑法，好让罗先生有个心理准备。"

美枝子点了一支烟："关于灌辣椒水、坐老虎凳之类的游戏没什么创意，咱们就不玩了，咱先来一点刺激的。听说过'凌迟'吗？哦，这是中国古代一种执行死刑方式，由刽子手对犯人身体进行逐一切割，使其在极端痛苦中缓慢死亡。当然了，我们会改用手术刀，由穿着白大褂的解剖学博士来执刀，而不是粗鲁的刽子手。顺便提醒一下，我们不会在罗先生身上浪费麻药，罗先生如果忍受不了，想回答我们的问题，博士可以随时停下来，否则'凌迟'将继续进行下去。对了，我们还会在报纸上刊登一组照片。"

美枝子拿出几张照片在罗掌柜眼前晃动着，罗掌柜一看，那是自己和张曼莉赤裸着身子躺在床上的照片。

看着罗掌柜惶恐的眼神，美枝子得意地说："不知道你的上级看了这些照片会作何感想，有一点可以肯定，你就是被'凌迟'至死，也当不成烈士了。"

美枝子悠然自得地吸了一口烟，吐出一道细长的烟雾。她轻轻吹了吹香烟上的烟灰："不过，罗先生可以有更好的选择，今晚，你是被秘密逮捕的，你的上级并不知情，如果你招供，我们立即把你放回去，只有天知、地知、你知、我知。你继续当济和药铺的掌柜，以后为我们提供情报。当然，我们会为你保密，确保你的安全。怎么样？"

罗掌柜的心理防线完全崩溃了："给我一支烟。"

美枝子打开烟盒，罗掌柜哆嗦着从烟盒里取出一支烟，美枝子用打火机帮着他把烟点着。

罗掌柜深深吸了一口烟，无奈地摇了摇头："我说。"

美枝子冷冷一笑："这就对了，还是罗先生识时务。"

日本宪兵大队，美枝子挟着皮包急匆匆走进北岛办公室。

北岛问："那姓罗的招供啦？"

美枝子："报告大佐，招供了。这个姓罗的名字叫罗金碇，以济和药铺掌柜的身份作掩护，负责秘密采购华北八路军急需药品，济和药铺也是中共潮城地下党的一个备用联络站，噢，上回那个延安'要客'到'天然居'订包厢的电话就是他打的。"

北岛问："这个姓罗的供出那个'要客'，还有'要客'要见的人是谁吗?"

"没有，他只负责电话预订包厢。不过他供出一个重要人物。"

"是谁?"

"开元寺住持、中共潮城地下党负责人古榕，代号'闪电'，我们寻找的神秘电波正是出自他的手。"

美枝子打开皮包，取出一个文件夹："大佐，这是姓罗的口供笔录，请您过目。"

北岛看了口供笔录，两眼闪着幽光："真是应了中国一句古语，'踏破铁鞋无觅处，得来全不费工夫'，这个情报太有价值了，我要亲自向佐藤将军报告。美枝子，明天立即行动，抓捕古榕，记住，要捉活的，我要从这老和尚嘴里挖出'鹰眼'。"

美枝子靠前一步："大佐，您不觉得明天也是对翻译官测试的一次好机会吗?"

北岛点了点头："嗯，有道理。"

第十一章　盲棋博弈

　　唐山刚走进宪兵大队的办公室，就听到北岛招呼的电铃声，他来到三楼的宪兵大队指挥部："大佐找我有事？"

　　北岛笑吟吟地说："噢，唐山君请坐，好久没下盲棋了，今天我们来一局如何？"

　　"好呀，我也好久没下盲棋了，大佐有兴致，就陪大佐下一局。"

　　唐山和北岛面对面坐下，两人全凭记忆下棋，没有摆棋盘，也不需要棋盘。这是一场没有硝烟的厮杀。

　　"大佐，你先来。"

　　"不，唐山君，这回你先。"

　　"那我就恭敬不如从命了。"

　　唐山摆下当头炮："炮二平五。"

　　北岛针锋相对，应以顺炮："炮8平5。"

　　唐山："马二进三。"

北岛："马8进7。"

唐山："车一进一。"

北岛："车9平8。"

唐山："车一平六。"

北岛："车8进6。"

唐山："车一平六。"

北岛："车8进6。"

双方你来我往,很快形成顺炮横车对直车的开局。

唐山发现,北岛十指交叉,不停地叩动着,他意识到,北岛今天约自己下棋,绝非心血来潮,必定有事。唐山不动声色:"车六进七。"

北岛："马2进1。"

这时,门口传来了脚步声,进来的是美枝子。

"大佐,我有件急事报告。"美枝子说着,眼神瞟向唐山。

唐山起身:"大佐,你有急事处理,我就先告辞了。"

北岛示意唐山坐下,对美枝子说:"有什么事说吧,翻译官不是外人。"

"大佐,刚刚得到重要情报,中共潮城地下党负责人古榕、代号'闪电'就潜伏在开元寺内,公开身份是寺庙住持净空和尚。"

唐山吃了一惊,古榕同志身份彻底暴露了!美枝子是怎么知道的?唐山努力保持平静,他知道,北岛和美枝子正在观察自己的反应。

北岛似乎很淡定："立即包围开元寺，抓捕古榕。我在这里等着你的消息。"

"是!"美枝子退了出去。

北岛对唐山说："来，唐山君，我们接着下棋，哦，你刚才出的是什么招?"

"是车六进七"。

"嗯，马2进1。"

唐山："车九进一。"

北岛："炮2进7。"

唐山："炮八进五 。"

北岛："士6进5。"

唐山："车九平四。"

北岛："车1平2。唐山君，你经常到开元寺烧香拜佛，见过这个净空住持吗?"

唐山："炮八平三。我到开元寺烧香拜佛，见到的都是念经的和尚，搞不清楚谁是住持。"

北岛："哦，是这样。炮2退6。"

唐山："车四进七。"

北岛："车8退4。"

唐山："车四平三。"

北岛："象7进9。"

唐山："兵三进一。"

北岛："卒1进1。"

唐山："马三进四。"

北岛："炮5进4。"

唐山心里想着，古榕危在旦夕，自己又被北岛困住了。显然，北岛和美枝子是在两头撒网，一边抓捕古榕，一边设局对自己进行测试，这招够狠够毒啊！现在，想救古榕已经不可能了，但这盘盲棋一定要赢，自己早已把生死置之度外，可只有保存自己，才能完成组织交给的任务。这是一场生死攸关的博弈。

房间安静得连一根针落在地上的声音都能听见。

北岛打破寂静："唐山君，你在想什么？"

唐山说："哦，我在想，大佐今天在棋局中给我设下了圈套，攻城略地，步步紧逼，我该怎样才能反败为胜。炮五进四。"

北岛："反败为胜？恐怕没有机会了。炮2平5。"

唐山："马四进五。"

北岛："车2进8。唐山君，你败局已定，我有空头炮，车又封锁住出路，你的帅已成瓮中之鳖，无处可逃了。"

唐山："炮三平一。大佐先别急着下定论，一切皆有可能，狭路相逢勇者胜，鹿死谁手，尚未分晓。"

北岛："噢，是吗？那我们走着瞧。"

开元寺，小沙弥气喘吁吁跑进古榕禅房："师父，日本鬼子把寺院包围了，你赶快藏起来。"

古榕迅速从蒲团里取出一枚手雷、一把南部手枪和一个压满子弹的备用弹夹，对小沙弥说："转移已经来不及了，敌人是冲着我来的，你赶快离开禅房，和其他僧人待在一起。"

小沙弥执拗地说："不，师父，我不能离开你。"

古榕严肃地说："海波同志，这是命令，我有重要任务交给你，你必须把密电码本交给唐山同志。"

"那密电码本在……"

"砰！砰！"门外响起枪声，有人喊："鬼子来啦，快跑呀！"

古榕用力推开小沙弥："快走，从后窗跳出去。"

小沙弥在跳窗之前，含泪回头看了一眼师父，只见师父向他点了点头，右手举至胸前，做了个手掌向外，手指向上的手势。

美枝子和涩谷指挥宪兵和行动队特务迅速包围了寺内的大殿、禅房。

古榕握着手枪，闪在禅房门后。

美枝子让特别行动队队长金全豹朝禅房喊话："老和尚，我们知道你在里面，你已经被包围了，扔出武器，举着双手走出来，皇军确保你的生命安全。"

禅房没有任何动静。

金全豹再次喊话："再不出来，要强攻啦！"

禅房依然没有动静。

躲在另一根柱子后面的美枝子挥了挥手："上，一定要抓活的。"

几名日本兵和行动队特务端着枪慢慢向禅房逼近。

"砰！砰！"禅房靠廊道的窗户射出两颗子弹，两名日本兵应声倒下。其他日本兵和行动队特务迅速闪到廊道柱子后面，向禅房射击，交火中又有两名行动队特务被撂倒。

美枝子示意日军士兵和行动队特务停止射击。她用半生不熟的中文喊话："古榕先生，我知道你使用的是日本南部手枪，我算过了，里面的八颗子弹你已全部打光。给你一分钟时间，你举着双手走出来，否则，我将把你连同禅房一起烧掉，不，连同整座开元寺一起烧掉。现在我开始倒计时，火焰喷射器做好准备……"

一阵静默，禅房的门"吱呀"一声打开了。古榕浑身是血，一瘸一瘸地走了出来。几个日本兵冲了上去，古榕从腰后拔出换上新子弹夹的手枪，迎着日本兵连续开枪。古榕双腿也被数颗子弹打中，倒在血泊中。

后面冲上来的日本兵和行动队员把古榕团团围住。金全豹蹲了下来，取下古榕手中的南部手枪交给一旁的行动队员。他看着古榕说："老东西，为了活捉你，好几个皇军和行动队员倒在你枪口下，现在你终于束手就擒了。"

古榕把一个小铁圈塞到金全豹手中，说："狗汉奸，你手上的戒指太难看了，我送你一枚新的。"

金全豹张开手一看，是一个高爆手雷的拉环，他大惊失色："妈的，是手雷……"

开元寺里，传出一声巨响。

北岛和唐山这厢，两人对局，你来我往，横马跳卒，车攻炮轰，激战正酣。

"车8进6。"北岛看着唐山，得意地说，"唐山君，下一步，我车平中路将军，你是眼看自己的帅束手就擒而救不得呀。"

"大佐你高兴得太早了。"

唐山连连叫将："车三进一，将军！"

北岛："士5退6。"

唐山："车三平四，将军！"

北岛："将5平6。"

唐山："车六进一，将军！大佐，你的黑将无路可走了。"

北岛吃惊地瞪大眼睛："唐山君果然厉害，居然反败为胜。原来你没有落入我的圈套，而是我落入你的圈套啊！"

唐山："我用的是中国式战法——围魏救赵。大佐，你是求胜心切呀！"

美枝子匆匆走了进来，唐山闻到了美枝子身上散发的硝烟味。

北岛问："怎么样，抓捕行动进行得如何？"

"报告大佐，抓捕行动顺利，还缴获了一部发报机。"

北岛站了起来："为了庆祝胜利，来，我们喝杯酒。"

只见军曹端出一个托盘，托盘上面放着三个高脚杯。北岛打开一瓶清酒，分别给酒杯斟上。

军曹转身面对唐山，托盘上三个酒杯自然摆成三角形，其中一个酒杯明显对着唐山："翻译官，请你端起酒杯。"

北岛在一旁也补上一句："唐山君，请你先端上酒杯。"

空气似乎凝固了。这阵势，是测试，还是投毒？唐山没有时间犹豫，他端起靠近自己那杯酒，一饮而尽。唐山把酒杯放回托盘，若无其事："大佐，这是款獭祭清酒，口感还不错。"

北岛哈哈大笑，笑声中透着一股寒意："不错，这是产自山口县的'旭酒造'獭祭清酒。唐山君对清酒很有品鉴力呀！"

北岛和美枝子分别端起酒杯，喝干了杯中酒。这时，涩谷也来到了北岛的指挥部，那神情并没有获胜归来的喜悦。

唐山说："大佐，要是没别的事，我就先告辞了。"

"唔，好的，唐山君，改天我们再来一局。"

看着唐山走出去，美枝子小声问北岛："大佐，翻译官刚才下盲棋有什么反应？"

北岛仰头呼出一口气："唐山的反应如同他下的每一着棋，精准而不留任何破绽。我为他准备了两个酒杯，下毒的那个杯子没有用上。"

"我明白了。"美枝子似乎有些失望。

北岛说："美枝子，我看你今天的行动好像并不顺利，详细报告一下抓捕古榕的过程……"

回到办公室，唐山瘫坐在椅子上，上午这盘棋下得太艰难了，在极端险恶的情况下，他努力不让自己露出慌乱，靠着意志和棋艺战胜了北岛。然而此时此刻，唐山的心情十分沉重，从美枝子和涩谷的神情和身上的硝烟味可以断定，开元寺发生枪战，古榕已在枪战中牺牲，北岛想活捉古榕的企图落空了。

尽管唐山知道开元寺已经引起敌人注意，并处在严密监控之中，但古榕突然遭到围捕并牺牲，这是他始料不及的。潮城地下党内部肯定出了叛徒，可叛徒是谁呢？

唐山取出一支烟，又把烟揉碎。古榕牺牲，电台被搜，意味着他和组织中断联系，今后有紧急情况找谁商量？情报怎么发出去？唐山忽然觉得心里空落落的，他想起之前和古榕在华严寺后山的对话。

唐山同志，我随时等着发送你提供的情报。不过我们都要做最坏的准备，万一我发生不测，我是说万一，你要想办法直接把情报发给"海胆"。

可我没有电台，也没有和"海胆"对接的电台频率和密码。

电台你自己想办法，到时把发射频率调到438.500兆赫，记住，438.500兆赫。

记住了，发射频率438.500兆赫。

必要时，我会通过小沙弥把密码本转交给你，密码本绝对不能落入敌人手中。

是我们在厢房见面时，在门口扫地那个小沙弥？

是的，那是我们自己的同志，名字叫赵海波，今年才十六岁，人很机灵。他父母都被日本飞机炸死了，是个孤儿。

唐山想，小沙弥在敌人这次围捕行动中是否安然脱身，怎样才能和小沙弥取得联系呢？

两天以后，唐山下班走出宪兵司令部不远，见横街拐角处多了一个擦皮鞋的小摊点，一个戴着草帽的男孩向他打招呼："先生，要擦皮鞋吗？"

唐山一看，正是小沙弥，他环顾了四周，走上前："把我的皮鞋擦一擦吧。"

小沙弥埋头擦鞋，小声说："唐先生，我叫赵海波，是开元寺为你放哨的小沙弥。"

"我知道，你师父跟我说过。"唐山低声说。

"师父牺牲了，他是拉响手雷和敌人同归于尽的。"小沙弥哽咽着说。

"师父牺牲前对你有什么吩咐？"

"师父得知敌人包围了开元寺，交给我一个任务，把密电码本交给你，但还来不及告诉我密电码本藏在哪里，敌人已经冲进寺院，师父让我赶紧跳窗逃走，并做了个手势。"

"什么手势？"

"我记得是右手手掌向外，手指向上。还有，昨天傍晚，我悄悄潜入师父的禅房，发现墙上有师父留下的一个血手印，也是手掌向外，手指向上。我想师父是要告诉我什么。"

唐山想了想，说："右手的手掌向外，手指向上，这不是释迦牟尼的无畏印吗?"

小沙弥恍然大悟："对呀，师父之前对我讲过，说法印、禅定印、降魔印、与愿印、无畏印是释迦牟尼的五种手印。大雄宝殿释迦牟尼像的手势正是无畏印。"

唐山说："密电码本一定藏在释迦牟尼佛像的什么地方。"

小沙弥继续低头擦着皮鞋："我经常擦拭大殿的佛像，大概知道师父会把密电码本藏在佛像的什么地方了。现在寺院里到处是日本特务，正在搜寻密电码本。等过几天鬼子撤了，我再去仔细找找。找到密电码本后，我还到这里擦皮鞋。"

一队日本巡逻兵从街心穿过。

唐山说："海波同志，我得先走了。记住，到时候还在这里见，你一定要注意安全。"

小沙弥低声说："放心，我一定找到密电码本，安全交到你手中。"

唐山感觉，眼前的小战友比原来印象中的小沙弥成熟了许多。

第十二章　幽灵射手

蝶岛观音山，来了一个包头巾、戴着斗笠的神秘女人，女人告诉哨兵，她是肖楚健连长的老邻居，有急事找连长。

在观音山半山腰的连部，肖楚健单独见了这个女人。两人密谈了半个多小时，女人沿着"九九寿梯"匆匆下了山。肖楚健望着女人渐渐远去的背影，小声叮嘱哨兵，今天这个女人上观音山找他的事，绝对不许告诉任何人。

牙科诊所里屋，"虎鲨"田野荒木在给片山"看牙"。

"片山君，有个任务要交给你。"

"什么任务？"

"狙杀观音山雷达站联络官秦蕊。"

"联络官秦蕊，就是上回我在演武亭狙杀的目标？哼，要不是钱德贵那个蠢货干扰，当时就解决掉了。"

"这个联络官身份不一般，她不仅仅是雷达站的联络官，还是电台报务员，最近，她和女佣柳姑走得很近，而这个女佣是我们下一步行动要利用的重要对象。"

片山目露凶光："明白了，田野君，给我射杀目标的时间、方位，这回她死定了。"

田野荒木从口袋里掏出一张手绘图纸："在'九九寿梯'与顶街之间有一片乱石冈，秦蕊有个习惯，每次离开观音山执行任务回来，经过乱石冈时会在一块平坦的石头上休息一会儿，然后再登'九九寿梯'。明天下午，秦蕊和雷达站站长史密斯将去九仙顶的守备团团部参加一个协调会，开完会，姚守堂派的车子送他们到顶街，之后上观音山只能靠步行，预计秦蕊和史密斯明天下午6点左右会经过乱石冈。如有可能，两个一起干掉……"

第二天下午6点，秦蕊和史密斯出现在乱石冈，同行的还有一名端着汤姆森冲锋枪的士兵。

秦蕊提议："少校，我们在这儿休息一会儿再登'九九寿梯'吧。"

史密斯说："好呀，你正好给我讲一段蝶岛的故事。"

两人坐在一块平坦的大石头上。秦蕊对着小镜子捋了捋头发。不远处，一块巨石上的灌木丛中，片山次郎披着挂满布条的吉利伪装服，正用狙击步枪瞄准秦蕊，这回，他的伪装术躲过了秦蕊的观察。

秦蕊收起小镜子，对史密斯说："少校，我给你讲一个

'暗鼎阵'的故事吧。"

"暗鼎阵?"

"明朝中晚期,东南沿海倭寇猖獗,蝶岛经常受到袭扰。有个叫陈焯的乡贤想了个办法,动员乡亲们集中了几百个做饭的铁鼎,把这些铁鼎倒扣在倭寇经常出没的南屿海滩,用泥沙埋起来,上面稍作伪装,在布阵时留有暗道供自己人行走。然后陈焯带着乡民们悄悄埋伏起来。"

"后来呢?"

"傍晚,冲上海滩的倭寇踩到倒扣的铁鼎,纷纷滑倒,有的脚扎进破鼎里,抽不出来,鬼哭狼嚎。陈焯乘机率领乡民们手持锄头、渔叉一哄而上,围歼了来犯的倭寇。"

巨石上的灌木丛,片山次郎的狙击步枪瞄准镜十字线锁住秦蕊。正要扣动扳机,这时,端着冲锋枪的士兵正好挡住了他的视线,片山次郎在心里咒骂起来。

此时,史密斯谈兴正浓:"联络官,今天上九仙山,看到山顶有一块巨石,上面刻着几个大字,听说那里曾经是郑成功训练水师的水操台。郑成功是什么人,怎么跑这里来训练水师了?"

秦蕊说:"郑成功是明末清初的军事家、民族英雄。他曾经以蝶岛为基地,修造战船,操练水师。九仙山当时也叫水寨大山,山顶那块刻着'瑶台仙峤'四个大字的巨石,正是郑成功操练水师的指挥台。1661年,郑成功率领两万五千大军、两百余艘战舰从金门料罗湾出发,收复台湾,其中一路水师是从蝶岛出征的。"

灌木丛中，片山次郎发现，挡住视线的士兵终于从瞄准镜中移开了。片山次郎放慢呼吸，慢慢扣动扳机……

史密斯正聚精会神地听着秦蕊讲述，"砰！"突然传来一声枪响。

士兵惊呼："有狙击手！"

秦蕊和史密斯各自拔出手枪，迅速闪到石头后面。

士兵忠于职守："少校，联络官，你们注意隐蔽，我上去看看。"

一会儿，巨石上面传来士兵的声音："这里有一名被击毙的狙击手。"

秦蕊和史密斯绕到巨石上面，发现灌木中卧着一个太阳穴中枪毙命的枪手。

秦蕊捡起日制九七式狙击步枪，见枪托上面刻着"片山次郎"四个字。秦蕊对史密斯说："少校，如果我没猜错，这就是在演武亭古塔上设伏的那个日本狙击手，刚才那一枪不是他开的，有人抢在他扣动扳机之前将他击毙了。"

史密斯环视着重归寂静的乱石冈，喃喃自语："看来有人给敌人提供我们出行的精确情报，有人则在暗中保护我们，这狙击手背后的神秘射手是谁呢？"

"什么，片山次郎遇刺？不可能，绝对不可能！"听到钱德贵的报告，田野荒木变得歇斯底里。

"是的，片山次郎是在乱石冈伏击秦蕊时被反狙杀的。"

田野荒木按捺不住内心的惊恐："片山次郎曾被选派到德国柏林狙击学校特殊培训，他的枪法是一流的，他的伪装术也是一流的。他能够和环境融为一体，在岩石间，他就是一块石头。在草地中，他就是一堆草皮。他能够忍受蚊虫叮咬两个小时而纹丝不动，这样优秀的狙击手怎么会遭到射杀呢？"

钱德贵说："据我了解，蝶岛守备部队中并没有配备狙击手，雷达站的组成人员中也没有狙击手，而中共的地下党更不可能有狙击手。"

田野荒木眼里闪着混浊的泪光："1943年，片山君的老师、柏林狙击学校校长科宁斯被派往斯大林格勒击杀苏联神枪手瓦西里·扎伊采夫，在和对手对峙四天四夜的情况下，中了瓦西里声东击西的计谋，结果被一枪击毙。而今天，片山次郎在蝶岛乱石冈执行狙杀任务，也被反狙杀，师生殊途同归，难道是宿命的安排？这个中国的瓦西里、幽灵般的射手到底是从哪里冒出来的？"

潮城，日本派遣军司令部，佐藤和北岛正在密谈。

佐藤指着挂在墙上的军用地图说："《一号作战纲要》将于近日启动，为了确保东南沿海通道安全，策应湘豫桂战场，中国派遣军总司令部命令，务必于4月16日彻底摧毁蝶岛观音山雷达站，冈村宁次大将亲自过问这件事。"

北岛说："将军，我明白了，摧毁蝶岛观音山雷达站不是局部的战术动作，而是具有战略意义的军事行动，大本营是在下一盘大棋。"

佐藤点点头："不错，你必须保证'D计划'缜密无误和顺利实施。"

北岛说："将军放心，这次我们将采取针对人员和雷达站双重行动，对离岛也进行清理，对进入蝶岛海域的舰队将采取多重掩护措施。"

佐藤说："方案我都看了，这是一次连锁行动，海陆空联手，环环相扣。我现在担心的是保密出问题，万一哪个环节泄密，将功亏一篑呀！"

北岛说："将军，我对'D计划'做了最严密的封锁，每个参与执行的人员只知道与自己有关的部分，整个计划只有我和将军掌握。"

佐藤提醒道："要知道，中共的谍报人员是无孔不入的。这段时间你们虽然铲除了潮城地下党负责人，也缴获了发报机，可至今'鹰眼'还没落网呀。"

"将军，我已在打锡巷济和药铺，也就是中共地下党备用联络点布下网，还有，那个丁亦儒很快就会苏醒，'鹰眼'跑不了。"

唐山几次经过横街拐角，都没有看到擦皮鞋的小沙弥，这让他忧心忡忡，难道小沙弥也出了意外？

没有密电码本，即使有了电台，也不可能对发出的摩尔斯电码加密，也很难对收到的密码进行解密。还有，对"D计划"情报的收集至今仍没有进展，该怎么办？

唐山再次想到宪兵大队无线电信室的酒井。

周末，唐山再次约酒井喝酒，不过这回不是到"青田家"，而是到相对僻静的"新潮味小馆"。

唐山点了生菜龙虾、石榴鸡、卤鹅、金排骨、蒜蓉生蚝等几样潮城特色菜。

"酒井君，猜猜，我今天带什么酒？"唐山故意吊酒井的酒瘾。

"还是上回的日本清酒？"

"不，这回咱不喝清酒，换个口味。"

"威士忌？"

"不，再猜。"

"噢，我知道了，一定是法国波尔多红酒。"

唐山拎出一瓶成义酒厂生产、印有"荣获巴拿马国际奖"的贵州茅台酒放在桌上。

酒井看着酒瓶，舌头绕嘴巴转了一圈："我知道，这是中国顶级的酱香白酒，唐山君，你是怎么搞到的？"

唐山打开瓶盖，给自己和酒井的酒杯斟上酒："酒井君，今晚又没有什么急电，咱们慢慢喝酒，慢慢吃菜。"

酒井忽然想起什么："密电，一份密电……"

唐山问："什么密电？"

酒井说："我刚才急着和你出来喝酒，把一份密电放在桌上了。"

唐山问："你出来时门锁上了吗?"

酒井摸了摸裤兜的钥匙："锁上了。"

唐山说："锁上就好。放心，那里是宪兵大队，戒备森严，很安全，你明天上班时记得收起来就行。酒井君，中国有句古语叫'酒逢知己千杯少'，来，干一杯。"

"干一杯。"

唐山频频敬酒，酒井频频举杯，不到一个小时，一瓶茅台酒全都喝光了。

看着醉趴在桌上的酒井，唐山心想，机会来了。他观察过无线电信室的铁门，那特制的门锁靠两根铁线很难打开。现在，钥匙就在酒井的裤兜里，这是进入宪兵大队无线电信室看密电的唯一机会，可往返宪兵大队最快需要三十分钟时间，万一酒井这个时段醒来，发现钥匙不见怎么办?

不，没时间犹豫了，必须马上行动。

唐山悄悄取出酒井裤兜里的钥匙，走出"新潮味小馆"，上了一辆停在路旁的黄包车，直奔宪兵司令部。

唐山晚上经常到宪兵大队办公室加班，站岗的哨兵对他的到来并不在意。唐山来到宪兵大队3楼无线电信室，用酒井的钥匙开了门，很快在桌上找到密电文件夹，他翻开文件夹，里面有一封北岛发给"虎鲨"的绝密电报:

启动 D 计划，4 月 15 日里应外合摧毁雷达站，16 日扫清外围，不得延误。

唐山将密电文件夹放回桌上，迅速离开宪兵司令部。他跳上一辆黄包车，对车夫说："快，到'新潮味小馆'，付你双份车费。"

"好嘞！"车夫拉起黄包车一路狂奔。

唐山走进"新潮味小馆"包厢，见酒井正瞪着血红的眼睛看着自己，唐山心里一怔。

"唐山君，你去哪里啦？"

"噢，我去解手了。"

"我也要去尿……"

"酒井君，你喝多了，我搀着你。"

唐山借着搀扶酒井上厕所，把钥匙塞进他的裤兜。

唐山回到住所，见楼梯旁的小桌上放着一部电话机，问刘妈："这电话机怎么回事？"

"哦，唐先生，这电话机是你不在的时候，一个叫北岛的先生特地交代人来安装的。"

北岛这个时候派人来安装电话，是为了方便有事联系，还是为了让刘妈及时向特高课报告自己的行踪，抑或兼而有之？有一点唐山心里明白，这电话随时处于被监听之中。

唐山边上楼梯边说："刘妈，我有点累，上楼休息了。"

"好的，唐先生，开水烧好放你卧室了，有事叫我。"

唐山回到卧室，沏了一壶浓茶，他慢慢喝着。今晚在无线电信室看到的绝密电报内容太重要了，得想办法尽快发给秦蕊，今天是4月8日星期六，距离4月15日星期六只有一周时间，可这情报怎么发送呢？

唐山想起之前在开元寺禅房，古榕曾经向他提起过的罗掌柜："你万一和我断了联系，可以和打锡巷503号济和药铺罗掌柜取得联系。在潮城，你只和我保持着单线联系，罗掌柜并不认识你，你们第一次见面，只能靠暗语对接。你问，有上等天麻吗？掌柜说，有，你要云南的还是四川的？你说要云南的。掌柜会说，请到里边看药材。"

此时，唐山特别需要一部发报机，或者一个可靠的信使。可是，古榕暴露身份，说明地下党内部出了叛徒，这个罗掌柜可靠吗？唐山耳际再次回响着古榕的叮嘱："你的情况特殊，不到万不得已，不要轻易启用这个联络点，知道你身份的人越少越好。"

这个罗掌柜到底见还是不见，唐山斟酌着……

唐山正准备点根烟，忽然听到了轻轻的敲门声，唐山开门一看，是刘妈。

"唐先生，有你的电话。"

唐山快步下楼接了电话，话筒里传来樱子的声音："唐山君，我现在还在医院值班，听我哥说，你住的地方今天装上电话了，我想，我应该是第一个给你打电话的人。"

"是的，樱子，你是第一个打来电话的。这么晚了，有什么事吗？"

樱子娇嗔地说："没事就不能给你打电话呀！我最近偏头痛又犯了，这病西医老是治不好，我可不想当中国《红楼梦》里那个病恹恹的林黛玉。唐山君，你不是说认识一个叫什么仙的老中医吗？"

"哦，是'三指仙'。明天是4月9日，正好是星期日，我陪你去看看。"

"悬壶"中医诊所，"三指仙"经过一番望闻问切，又云山雾罩讲了一通关于中医辨证施治的理论，终于提笔慢悠悠给樱子开了一张治偏头痛的处方：

> 天麻（钱半）　川芎（钱半）　菊花（一钱）
> 蔓荆（钱半）　白芷（一钱）　丹参（一钱）
> 白芍（一钱）　钩藤（一钱）　甘草（五分）
> 水碗八煎七分

"三指仙"特别叮嘱："记住，天麻是这帖药方的引经药，不可或缺呀！"

唐山接过药方，问："先生，这药到哪里可以买到？"

"三指仙"用手顶了顶架在鼻梁上的老花镜，说："这些药嘛，附近打锡巷的济和药铺就可以买到。"

唐山问："这药需要服用多长时间？"

"病来如山倒，病去如抽丝，急不得，急不得呀！不过，照着处方每天服一帖，连续服五天，定有好转。""三指仙"矜持中带着自信。

唐山问："还要注意些什么吗？"

"三指仙"捋了捋山羊胡子："嗯，要放松身心，避免过度紧张和疲劳。对了，有时间帮你太太按摩太阳穴和颈部，可以通利血脉。"

樱子在一旁抿着嘴笑了。

离开"悬壶"中医诊所，樱子状态好了许多："唐山君，我们现在去哪里呀？"

"我先陪你回去，然后到济和药铺帮你抓药。"

"抓药？"

"哦，就是买药。"

有樱子偏头痛作掩护，又有"三指仙"的药方，唐山决定冒险到济和药铺见罗掌柜。

樱子挽着唐山的手："先生，你可要记住那老头中医的嘱咐，有时间帮你太太按摩太阳穴和颈部，以放松身心、通利血脉哦！"

下午5点，唐山来到打锡巷"济和药铺"对面的骑楼廊道，他仔细观察药铺和周边环境，只见药铺不时有买药的人进进出出，并无异常。

终于，唐山横穿街道，走进"济和药铺"。

药铺店堂弥漫着一股浓浓的甘草味，贴墙的货架上布满贴着中药标签的抽屉。长长的柜台里站着两个年轻店员，与柜台相连的是一张高高的账桌，账桌后面坐着一个国字脸的中年人，正用左手拨打着算盘。

"先生抓药吗?"有个店员问。

唐山把药方放在柜台上，问："这处方里的药你们药铺都有吗?"

店员拿起药方看了看，说："都有，先生。"

唐山利用店员抓药的空隙，"不经意"走到账桌跟前，见国字脸的中年人正用探询的眼光看着自己。

"请问……"

本来，唐山想用暗语问"有上等天麻吗?"可就在这时，他瞄到蹲下身抓药的店员后腰有东西突起，唐山心里一怔，那是手枪的枪柄!

"请问，这里有坐堂看偏头痛的大夫吗?"唐山临时改口。

"哦，哦，没有……"国字脸中年人有些茫然。

"先生，你的药齐了。"店员指着柜台上的三包中药说。

唐山付了钱，拎着中药径直走出"济和药铺"。

唐山心里清楚，罗掌柜叛变了。敌人已在"济和药铺"设下陷阱。古榕牺牲，自己必须独立扛起组织交给的任务，而在这个节骨眼上，由于疏忽和误判，冒险来济和药铺见罗掌柜，差点铸成大错。对今天的事，北岛和美枝子绝不会放过，情报还没有送出去，却要面临敌人新一轮的审查和测试，他只有孤身应战，见招拆招了。

特高课秘密接头点，美枝子见了罗掌柜和装扮成药铺店员的便衣特务。

美枝子问："什么情况？"

罗掌柜说："下午，哦，就一个小时前，唐山来药铺了。"

"对上暗号了吗？"

"没有。他走到我账桌前，问有坐堂看偏头痛的大夫吗。"

"你确定这个人就是唐山吗？"

"确定，和你提供的照片并无二致。"

"是不是他发现什么破绽了？"

"没有任何破绽，我肯定。"

美枝子问便衣特务："你觉得呢？"

便衣特务信誓旦旦："课长，我也觉得没有任何破绽。"

罗掌柜说："会不会是唐山出于谨慎，第一次到药铺先踩点，等下回来买药才对接暗号呢？"

美枝子吩咐："继续守候，有情况及时向我报告。"

傍晚，樱子来到北岛住处："哥哥，找我有什么事？"

"哦，有位朋友从日本给我带来两罐上等抹茶粉，今天是星期日，让你过来一块品饮，本来想你上午过来，可没有联系上你。"

"我这几天头痛得厉害，上午让唐山君陪着去看中医了。"

北岛将烧开的热水放置降温，用小竹勺舀上几勺茶粉放入过滤网，茶粉经滤网过筛进入木质碗中。

"我知道，你当学生的时候就有偏头痛的毛病，看看中医也好，药都买齐了吗？"

"那老中医开了张药方，药都买齐了，是唐山君从'济和药铺'买到的。"

北岛沿着茶碗边沿注入一汤匙温水，用竹制茶筅在碗中搅动调膏，然后注入热开水，再用茶筅快速搅动抹茶，刷打出绵密的泡沫。

"唐山对潮城的药铺还挺熟悉的嘛。"

"不，是那个叫'三指仙'的老中医告诉我们的，说附近有一家'济和药铺'，药方里的药那里都有。哥哥怎么问起这个？"

"哦，这药方里的药不能缺呀，买到就好，买到就好。"

很快，两碗抹茶冲泡好了，北岛把其中一碗端到樱子跟前："来，樱子品尝一下家乡的味道。"

樱子喝着抹茶："嗯，好久没喝到家乡的抹茶了，这茶散发着一股沁人心脾的清香，口感丝滑，我仿佛行走在春天的竹林中。哥哥你知道吗，其实这抹茶起源于中国魏晋时期，多见于宋人笔记，是九世纪末随日本遣唐使进入日本的。"

北岛说："樱子都快成中国通了，这些一定是唐山告诉你的吧。"

"不，是我自己从书上看的。"

樱子放下茶碗，说："哥哥现在对唐山君应该放心了吧。上回，我完成了哥哥交给的测试任务，哥哥也要兑现对我的承诺喔！"

北岛一愣："承诺？"

"是的，承诺。哥哥难道忘了？"

"噢，当然记得。不过现在是非常时期，这事还不能太着急，有些事还需要你的配合。樱子，我理解你对唐山的感情，但要记住，你首先是一名帝国战士，一名穿着白大褂的帝国战士，帝国的利益高于一切。"

"哥哥，能问你一个问题吗？"

"什么问题？"

"我们为什么要发动这场战争？我们为什么要到中国来打仗？"

"为了帝国的利益，为了大和民族的强大。"

"非要通过战争吗？"

北岛用热水重新烫洗茶碗，说："战争是个好东西啊！你看，支那虽然积贫积弱，却幅员辽阔，拥有丰富的资源，而我们大和民族这样一个高贵的民族，却蜗居在狭窄的缺乏资源的岛国上，只有通过武力，通过战争，才能开疆拓土，重新分配资源。这也是'日清战争'给我们的启示呀。"

"日清战争？"

"哦，支那人叫'甲午战争'。我们通过发动这场战争，致使中国的北洋水师全军覆没，逼迫晚清政府签订《马关条约》，获得2.315亿两白银的巨额赔偿，实际上，最后获得的赔付是2.587亿两白银，这是当时日本军费支出的三倍，年度财政收入的四点五倍。正是这笔巨额赔偿，使日本国力大大增强，跻身列强。"

见樱子不吭声，北岛问："樱子，你在想什么？"

樱子说："哥哥，你感受到中国人顽强的抵抗意志吗？你认为现在进行的这场战争会是什么结局？"

北岛沉着脸："樱子，作为帝国军人，对天皇发动的这场'圣战'不能有丝毫的动摇，任何时候都要有必胜的信心。马上，我们就有重要军事行动了。"

樱子问："那，唐山君这次会随部队出征吗？"

北岛把新冲泡的一碗抹茶端到樱子跟前："这个嘛，到时候你就知道了。来，樱子，再喝一碗抹茶。"

第十三章　漳城历险

4月10日，星期一，距日军"D计划"的实施还有五天。

蝶岛，下街聚祥银铺里屋，秦蕊见了老树。

老树放下手中的工具，说："秦蕊同志，你来得正好，有重要的事情要告诉你。"

"老树同志，什么重要情况？"

"敌人最近很可能对雷达站采取行动。观音山雷达站锁住敌人在台湾海峡西岸的战略通道，切断了敌人的海上运输命脉，对夺取抗战的最后胜利起着重要作用。'塔山'要求我们，不惜一切代价保住雷达站，万一雷达站遭到破坏，也要设法引导美国航空队摧毁日军出现在蝶岛海域的舰队。"

秦蕊充满必胜信心："我想，有潮城地下党同志的配合，我们一定能再次挫败敌人的图谋，让'塔山'放心。"

老树神情有些凝重："我还要告诉你一件事情，就在几天前，潮城开元寺发生枪战并传出爆炸声，'闪电'不幸牺牲。"

"什么，'闪电'牺牲了？"

"是的，'闪电'是潮城地下党的负责人兼发报员，公开身份是开元寺住持，他的牺牲，意味着潮城地下党和我们的无线电联系将中断，也就是说，我们得不到潮城地下党同志提供的情报。"老树嗓音带着沙哑。

"那'鹰眼'呢？"

"暂时没有'鹰眼'的消息，不过有一点可以肯定，他现在是孤身作战，处境十分艰难。"

秦蕊眼里闪着泪花："我相信，'鹰眼'一定会想办法和我们取得联系。"

老树摇摇头："'鹰眼'没有电台，没有密电码，又身处险境，怎么和我们联系呢？"

"能给我一杯水吗？"

老树给秦蕊倒了一杯水，问："秦蕊同志，你是不是还有什么事？"

秦蕊喝了口水，努力让自己平静下来："有个新情况要向你报告。"

"什么情况？"

"雷达站电台的电子管烧坏了。"

"有备用的吗？"

"就是备用的电子管烧坏了。史密斯让我去趟漳城，到美国航空队驻漳城联络处领取同一型号的电台专用电子管，顺便也带回一套雷达备用的电子管。"

"都赶在一起了，在这节骨眼上，电子管烧坏，电台不能使用，即使雷达发现敌人海上目标，情报也发不出去。你快去快回，不过一定要注意保密，要知道，你现在是敌特袭击的重要目标。"

"这些我都想到了，除了史密斯，没有人知道电台的电子管坏了，更不知道我要去漳城。现在路况不好，加上办事，往返漳城得三天时间，我准备明天天亮前动身。"

"怎么走，有人陪同吗?"

"我自己走，越少人知道越好。放心，我让我叔叔秦潮生用渔船送我出岛。我到了海湾对岸后，搭乘一辆邮车到漳城。至于回来，漳城的美军联络处会做安排的。"

"千万注意安全。对了，你这次到漳城，找个时间到联络站取回一个高灵敏度的收音机，我要用它接收上级的指示，你懂的。"

"我懂。"

经过无线电培训的秦蕊明白，老树是通过收音机接收数字密码，按指定的某本书来解译密码，每组数字都代表着这本书的页数、行数、列数，再"按图索骥"，拼出电报内容。

老树问："记得联络地点和方式吗?"

秦蕊说："记得，漳城府埕路太古桥'阿凤成衣店'，那老板娘认得我。"

潮城，日军宪兵大队，美枝子向北岛报告："大佐，鹭州负责闽南谍报网的中村中佐发来密电，明天蝶岛观音山雷达站报务员将前往漳城美军联络处。"

"这时候报务员到美军联络处做什么？"

"不清楚，估计跟电台有关。大佐，这个报务员名字叫秦蕊，既是报务员又是中尉联络官。'虎鲨'一直想射杀此人，但没有成功，还损失了一名狙击手。"

"你说，如果雷达站在关键的时候没有报务员，意味着什么？"

"明白了。大佐，我们是不是派个行动小组在半道上狙杀。"

"不，半道上狙杀涉险太深，而且胜算不大。知道报务员在漳城的落脚点吗？"

"根据情报，美国第14航空队联络处在漳城水仙街龙江旅馆设有招待所，龙江旅馆共有三层，一层二层对外营业，招待所在第三层，报务员很可能会住在那里。"

"有关于报务员的具体信息吗？"

"报务员出生在蝶岛，曾在漳城美国人办的教会中学念书，后毕业于燕京大学英语专业。我这里有她的照片，是'虎鲨'通过'毒刺'提供的。"

北岛看着照片："这么说，这个报务员和唐山是燕京大学的校友啦。"

美枝子说："是的。"

北岛来回踱着步，忽然停了下来："我决定，派出以唐山为组长的三人行动小组，潜入漳城，刺杀报务员。"

美枝子有些讶异："派唐山？万一……"

北岛说："你是担心唐山乘机跑掉？不，如果唐山不是'鹰眼'，共党和军统都把他当作追杀对象，他跑了不是自投罗网吗？如果唐山是'鹰眼'，他潜伏的任务还没有完成，你说他会跑吗？"

"明白了，大佐是刺杀秦蕊和考验唐山一箭双雕。我派桥本和铃木两位特工和唐山同行，如果唐山成功刺杀了秦蕊，我们对他就彻底放心了，如果唐山表现异常，就让桥本、铃木就地把他解决掉，不留后患。"美枝子目露凶光。

北岛点点头："嗯，这正是我的意思，两位特工和唐山必须寸步不离。行动小组明天一早乘小型运输机到鹭州，然后由中村中佐安排，通过秘密交通线进入漳城。在漳城，有中村直接掌握的一个谍报站，可以为刺杀行动提供策应。美枝子，时间紧迫，你抓紧向桥本、铃木布置任务，我嘛，还得找唐山谈一次话。"

"大佐现在就找唐山？"

"不，等明天早上，临去机场时。"

4月11日，星期二，清晨，潮城机场。唐山在桥本和铃木的"陪同"下，登上一架日军小型运输机，飞机起飞后沿着海岸线朝着鹭州方向飞行。

望着舷窗外扑朔迷离的涌动的云雾，唐山意识到，此次漳城之行，充满变数和凶险。他回忆着北岛找他谈话的情景。

"唐山君，认识一下，这是特高课的桥本和铃木，他们两人将随同你执行一项特殊任务。"

"特殊任务？"

北岛指着桌上的一张照片问："见过这个女人吗？"

唐山看着照片，心里暗暗吃惊，是秦蕊。自己和秦蕊都是燕京大学学生，这一点，北岛应该是清楚的。

"见过，是燕京大学的学生。"

"你们熟悉吗？"

"她读的是英语专业，我读的是历史学专业。"

"这个我知道，我问的是你们熟悉吗？"

"当年，校学生会组织学生参加抗日游行，我不愿参加，她和其他学生围攻过我，是个激进的抗日分子。"

"嗯，她叫秦蕊，现在是美军在蝶岛观音山雷达站的中尉联络官兼发报员，根据情报，她今天到漳城，将入住水仙街龙江旅馆3层美军联络处招待所，我决定派你去漳城执行刺杀任务。在漳城，你有两个晚上的时间采取行动。桥本和铃木将协助你完成任务，他们还负责你的安全，寸步不离保护你，要知道，你可是共党和军统狙杀的对象。"

"大佐，我觉得执行这个任务，美枝子比我更合适。"

"不，你是中国人，而且认识这个秦蕊，便于执行这项任务，更重要的是，我相信你会用行动表达对帝国的忠诚。你们三人换上便装，立刻到机场，一架运输机专门送你们去鹭州，那里有中村中佐负责接应。"

"大佐，这次行动一定要保密，一旦泄密，那我真是自投罗网了。"

"放心，绝对保密，我等着你们完成任务安全回来。"

飞机遇到气流，一阵颠簸，唐山的心也跟着飞机忽上忽下，他想，北岛这一招的确阴毒，几乎把自己逼到绝境。然而，这也是一次向秦蕊传递情报的机会，必须把握住。可两个特务寸步不离，怎么在敌人的眼皮底下完成情报传递而不被发觉，既保护秦蕊又能安全脱身呢……

唐山乘飞机飞往鹭州之际，美枝子出现在潮城韩江路241号唐山住所。

刘妈诚惶诚恐："课长，有什么吩咐吗？"

美枝子戴上白手套，说："带我上楼，我要亲自检查唐山卧室。"

美枝子跟着刘妈来到唐山卧室，先检查了唐山的床铺、壁橱，最后用两根铁线插进办公桌左边抽屉的锁孔，打开抽屉。美枝子发现，抽屉里除了放着几本关于心脑外科的日语书，还有一个小药箱，小药箱上标有"东亚医院"字样。美枝子打开药箱，见里面放有听诊器、棉签、医用酒精、碘酒、纱布、绷带，还有几瓶治感冒和胃肠炎的常用药。美枝子先后拧开酒精、碘酒的瓶盖，嗅了嗅，又把瓶盖拧上。她把书和药箱按原样放回抽屉，又用铁线打开右边的抽屉……

鹭州，日军禾山军用机场，中村和一个中年男子在舷梯下迎候唐山一行。

中村介绍中年男子："这位是漳城谍报站西园站长，是个会讲闽南话的日本人。他的掩护身份是往返于漳城和鹭州之间的走私商人，在漳城军界有不少'朋友'。哦，这次'目标'到漳城的情报就是他提供的。西园君将护送各位到漳城，并配合这次行动。"

唐山瞄了一眼西园，迅速记下特征，矮胖身材，板寸头，脖子上有一道明显的疤痕。

在西园的陪同下，一个多小时工夫，车子就进入漳城市区。

这是一座典型的亚热带城市。香蕉林、棕榈树、五脚基、红砖楼、燕尾脊古厝，带篷的载客三轮自行车，还有阿斗饭店、阿英蚵煎、阿香肉粽、阿海鱼丸、阿丙算命、阿盛百货、阿巧裁缝等"阿字辈"的店铺鳞次栉比，无不透着浓郁的"漳城味""闽南风"。

尽管经常遭到鹭州日军飞机的空袭，这座闽南著名侨乡依然顽强地展现着它昔日的繁华。

太古桥牛肉店2号包厢，西园点了一桌牛肉系列套餐，逐一介绍着："这是酱牛肉、番茄炖牛腩、香草牛柳、青椒炒牛肉、红烧牛排、香菜牛肉羹、沙茶牛肉面、咖喱牛肉饭。哦，后面还有一道从吕宋引进的补肾壮阳的'五号菜'。诸位请慢慢享用。"

桥本和铃木埋头大快朵颐。

唐山小声说："我们将入住水仙街龙江旅馆，'目标'今晚也会入住这家旅馆，请西园君设法了解她是住在3层的几号房间。我判断，'目标'明天办事，后天一早就离开漳城，我们选择在明天晚上行动，完成任务后连夜撤到鹭州。"

桥本往嘴里塞了一块酱牛肉，说："唐山君，我和铃木中文说得不好，容易暴露，你出面联系住宿，我们三人同住一个房间，最好有两张床，其中有一个睡沙发。大佐再三交代，我和铃木必须守着你，保证你的安全。"

唐山说："我知道了。说到安全，两位是否发现我们的穿戴有什么问题？"

铃木停住伸往盘子夹肉的筷子："唐山君，你说有什么问题？"

唐山说："看看，你们两位穿着风衣，一个戴着黑礼帽，一个戴着鸭舌帽，如果再配上一副墨镜，就妥妥的一身特务打扮了。我这行头也不行，一袭带条纹的西装，太过醒目了。要知道，这里可不是潮城，也不是鹭州，咱们不要还没行动就被盯上了。"

桥本问："唐山君，你觉得换什么衣服合适呢？"

唐山说："桥本君最好换上中式盘扣对襟上衣，我换上一件中山装，铃木君还穿着风衣，只是黑礼帽不要戴了。"

铃木问："为什么我还穿风衣？"

唐山说："行动的时候，我和桥本君带着手枪，而铃木君是带着冲锋枪，穿风衣才能盖得住。"

桥本说："还是唐山君想得周到，可到哪里去弄衣服呢？"

唐山说："我刚刚看到街对面有一间'阿凤成衣店'，要不我们吃完牛肉面去看看。"

西园问："我陪你们一起去吗？"

唐山说："西园君先把车开到龙江旅馆附近，等会儿我们坐三轮车去旅馆，这样比较不会被注意。"

从蝶岛赶来的秦蕊先行一步来到"阿凤成衣店"。店里除了老板娘和一个年轻的女店员，没有其他人。秦蕊转了一圈，问："老板娘，我想定做一件旗袍可以吗？"

老板娘说："可以呀，我这里也做裁缝呢。"她吩咐站在一旁的女店员，"阿琴，你看着店，我带客人到里屋量一下尺寸。"

进到里屋，秦蕊对老板娘说："凤姐，我到漳城办事，后天一早就回，老树让我来取一件东西。"

老板娘拿出一个装衣服的灰色手提袋，说："老树要的东西在这袋子里面，你是现在带走还是办完事才来拿？"

"我现在就拿走吧，怕后面没有时间。"秦蕊接过阿凤手中的提袋正要往外走，隐约听到门店有人在说话。

老板娘小声对秦蕊说："你先待在这儿，我把门关上，出去看看。"

唐山和桥本、铃木正在看衣服，见老板娘脖子挂着白玉弥勒佛挂坠朝着他走过来，唐山用戴着碧玉指环的左手捋了捋头发。

老板娘来到唐山跟前："先生，衣服要量身定做还是买现成的？"

唐山说："时间来不及了，我想挑件成衣。"

对上暗号，老板娘正要说什么，唐山抢先说："老板娘，我们来了三个人，想各自挑件合适的衣服。"

老板娘会意："好呀，咱们店刚刚进了一批衣服，老款新款都有，各位尽管挑。"

很快，桥本挑了一件中式盘扣对襟上衣。老板娘说："这位先生很有眼光呀，到更衣室试试吧。"

桥本看了一眼铃木，示意他看着唐山，然后进了更衣室。

唐山转了一圈，挑了一套深色中山装，他拿着衣服在身上比画着。

老板娘走到唐山跟前："先生，要不，等会儿你也到更衣室试试。"

唐山背对铃木，面向老板娘，用手指了指上衣口袋，说："这套中山装颜色还行，就是偏小一点，有大一号的吗？"

老板娘接过唐山手上的中山装，顺手挂回原处，说："大一号的，有呀，我能给先生量一下尺寸吗？"

"好呀。"唐山担心，老板娘似乎没有觉察到自己对中山装口袋的暗示。

老板娘取下挂在脖子上的布尺，走到唐山背后，一边量着尺寸一边用小本子记着："肩宽46公分，胸围105.8公分，腰围73.6公分，臀围113.2公分。"

老板娘夸赞道："这位先生身高应该有180公分吧，真是标准身材呀。我就照着这个尺寸给先生挑一套合身的中山装。"

唐山问："什么时候来取，我急着要穿。"

老板娘说："明天，明天上午8点开店时你再过来试衣服。"

唐山说："那我明天上午8点30分准时过来。"

桥本换上盘扣对襟上衣走出更衣室，一副地道闽南人模样。唐山付了钱，三人走出成衣店。

桥本问："怎么，唐山君，你没挑上合适的衣服？"

铃木在一旁说："刚才唐山君挑了一套中山装，颜色合适，可型号不对，约明天上午8点30分过来试大一号的。"

桥本催促道："我们现在赶紧去办理住宿，明天上午再陪唐山君过来试衣服。"

看着三人走远，老板娘从中山装上衣口袋里掏出一张纸条，她来到了里屋。

秦蕊小声问："凤姐，什么情况？"

老板娘说："刚才来了三个人，其中一个是地下党同志，暗号对上了。"

老板娘用棉签蘸上显影液在纸条上小心涂抹着，纸条渐渐显出两行字：

　　请安排我明天和"海胆"单独见面。同行2人

是日本特务。鹰眼

老板娘把纸条递给秦蕊："秦蕊同志，来人要求单独见你。他怎么知道你到漳城，这里面会不会有诈？"

秦蕊看着纸条，眼睛湿润了："是'鹰眼'没错，刚才我在门背后听到了一个熟悉的声音，还有，这纸条上熟悉的字迹……"

老板娘划了根火柴把纸条点着，说："'鹰眼'约定明天上午8点30分来店里试中山装，这是一个机会。"

秦蕊问："可是，'鹰眼'身边有两个日本特务跟着，怎么见面？"

老板娘想了想，说："这样，你明天早一点过来……"

水仙街龙江旅馆207房，唐山、桥本、铃木、西园秘密"碰头"。

西园说："我买通了旅馆三层一名打扫卫生的员工，了解到'目标'已经入住319房。"

桥本问："楼道和旅馆周围有什么异常？"

西园说："经过观察，三楼偶尔有美军联络处人员出入，楼道和旅馆周围没有发现任何异常。"

唐山提醒道："注意不要惊动'目标'，准备明天晚上行动。为了避免暴露身份，诸位除了随身携带的匕首外，冲锋枪、手枪和手雷先藏在车上，等明晚行动前再装在袋子里拿到房间。"

西园说："我会在旅馆对面停放一部轿车，随时监控'目标'进出情况，同时也为行动小组做接应准备。"

唐山说："很好。具体行动细节，等明天再安排。今晚各位早点睡，尽量少露面。"

唐山躺在沙发上没有入眠，下午在"阿凤成衣店"，老板娘借着量尺寸的机会，在他背上用摩尔斯电码轻轻敲了四个字：看到口袋。

和老板娘对接上，这让唐山稍稍松了一口气。但是，明天到成衣店，特务就在身边，老板娘会用什么办法安排自己和秦蕊见面？即便见上面，能有机会说话吗？

唐山起身，借着上厕所，把情报要点悄悄写在一张纸条上。

4月12日清晨，秦蕊透过纱窗缝隙，发现了停泊在旅馆对面的可疑轿车。秦蕊悄悄来到一层，从员工通道进入厨房，再从厨房来到了后街。她迅速拦住一辆载客三轮车，直奔太古桥。

8点30分，唐山一行三人来到"阿凤成衣店"。

老板娘从衣架上取下一套深色中山装，对唐山说："先生，这就是你要的大一号的中山装。"

唐山接过中山装，在身上比了比。

老板娘说："要不，先生到更衣室试一试？"

唐山对桥本、铃木说："二位稍等片刻，我到更衣室换一下衣服。"

桥本跟随唐山来到更衣室前，察看了更衣室，没有发现什么异常。

唐山走进更衣室，关上门，迅速脱下衣服，换上中山装。

这时，更衣室里侧的木板墙慢慢移开，唐山愣住了，站在眼前的是秦蕊，她是从成衣店里屋推开隔板进入更衣室的。

两人紧紧抱在一起。

秦蕊贴着唐山的脸颊，用气息说话："我又闻到熟悉的烟草味儿了。"

唐山附在秦蕊耳边，同样使用气声："特务就在更衣室外，我们只有3分钟时间。你尽量不要说话，听我说，好吗？"

秦蕊点点头。

唐山的话精练得像压缩饼干："敌人已启动'D计划'，4月15日里应外合摧毁雷达站，16日扫清外围。'里应'，注意柳姑。'外合'，注意敌机轰炸。'扫清外围'，注意敌人搜索象屿。敌人这次是连环行动，破坏雷达站后，将有一支满载两千二百人的舰队经过蝶岛海域，务必引导飞机炸沉它。万一雷达站被毁，象屿可以作为直接观察敌舰队的地点。还记得那溶洞吗？"

秦蕊点点头。

"潮城地下联络站罗掌柜叛变，'闪电'古榕同志牺牲。

我没有电台和密码本，暂时无法和你取得联系，不过，这段时间，你的电台要随时保持待机状态。"

"知道了，我这次来漳城取电台电子管，顺便带上大号锌锰干电池，万一上象屿时用得上。"

更衣室外，桥本看了看手表，又看了看更衣室的小门。

老板娘阿凤端着茶盘迎上来："先生，这是刚刚冲泡的武夷山大红袍。这茶岩韵十足，汤色橙黄，香气浓郁，喝了回味无穷，人称'茶中状元''岩茶之王'。每道茶滋味都不同，这是第一道茶，请品鉴……"

更衣室里，唐山争分夺秒："敌人派出一个三人行动小组，就是我和外面那两个日本特务到漳城，刺杀目标就是你。漳城有日本谍报站，站长叫西园，做走私生意，和漳城军界有联系，你这次到漳城的行程就是他收集到的。"

"这个西园有什么特征？"

"矮胖身材，板寸头，脖子上有一道疤痕。西园收买了旅馆一名员工，知道你住 319 房。今晚 12 点行动组发动袭击。记住，行动小组中就我穿中山装。"

秦蕊小声说："今天晚上咱们演一场《空城计》，到时候你'掩护'两个日本特务撤出旅馆，注意和特务保持一定距离，以免被误伤。"

"知道了。"唐山把一张纸塞到秦蕊手中，"情报要点写在纸条上，回去再看。"

"知道你提供的情报有多及时多重要吗？"

"知道，见到你，就放心了。"

秦蕊仰起头，眼泪夺眶而出："我……很渴……"

唐山双手捧着秦蕊泛红的脸庞，轻轻吻了她柔软温热的双唇。他努力抑制住感情："原谅我，特务就在门口，随时会闯进来，你先走，记住，完成好任务，等我。"

秦蕊抿着嘴，点了点头。

唐山抹去秦蕊眼角的泪水，微笑着说："抗战胜利在望，我们很快就要相聚了。"

秦蕊再次拥抱了唐山："我记着你在天津咖啡馆的摩尔斯，'待到春暖阴霾散，相约南门看归帆。'"

更衣室门外，桥本焦虑地看了看手表，用手拨开再次端茶上前的老板娘，向铃木作了个手势，两人走向更衣室。

更衣室的小门开了，唐山穿着中山装走了出来，问桥本："怎么样，这衣服合身吗?"

许多年后，秦蕊回忆"阿凤成衣店"更衣室里的三分钟，是她一生中最漫长最难忘的三分钟。

紫山山麓。美国第14航空队漳城联络处。

梅勒上校握着烟斗："Miss秦，听了你的报告，让我感到震惊，日本间谍居然精确掌握你来漳时间和入住地点，还准备在我们眼皮底下采取刺杀行动。从蝶岛到漳城，日本特务一直把你作为刺杀的目标，说明敌人这次是摧毁雷达和解决雷达站人员同时下手。观音山雷达站具有特殊的不可替代的战略地位，一定要确保安全。你所急需的雷达电子管、电台电子管、备用干电池都已准备好，我立刻派车武装护送你回蝶岛，雷达站不能没有电台和报务员呀。"

秦蕊说："中校，我想等明天一早再回去。"

"哦，为什么？"

"潜伏在漳城的日本特务西园是重大隐患，我想将计就计，今晚留下来当诱饵，乘机清除西园，同时，掩护线人安全返回敌营。"

"这个线人是什么背景？"

"一位抗日志士，为我们提供有价值的情报。"

"好吧，我让联络处直属的警卫排配合你今晚行动，前提是必须确保你的安全。"

4月12日晚上10点，西园拎着一个帆布行李袋溜进龙江旅馆207房，他打开行李袋："武器都在这里，两把冲锋枪、四把手枪、八颗手雷，还有压满子弹的备用子弹夹。"

桥本问："确定'目标'就在319房吗？"

西园说："确定，服务员刚刚进去送茶点，'目标'在房间。"

桥本问："三层今天有其他人员入住吗？"

西园说："没有，很安静。到时候，执行刺杀的人员装扮成入住旅客，由我买通的服务员带到319房门口，等服务员用钥匙打开房门后，迅速冲进去解决'目标'。尽可能用匕首解决，不到万不得已不要开枪。接应的车辆和驾驶员就在街对面，任务完成后连夜撤到鹭州。送你们撤离的车有特别通行证，只要不被盯上，开出漳城没问题。"

唐山叮嘱："晚上12点行动。我们四个人做个分工，有人刺杀'目标'，有人监控楼道，万一楼道被堵住，那就出不去了。"

桥本说："刃毙是我的特长，保证一刀封喉。由我和西园君来执行刺杀任务，唐山君和铃木君控制楼道。"

唐山点点头："就这么定。现在，各位检查一下武器。"

晚上11点，八个穿着便衣、配备汤姆森冲锋枪的武装人员顺着绳索，从一层厨房爬上三层的小西餐厅，这是平时卷扬机输送西餐的通道。

秦蕊悄悄打开319房门，探头观察楼道动静，见服务员正走出楼道拐下楼梯。她轻轻带上房门，迅速闪入斜对面的小西餐厅，和先行到达的武装人员会合。

服务员似乎听到什么，又折回楼道，他来到319房前，附着房门，听到房间里的收音机正播放着闽南语歌曲《五更鼓》：

一更更鼓月照山

牵君仔的手摸心肝

君来问娘欲按怎

随在阿君你心肝

二更更鼓月照埕

牵君仔的手入大厅

……

服务员松了一口气，走出楼道下了楼梯。

西园来到207房，小声说："现在是11点50分，楼道没有异常，'目标'正在房间里听收音机，服务员在3楼楼梯口等着我们。"

唐山看了看手表，说："时间到了，各位拿上武器，开始行动！"

四个人来到了三层，唐山和铃木守在楼梯口，桥本和西园跟着服务员来到319房外。桥本耳朵贴着房门，听到收音机还在播放闽南语歌曲，他做了个开门的手势，服务员用钥匙打开房门，桥本和西园迅速冲了进去，只见房间里空空如也。

桥本掀开床上的被子，没人。打开壁橱，没人。拉开落地窗帘，也没人。

桥本大惊失色："不好，我们中埋伏了，快撤！"

两人退出房间，朝楼梯口狂奔。背后射来一发子弹，西园应声倒下。

桥本在唐山和铃木的掩护下，跑到楼道口。

唐山对铃木说："铃木君，把冲锋枪和备用弹夹给我，我来掩护，你和桥本君赶快撤到汽车里。"

唐山端着冲锋枪，闪在楼道口拐角处，和追击者展开对射。桥本和铃木利用这个机会，从三层跑到一层，冲出旅馆，直奔汽车。

唐山边射击边往楼下撤。

楼道上，秦蕊发现被击毙的刺客留着板寸头，脖子上有一道疤痕。秦蕊断定，这就是西园。

唐山撤到汽车跟前，桥本在车里喊道："唐山君，快上车。"

唐山换上备用弹夹，转身向追出旅馆的武装便衣射击，只见有2人"中枪倒地"，其他人员退回旅馆。唐山跳上车，催促道："快，直接开往鹭州禾山机场。"

驾驶员问："西园站长呢？"

桥本吼叫道："快开车，西园站长'玉碎'了，再不开车，我们都跟着'玉碎'啦！"

汽车沿着九龙江畔疾驰。唐山气鼓鼓地说："今晚行动的消息是怎么泄露出去的？"

铃木说："从进入漳城到今晚12点行动之前，我们3个人都始终在一起，我怀疑是服务员出了问题。"

唐山说："服务员是西园站长亲自联系的，难道会有问题吗？"

"我想起来了，那个服务员在开319房门时，手一直在哆嗦，我当时就感觉有些不对劲。"桥本咬牙切齿。

望着车窗外月光下波光潋滟的九龙江水和闪烁的渔火，

唐山露出一丝快意的微笑。

漳城之行，得以向秦蕊当面提供情报，更衣室里3分钟的每一个细节都历历在目。今天晚上，不仅成功挫败了敌人刺杀秦蕊的图谋，还清除了潜伏在漳城的日本特务西园，这是和秦蕊一次真正意义上的并肩作战，是一次堪称完美的配合。而诱导桥本和铃木把旅馆服务员当作泄露刺杀行动计划的对象，事实上是把刺杀行动失败的责任推给了西园。桥本和铃木出于自保，也很愿意这样做，反正死人是不会说话的。

狡猾的北岛这着棋又失手了。

停泊在九龙江上的连家船上，飘来大广弦低沉淳厚、缠绵哀婉的弦音，依稀听到有人在唱：

一条破船挂破网，长年累月漂江上，斤两鱼虾换糠菜，祖孙三代住一舱……

迎着凉爽的江风，唐山清醒地告诫自己，不能陶醉于眼前的小胜。从掌握的情报看，三天之内，北岛必有重大行动。回到潮城后，将投入一场殊死战斗。游走于刀尖之上，既要有向死而生的勇气，还要有缜密的思维和足够的胆略，任何细节上的疏忽都有可能铸成不可挽回的大错，不能有丝毫松懈和大意，绝对不能。

第十四章 "童子"现身

潮城，唐山下飞机后乘车先回到韩江路241号住所。

唐山拿出钥匙插入抽屉锁孔轻轻转动着，他慢慢拉出抽屉，发现放在书上的一根头发丝不见了。唐山明白，有人趁他不在时进了卧室，翻过抽屉，这个人一定是美枝子。唐山确信，美枝子发现不了什么问题。作为显影液的碘酒是一瓶真正的碘酒，而且和医用酒精、纱布、绷带等混在一起，而自己作为曾经的中亚医院医生，在住所放一个备用小药箱是很正常的。

唐山换了衣服，开门准备下楼，迎面碰上手提热水瓶的刘妈。

"唐先生，我给你送开水了。"刘妈走进卧室，把热水瓶放在桌上。

唐山试探地问："刘妈，我不在时有人找过我吗?"

"哦，我差点忘了，先生不在时，樱子小姐挂来几次电话，问先生什么时候回来呢。"刘妈说。

唐山系着外衣纽扣，说："好的，我知道了。"

唐山刚走进宪兵大队的办公室，就听到电铃声，这是北岛在呼他。唐山预感到，此次刺杀行动失败，北岛一定气急败坏。

作战室，北岛异常平静："唐山君请坐下，先喝杯热茶。"

唐山作自责状："大佐，刺杀观音山雷达站报务员的行动失败了，没能完成你交给的任务。"

北岛说："中村中佐和桥本都向我报告了，西园不慎泄露了行动计划才造成这次行动的失败，是你冒死掩护，行动小组才得以安全撤退。唐山君，我赞赏你临危不惧的勇气和对帝国的忠诚。"

"可是，没有清除目标，我心有不甘呀！"唐山似乎耿耿于怀。

"唐山君无须太在意，我自有解决的办法，你就安心当好翻译官。哦，这里有一份给黄再生司令的密件，你抓紧翻译成中文。"

唐山接过北岛手中的"密件"起身告辞，只见美枝子匆匆走了进来。

美枝子对唐山说："翻译官请留步。"

唐山缓缓转过身："美枝子小姐，有什么事？"

美枝子冷冷地说："恭喜翻译官又一次安全脱身。"

唐山问："你这话什么意思？"

美枝子咄咄逼人："我很好奇，每次行动，只要有翻译官参与，总是以失败告终，或者说，每次行动失败的背后，总有翻译官的影子。这次行动，'目标'逃脱，西园'玉碎'，而你，则全身而退，而且没有留下任何破绽。西园站长是一名很有经验的特工，把行动失败归咎于西园君的不慎，你以为我会信吗？"

唐山的眼睛余光发现，北岛正在观察着自己的反应，他决定反击。

"美枝子小姐，信不信由你。本来，我也在为西园君'玉碎'难过，为这次行动失败自责，可你话要这样说，我倒要问你，到底是希望我有破绽还是没有破绽，希望我和桥本、铃木回来还是回不来？还有，你说的每次行动，到底还有哪些行动，能说来我听听吗？美枝子小姐，我原来以为你的多疑是出于特工职业的本能，也是出于对帝国的忠诚，可现在我不这么看了。"

"为什么？"

"抗日地下组织在背后追杀我，而你千方百计置我于死地，你在做着抗日地下组织想做而做不到的事，我有理由怀疑你对帝国的忠诚。"

"你……"

一直保持沉默的北岛开口说话了："美枝子，对这次行动失败的原因我自有判断，这事就别再争了。唐山君，我还是相信你的，你专心忙你的事去吧。"

看着唐山走出去，美枝子低声问北岛："大佐，找我有什么事？"

北岛说："'D计划'已经启动，事关重大，到里面谈。"

唐山回到办公室，回想着刚刚与美枝子交锋的情景。

很明显，北岛和美枝子在演一出双簧，美枝子步步紧逼，北岛老谋深算，就像两条徘徊在身边的恶狼，随时可能扑上来。此时，更要保持定力，沉着周旋，不能有丝毫的闪失。

唐山翻开北岛交给的"密件"，只见上面写着"粤东和平救国军调往广西参战的计划"，他快速浏览了计划内容，心想，狡猾的北岛，到现在还在玩"明修栈道，暗度陈仓"的把戏。然而，潮城伪军的真实行动方向是哪里，会不会和日军的海上军事行动有关联呢？

唐山点了一根烟，4月15日也就是后天，敌人就要实施里应外合破坏雷达站的计划了，面对复杂多变的敌情，秦蕊能对付得了吗？自己还能配合秦蕊做些什么？

一阵电话铃响，唐山拿起话筒，是樱子挂来的："唐山君，好几天没见着你了，电话也联系不上，我们下班见好吗？"

"好的。"

唐山放下电话，他想起了停泊在军港里的日军兵舰。

白沙湾，樱子和唐山漫步在洁白的沙滩上。

"唐山君，知道吗，这两天联系不上你，我心里直发慌，老害怕见不着你。"

"大佐让我去执行一项秘密任务，走得比较仓促，来不及也不方便告诉你。"

"这几天，我哥哥老往部队上跑，我感觉马上要打仗了。我问哥哥，唐山君会不会随同部队出征，可他没有明确告诉我。"

"用不着问，军人嘛随时准备上战场。哦，最近美枝子没去医院打扰你们吧？"

"嗨，别提那女人了，这几天来得更频繁，居然把录音设备也搬到病房了，说那个丁亦儒一旦醒来，马上录音。这狐狸精，整天净做些偷鸡摸狗的事，有能耐到前线打仗去。唐山君，好不容易约你出来散步，别让那女人浪费我们的宝贵时间。"

"没错，别让那女人浪费我们的宝贵时间。樱子你看，今天的晚霞多美呀！"

樱子望着天际的晚霞，感叹道："这晚霞，色彩斑斓，像传说中仙女的霓裳呀！"

唐山指着附近一座小山说："樱子，趁着太阳还没沉入海平面，我们登上那座小山看海上落日好吗？"

樱子说："好呀。"

唐山和樱子登上靠近军港的小山，这里视野开阔，军港里停泊的船只尽收眼底。

落日余晖中，樱子紧紧搂住唐山。

借着和樱子拥抱的机会，唐山清楚看到，军港里除了原来停泊的护卫舰和运兵船，又多了一艘运输船。

樱子嘴唇贴在唐山耳朵上："唐山君，你的拥抱一点都不认真。"

"这拥抱还有认真不认真呀！"

"因为我是女人……"

蝶岛，古城下街聚祥银铺。

老树听了秦蕊的报告，欣慰地说："秦蕊同志，你这次漳城之行非常值得，不仅完成预定任务，而且有了意想不到的收获，特别是见到'鹰眼'，获得敌人'D计划'的相关情报，而且还除掉了日本在漳城的谍报站站长。"

秦蕊说："这次多亏了'鹰眼'和漳城地下党同志，没有他们的保护，我可能回不来了。对了，在更衣室，'鹰眼'还讲到一件事。"

老树问："什么事？"

秦蕊说："潮城地下联络站罗掌柜叛变，导致了'闪电'的牺牲。"

老树神情冷峻："这事我会向组织报告，这个叛徒，一定要严惩。秦蕊同志，保护观音山雷达站，'鹰眼'已经尽力，接下来要靠我们了。"

秦蕊说："我明白。老树同志，我今天来找你，还有一个突发事件要向你报告。"

"突发事件？"

"是的，柳姑的阿姆被绑架了。"

"什么，柳姑的阿姆被绑架，是什么人干的，现在人在哪里？"

"我从漳城回来后，发现柳姑神色恍惚，情绪有些反常。我找她单独谈了一次话，你知道，这段时间我经常去看望她阿姆，和柳姑建立了信任关系。开始，柳姑只是哭，经过开导，终于说出了实情。"

秦蕊向老树讲述了事情发生的经过。

4月13日晚上，柳姑离开文公祠回到家里，发现阿姆不见了，柳姑心里很着急，阿姆晚上从来不出门的。

这时，一伙人冲进屋里，把门给关上。

柳姑惊叫道："你们是什么人，我阿姆呢？"

一个领头的说："你别叫，叫也没用。告诉你，你阿姆在我们手中，只要你听我的话，我会保证你阿姆安全。"

柳姑问："你们想干什么？"

领头的拿出一个小纸包："很简单，只要你15日做午饭时，像撒盐巴一样把里面的白粉撒在菜里就可以了。"

柳姑吃惊地问："你们想让我投毒？"

"不，这不是毒药，是泻药。"

"你们到底是什么人，为什么要这样做？"

"噢，这不是你该问的。我来问你，你想不想让你阿姆回来？"

"我凭什么相信这是泻药，凭什么相信你会放我阿姆回来？放了那药，就算你们放过我，观音山的人也不会放过我的。"

"看你这小姑娘，反应还是挺快的。放心，我们不想要那些人的命，只想让他们躺床休息几天。关于你的安全，我们也替你想好了，你不是经常和守备连的张庶务一块去买海产吗？最近贻贝上市，你和张庶务到海鲜市场采购些贻贝，中午炒贻贝时把药撒上，这药是无味的。蝶岛每年不都有人吃了贻贝上吐下泻吗，没有人会怀疑上你的。只要你答应按我说的去做，明天就可以把你阿姆先放回来，事成之后还可以给你一笔钱，怎么样？"

"你们说话算数？"

"当然算数，不过这事你绝对不许告诉任何人，不然，就别怪我说话不算数了，你这个家可是搬不走的。"

老树听了秦蕊的讲述，说："很明显，敌特已经开始实施'D计划'了。我们来个将计就计，让柳姑'答应'敌特的要求。《孙子兵法》写道，用间有五：因间、内间、反间、死间、生间。这五间当中的反间计，也就是巧妙利用敌方间谍为我所用最为重要。"

秦蕊说："老树同志，我的想法和你不谋而合。我们不仅要挫败敌人破坏雷达站的图谋，还要消灭敌人的海上运兵舰队。我们将计就计，制造雷达站人员集体中毒的假象，通过敌人潜伏在蝶岛的间谍'蒋干盗书',诱使敌人出动舰队,而我则'瞒天过海',把观察站设到象屿,引导轰炸机歼敌于海上。"

这时,外屋传来柜台伙计和客户打招呼的声音。

老树侧耳一听,对秦蕊小声说:"说蒋干,蒋干到,钱德贵为他情妇打镯子来了,我出去应付一下。"

秦蕊拔出手枪,闪到橱柜后面。

见老树从里屋走出来,钱德贵从怀里拿出一个小木盒:"师傅,这是上回打戒指剩下的那截金条,你再帮我打一只金手镯,上面还刻上阿贞的名字。"

"你这截金条除了打一只金手镯,还可以再打一只金戒指,也刻上阿贞的名字吗?"

"这金戒指嘛就刻上'彩云'吧。"

"先生艳福不浅啊!"

"嗨,我这辈子注定要欠女人的债,没办法呀!"

"那你七天后来取吧。"

"好吧,能快尽量快,我还有急事,先走啦。"

老树回到里屋,秦蕊问:"钱德贵走了?"

老树说:"已经走了。这汉奸让他多活几天。哦,我们接着说,你刚才提的'瞒天过海'的想法既大胆又可行,不过,在实施过程中,每一个环节都必须考虑得十分缜密和周到,这是一场暗战与明战交织的生死博弈。你需要什么支持和配合,尽管提出来。"

秦蕊说："我在山上行动受限，这个时候特别需要一个可靠助手。"

老树意味深长："我明白了，这个助手远在天边，近在眼前，'童子'该现身了。"

秦蕊站起来："老树同志，接下来我下山的机会不多了，我想现在就去找一下我叔叔秦潮生。"

"秦潮生，就是上回在海上救两个美国飞行员的那个渔民？"

"是的，我们'瞒天过海'的计划还需要得到他的帮助呢。"

后澳渔村，秦蕊找到了秦潮生。

秦潮生，长着一张古铜色的脸庞，风浪里行船造就了他坚毅的性格和强壮的体魄。他和岛上许多渔民一样，信奉关公，喜欢喝酒。

这时，出海归来的秦潮生正在家里喝烧酒就着花生米。

见秦蕊进屋，秦潮生说："阿蕊，你来得正好，有件事想要告诉你呢。"

秦蕊问："叔叔，是什么事？"

"昨天下午，我们渔船归帆时，发现有一艘渔船跟在后面驶入蝴蝶湾，快到渔港的时候，这艘渔船却突然掉头驶向外海。"

"是蝶岛本港的渔船吗？"

"我觉得不是。本港的渔民出海捕鱼用的是'福船'，而那条渔船是粤东一带渔民常用的'红头簪'。"

秦蕊陷入沉思。

"阿蕊，你找我有什么急事吗？"秦潮生打断了秦蕊的思考。

"哦，是的，叔叔，这两天你的渔船不要出海了。"

"为什么？这段时间赶上好'流水'，我和伙计们正准备明天出海多捕些鱼呢。"

"有件事想请你帮忙，用你的渔船送我们去象屿。"

"送你们去象屿，和打日本鬼子有关吗？"

"叔叔你想想，我请你帮忙，哪回和打鬼子无关？"

秦潮生拍了拍沾在手上的花生膜："说吧，什么时候走？"

秦蕊说："明天中午，观音山雷达站的人员会发生集体食物中毒，当然，是假中毒。到时候会雇请你的渔船送'中毒人员'到邻县上岸，当船驶到半海时，掉头驶向象屿。"

"没问题，这里的航道我很熟悉。"

"今天晚上，我会让人和你联系，悄悄往船舱搬运些东西。"

"可我怎么知道来人是你安排的，要是特务冒充怎么办？"

"叔叔的警惕性还蛮高的嘛。"

秦蕊拿起桌上的便携式不锈钢扁酒壶："这小酒壶我先拿走，晚上让联系人带上它来找你。"

"可里面的酒我还没喝完呢。"

"嗨，老叔，等消灭了鬼子，我送上一坛好酒，让你喝个够。"

下街，牙科诊所里屋，"虎鲨"田野荒木在给躺在治疗椅上的钱德贵"看牙"。

田野荒木："柳姑情绪稳定吗?"

钱德贵："还稳定。她答应接受投毒任务后，按照你的吩咐，把她阿姆放回家，还给了一笔钱。"

田野荒木："看住她，特别注意她和那个女报务员的接触。还有，密切关注雷达站人员动静，发现异常立即向我报告。"

钱德贵："放心，我派人暗中盯着呢。"

田野荒木："明天中午雷达站人员中毒之后，必定会送医院救治，你要安排人专程'护送'。"

钱德贵："我会安排的。不过，我觉得不如乘机把这些人都给解决了，省得费事。"

田野荒木："蠢! 我们是要制造吃了贻贝中毒的假象，如果全都毒死了，那还叫食物中毒吗? 还有，如果都毒死了，美国人会迅速派新的团队来接替，而把中毒人员送医院救治，可以把人给拖住，等到他们出院，'D计划'已经落下帷幕。你的，明白?"

"我的，明白。"钱德贵的应答有点不伦不类。

田野荒木摘下口罩，目露凶光："要知道，这是一场豪赌，一场你死我活的豪赌，我们输不起，我们的对手也输不起，不是生存，就是毁灭!"

观音山雷达站附近，有一处僻静的鹰嘴岩天然石室，这段时间，秦蕊、史密斯、艾德森经常借着傍晚散步，在这里开"碰头会"。

4月14日傍晚，"碰头会"在这里进行。

史密斯说："我完全同意联络官提出的方案，明天午餐食物中毒的戏要演得像，不能让敌特看出破绽。还有，要准备好一艘渔船，船老大一定要可靠，提前把电台、高倍望远镜、水和食物悄悄放到船上。"

秦蕊说："少校，这个我已经做了安排，我叔叔秦潮生是个富有经验的渔民，对蝶岛海域航道很熟悉。上回就是他在象屿附近救起两个美军跳伞飞行员的，也是他把两个飞行员送出蝶岛的。"

史密斯说："很好，这事就由你去办了。"

艾德森问："我们离开观音山后，如果敌机来轰炸雷达站怎么办？"

史密斯说："不是如果，而是肯定。到时候，保护雷达站的任务就靠肖楚健连长了。"

秦蕊建议："艾德森是雷达站工程师，想办法让他留下来，配合肖楚健保护雷达站。"

史密斯说："我看可以，明天中午找个理由让他没有机会'中毒'。时间紧迫，我们赶紧分头准备。这个时候要特别小心，在我们周围可能隐藏着窥视的眼睛。"

史密斯、艾德森先后走出鹰嘴岩，"散步"返回文公祠。

秦蕊最后一个离开石室。天色渐暗，秦蕊警觉地环视着四周，感觉蘑菇石背后好像有异常动静，她拔出手枪，绕到鹰嘴岩后面，这里灌木丛生，怪石嶙峋，静谧中透着一股不祥气息。

秦蕊慢慢靠近一块人形巨石。忽然，一只手枪枪管对着秦蕊的后背："别动，联络官，把手慢慢举起来。"

这是观音山守备连副连长车道宽的声音，秦蕊保持冷静："车道宽，你想干什么？"

"本来，只是想听听你们在谈些什么，可你却逼着我现身，你说，现在我该干什么？"

"车道宽，你应该知道当汉奸的下场，给你一个机会，放下武器，趁着还没有血债，戴罪立功。"

车道宽取下秦蕊手中的枪："不，现在只有鱼死网破了。联络官，你真不该在这里出现，你那么聪明，怎么没想到螳螂捕蝉，黄雀在后呢？"

一支乌黑的枪管顶着车道宽的后脑勺："黄雀之后，还有'童子'。车道宽，把手举起来！"

车道宽举起双手："肖楚健，你在跟踪我。"

肖楚健说："自从你到守备连就没有离开过我的视线。"

秦蕊转过身，迅速夺过车道宽手中的枪。

车道宽故作镇定："肖连长，我们做个交易，咱们就当今天的事没有发生，以后我为你提供情报，怎么样？"

肖楚健冷冷一笑："刚刚还鱼死网破，现在又想做双面间谍，你变得可真快呀。"

这时，天空传来马达的轰鸣声，一架日军侦察机从头顶掠过，就在这瞬间，车道宽像一只狡兔，迅速蹿到一块巨石后面，借着夜幕逃遁。

秦蕊冲着肖楚健喊道："快追，绝不能让他跑了！"

"秦姐，你先回文公祠。放心，他跑不掉。"肖楚健握着手枪，冲进扑朔迷离的巨石阵。

三十分钟后，文公祠，肖楚健向秦蕊报告："秦姐，车道宽慌不择路，在逃窜时摔落崖底，我让手下找地方把尸体掩埋了。这事要不要向姚守堂报告？"

秦蕊想了想，说："现在岛上敌情复杂，先让他'失联'几天，等我们收拾完敌特，再由史密斯少校作通报。"

秦蕊说："刚才车道宽偷听了我们在鹰嘴岩石室开会的内容，幸亏你及时赶到，不然后果不堪设想。"

肖楚健说："秦姐，我当时正在找你，听哨兵说车道宽上鹰嘴岩了，我觉得不对劲，立刻赶到鹰嘴岩，于是发生了刚才的一幕。"

秦蕊说："你在找我？"

肖楚健拿出半张10元面值的美钞："我这里有半张美钞，你有另外半张吗？"

"有呀，你等等。"秦蕊从笔记本里取出半张10元面值美钞，正好和肖楚健那半张严丝合缝。

秦蕊："心事浩茫连广宇。"

肖楚健："于无声处听惊雷。"

这是鲁迅先生的两句诗。

秦蕊紧紧握住肖楚健的手，眼角闪着激动的泪花："楚健同志，原来你就是'童子'。我想起来了，刚才在鹰嘴岩时，你说过，黄雀之后，还有'童子'。你这'童子'出现得可真及时呀！"

肖楚健说："其实，我已经出现过了。"

秦蕊说："我明白了，那天在乱石冈击毙日本狙击手片山次郎的也是你。"

肖楚健说："是的，我的任务是暗中保护你。其实，那天在乱石冈，我心里也是很紧张的，万一我失手了，或者鬼子狙击手先于我开枪，那后果就严重了。"

秦蕊说："重要的是，你成功了。那把狙击步枪就作为战利品奖励给你了。"

肖楚健说："好呀，我要用它多杀几个鬼子。"

秦蕊问："对了，你还没告诉我，事先怎么知道鬼子狙击手会在乱石冈设伏的？"

"有一天，观音山来了一个围着头巾戴着斗笠的神秘女人。"

肖楚健的回忆再现了当时的情景。

那天，神秘女人见了肖楚健，取下斗笠，解开头巾："楚健兄弟，是我，你原来的老邻居阿贞呀。"

肖楚健问："阿贞姐，好久没见了，你过得好吗？"

阿贞眼里渗着泪水："兄弟，我丈夫细狗去年夏天被日本飞机炸死了。"

肖楚健问："是去年夏天在七星池的七尸八命？"

"是的，当时细狗正路过七星池，见一架日本飞机在扫射，许多人跳进池子躲避，细狗也跟着跳了进去，没想到后面又来了一架日本飞机，往七星池扔了一颗炸弹，池子里的人都……"阿贞泣不成声。

肖楚健关心道："阿贞姐，有什么需要我帮助的吗？"

阿贞抹了抹眼泪，说："看我只顾着说细狗，差点忘了，我今天找你，是要告诉你一件事。"

肖楚健问："什么事？"

阿贞从怀里掏出一张纸，说："兄弟，你看上面写的画的都是些什么？"

肖楚健一看，愣住了，这是一张标有"乱石冈"的手绘地形图，图中还注明"目标休息处""狙击手埋伏处"。纸的下沿写着：

4月5日下午6时左右目标出现。

肖楚健问："阿贞姐，你这张纸是从哪里得到的？"

阿贞说："楚健兄弟，不瞒你说，这是钱德贵昨天晚上落在我家的。前些日子，我被他的甜言蜜语给迷住了，有一天晚上他喝醉时说漏嘴了，我才知道他在为日本人做事。这挨千刀的，我恨不得杀了他。"

肖楚健把手绘地形图纸放在桌上，拿出笔和纸，把上面的地形图描绘下来，然后把原来的图纸交给阿贞，吩咐道："阿贞姐，这张纸原来落在哪里就放回哪里，我想钱德贵一定会回来找的，你就当作没捡到也没看到。"

阿贞说："好的。还有一件事，钱德贵的牙没什么毛病，却经常跑下街牙科诊所找一个姓田的医生。"

肖楚健说："阿贞姐，很感谢，你提供的情况非常重要。以后有什么事可以及时来找我，但注意不要被钱德贵发现。在钱德贵面前，要像没事一样，不要让他起疑心。"

阿贞说："像没事一样，我做不到……"

肖楚健说："阿贞姐，我知道这对你很难，可你现在做的，是在为细狗兄、为在七星池被日本鬼子飞机炸死的乡亲报仇雪恨啊！你放心，钱德贵这狗汉奸活不了几天了。"

"楚健兄弟，我听你的。"阿贞收起图纸，重新包好头巾，戴上斗笠，说，"那，我走啦。"

肖楚健叮嘱道："阿贞姐，回去路上小心。"

看着阿贞沿着"九九寿梯"往下走的背影，肖楚健心想，这是一个柔弱而又坚强的女人啊！

秦蕊听了肖楚健的讲述，问道："阿贞过后再来找过你吗？"

肖楚健说："来过，她告诉我一个重要情况，钱德贵经常在傍晚时间去石笋滩，好像是和什么人秘密会面。"

秦蕊问："阿贞平时还和什么人接触吗？"

肖楚健说："我问过了，她经常去海月庵烧香拜佛，认识海月庵的年轻师太'念慈'。"

秦蕊说："海月庵我小时候去过，那师太现在年龄应该不小了。"

肖楚健说："我了解过，1939年6月，日本占领了粤东，大批难民逃到闽南沿海地区。有一位二十多岁的姑娘，据说父母被日本飞机炸死了，孤身一人来到蝶岛海月庵，被老师太收留，削发为尼，起名'念慈'。两年后，老师太去世，'念慈'成了海月庵年轻的师太。她乐善好施，经常用香客捐赠的香油钱帮助阿贞，阿贞有空也常去海月庵帮着打理菜园。"

秦蕊说："楚健，那天乱石冈脱险，多亏了你，也多亏阿贞提供的情报呀。对了，你是不是受过专门狙击训练？"

肖楚健带着几分俏皮："哪来什么狙击训练，不过我告诉你，我小时候用弹弓打鸟，可是一打一个准。"

秦蕊笑道："看来你从小就为当狙击手做了准备呀！哦，你刚才说有事要找我，是什么事？"

肖楚健说："秦姐，我接到老树的通知，今天晚上必须和你对接上，你有什么任务尽管吩咐。我还有一个助手，守备连一排排长周子华，也是我们的同志。那天晚上，歼灭偷袭雷达站敌特的那支小分队，就是由周子华的一排组成的。"

秦蕊拿出不锈钢扁酒壶："楚健，情况紧急，敌人的'D

计划'已经启动，岛上敌特明天企图制造雷达站人员集体中毒事件，乘乱让轰炸机炸毁雷达站，以掩护海上的军事行动。我们准备将计就计，迷惑敌人，歼敌于海上。我走不开，你带上这个不锈钢扁酒壶，今天晚上无论如何要和我叔叔秦潮生联系上……"

第十五章　山雨欲来

1944年4月15日，星期六，中午，观音山雷达站人员集体食物中毒。

钱德贵很快出现在观音山。军医报告："最近贻贝上市，守备连的庶务老张头和柳姑在市场买了一些新鲜贻贝，中午，史密斯少校、联络官秦蕊，雷达兵华莱士、亨利，负责电源保障的詹姆斯，吃了炒贻贝后上吐下泻。"

钱德贵问："艾德森呢？"

军医说："艾德森忙着检修雷达设备，错过了吃午饭时间，没有中毒。"

钱德贵问："你确定这些人是食物中毒吗？"

军医说："确定，嘴上都冒白沫沫了。我做了催吐处理，但要抓紧送医院洗胃、导泻、输液。"

"现在人呢？"

"肖连长已经让士兵用担架把五个人抬去码头，准备用船送出海岛。美军漳城联络处已紧急调了一部救护车到对岸的邻县码头等候。"

"走，到码头去看看。"

钱德贵赶到码头，只见船已驶离港口。钱德贵问肖楚健："肖连长，为什么不等我来，姚团长随后就到，团部要派专人护送。"

肖楚健说："钱少校，我已经派人护送了，救人要紧呐。你看船已开走，要不，你嗓门大，把他们喊回来。"

钱德贵望着远去的渔船，悻悻地说："那就算啦。"他忽然想起什么，问肖楚健，"怎么没看到车副连长呢?"

肖楚健说："你说车道宽呀，我也在找他呢! 这家伙别大白天跑去吃花酒了。"

钱德贵一时哑口无言。

看着钱德贵匆匆离开码头，肖楚健从口袋里掏出一张字条，这是刚才躺在担架上的秦蕊趁人不注意时塞给他的，字条上面写着:

　　注意保护好柳姑

下街，牙科诊所，田野荒木向北岛发出密电:

　　雷达站人员除一名工程师外，其余全部中毒，
　　已送漳城救治。可以实施第二步行动方案。虎鲨

235

渔船远离码头，刚才还口吐白沫的五个人又"满血复活"了。

　　华莱士对秦蕊说："联络官，你怎么会想出让我们喝肥皂水的主意呀？"

　　亨利附和道："是呀，这东西太难喝了。"

　　秦蕊笑着说："不喝肥皂水能吐白沫沫吗？我和少校也没比你们俩少喝呀。我要提醒大家，等一下船到了外海，就是不喝肥皂水也会吐哦。"

　　华莱士和亨利异口同声："Oh！My God！还吐呀！"

　　史密斯说："趁着大家还没晕船，请联络官交代一下到象屿的注意事项。"

　　秦蕊说："我叔叔的船送我们到象屿后，会卸下一艘小舢板，然后把渔船驶到距离象屿不远的虎屿隐蔽起来。我们在象屿要逗留三天三夜，这是一次真正意义上的野外生存。那里海风大，有点凉，要多穿件外套。由于象屿上面没有淡水，这三天三夜不能洗澡，当然，我们会带上少量的食用淡水。为了避免被敌人发现，在象屿不能生火，只能靠吃罐头，还有，所有生活垃圾都要收集起来，存放在溶洞里。这三天是决胜的关键，大家一定要忍耐住，坚持住，最重要的是，一切行动要听从指挥。"

　　史密斯说："大家记住，这可不是一次探险旅游，而是一次特殊的战斗。等任务完成后，我给大家放三天假，想洗多少次澡都可以。还有，请大家喝威士忌，听清楚了，是威士忌，不是肥皂水。"

华莱士俏皮地说："少校，我还有一个请求，到时候，联络官要奖励我们每人一个拥抱。"

史密斯问："联络官，可以吗？"

秦蕊爽快答应："当然，华莱士和亨利都是我的弟弟呀！"

说话间，秦潮生调转船头，张满帆，稳住舵，朝着象屿方向驶去。

4月15日傍晚，观音山上空传来飞机轰鸣声，两架日军轰炸机在两架零式战斗机掩护下，飞抵观音山上空。

肖楚健大喊："敌机来袭，保护好雷达。"

轰炸机轮番向下俯冲投弹。

隐蔽在半山腰的高射机炮对空中吐着烈焰。

一帮士兵在肖楚健、艾德森指挥下，迅速把雷达推入山洞，炸弹在山洞周围爆炸，两名士兵被炸弹爆炸的气浪掀倒在地。

一颗炸弹命中山洞背后的发电机房，紧接着，又一颗炸弹在发电机房废墟上炸开，发电机房瞬间夷为平地。

日军飞机消失后，钱德贵迅速陪着姚守堂赶到雷达站视察，只见还在冒烟的发电机房废墟上，散落着发电机碎片，还有被炸成一截截的电缆线头。

姚守堂问艾德森："这雷达站什么时候可以恢复运行？"

艾德森一脸沮丧："发电机被毁，雷达的电子管也震坏了，雷达成了一台死机，最快也得一个星期才能恢复运转。"

钱德贵嘴角掠过一丝得意的狞笑。

"一个星期，我就要这一个星期，不，有三天就足够了。"

北岛看着"虎鲨"发来的密电，兴奋地说。

美枝子问："大佐，是不是可以启动外围清理行动了？"

北岛走到军用地图跟前，指着地图说："象屿就处在蝶岛海域的航道边上，在这里，用高倍望远镜可以清楚观察到所有经过这个海域的舰船。我们的敌人不笨，雷达站被毁，不可能想不到这头'大象'。"

美枝子问："大佐的意思是……"

北岛转过身："美枝子，你带领一组行动队员，今天晚上8点乘快艇出发，明天，也就是4月16日早上8点之前赶到象屿和'虎鲨'他们会合，对象屿进行彻底搜查，如发现上面有潜伏人员，就地清除。"

美枝子说："明白，大佐还有什么吩咐吗？"

北岛叮嘱道："带上电台和报务员，我将根据你的报告采取下一步行动。"

"是！"美枝子退出办公室。

北岛拨通潮城航空队电话："是犬冢队长吗？哦，我是北岛，请你了解一下最近三天蝶岛海域的气象……"

借着给北岛送翻译"密件"的机会，唐山观察到北岛情绪上的变化。他判断，北岛已经实施了针对雷达站的"里应外合"行动。

唐山透过办公室窗户向楼下望去，见一名报务员提着装有发报机的箱子跟着美枝子匆匆上了车，唐山分析，敌人对象屿的"外围清理"开始了。

尽管知道秦蕊已有防备，但唐山的一颗心还是悬着。

这时，办公室传来敲门声。

唐山说："请进。"

进来的是镇江老乡、"和平救国军"司令部参谋郭申卯。

"老弟，是什么风把你吹来了？"

"唐山兄，我是来领取服装的。咱们有一段时间没见面了，特地拐进来看看你。"

"这个时候还领什么服装呀？"

"哦，是领一百套日本兵服装，黄司令让我抽调一百名士兵待命，说随时准备换上日本军服去执行一项特殊任务。"

唐山一怔，北岛又在要什么花招？他试探道："执行什么特殊任务，搞得神神道道的。"

郭申卯忧心忡忡："我也在纳闷，感觉这些士兵像是去给日本人当替死鬼。"

唐山问："部队还有没有其他动静，我是担心你的安全。"

郭申卯说："部队有三个主力团正集结待命。"

唐山说："哦，是调往广西参战的吧？"

郭申卯摇摇头，说："我看不像，昨天在司令部作战室，我看见黄司令桌上摆着一张闽粤边界地形图，看样子很可能是要攻打漳南县。"

唐山若有所思："是这样，老弟不会也随部队行动吧？"

郭申卯说："很有可能，如果黄司令亲自率领部队出征，我肯定要随同。"

郭申卯环顾左右，小声说："几个团长准备择机哗变。"

唐山说："我就当没听见，老弟自求多福呀！"

送走郭申卯，唐山想着郭申卯刚刚说的话，"我也在纳闷，感觉这些士兵像是去给日本人当替死鬼"。唐山相信，郭申卯是有感而发。那么，这一百名换上日本军服的伪军到底去执行什么特殊任务呢？

唐山想起几天前和樱子到白沙湾，在小山上看到日军军港多了一艘运输船，忽然明白了，老谋深算的北岛是拿一百名伪军的性命当盾牌，试探蝶岛海域航道的安全，为日军舰队开路呀。如果是这样，北岛动用三个团伪军从陆路袭扰闽粤边界的意图也浮出水面了，那就是牵制国民党驻漳守军，策应日军的海上军事行动。

唐山倒吸一口凉气，北岛这一招，是自己事先没有掌握也没有料到的。万一在象屿的观察人员发生误判，联系美军飞机炸掉载着一百名假鬼子的运输船，那就中了北岛的圈套了，必须提醒秦蕊。可是，没有电台和密码，怎么联系？

还有一件事困扰着唐山，北岛千方百计掩护的日军舰队以及所运送的两个日军大队，其军事意图是什么，至今仍然是个谜。

唐山意识到，自己和北岛之间正下着一场谍战盲棋，没有棋盘，没有棋子，甚至看不到对方，排兵布阵全在脑海中，相互揣摩，相互试探，互设圈套，互有攻防。时而静水深流，时而危机四伏，时而山穷水尽、陷入绝境，时而柳暗花明、绝处逢生。这局棋，必须得赢。

1944年4月16日晨，7时30分，象屿。

华莱士报告："少校，刚刚用望远镜观察到，有一艘快艇、一艘渔船正分别从南北两个方向驶向象屿。"

史密斯接过华莱士手中的望远镜，仔细观察着海面，说："这是冲着我们来的，大家收拾好所有物品，跟着联络官进入象鼻内侧的溶洞。注意不许丢弃一片纸屑，不能踩破一粒鸟蛋，不可以压倒一株茅草，总之，不能留下任何痕迹。"

秦蕊吩咐："大家抓紧穿上救生衣，跟我来。"

一行人跟着秦蕊来到一块柱形礁石旁，秦蕊解开系在石柱上的缆绳，催促道："大家快上小舢板，我们要靠划桨进入象鼻巷道，溶洞就在象鼻巷道内侧。"

不到二十分钟，快艇和渔船几乎同时到达象屿。快艇和渔船会合后并不急着登屿，而是绕着象屿兜了一圈，像是在观察，也像是在寻找停泊的合适地点。

史密斯警惕地从暗处注视着海面，他看到，快艇甲板上，站着七八个端着冲锋枪的便衣，其中一个便衣还牵着一只狼狗。让史密斯吃惊的是，给他看牙病的"田医生"和钱德贵就站在渔船的船头。一切都清楚了。

美枝子对登上象屿的行动队员说："两人一组，给我仔细地搜，每一块礁石、每一条石缝、每一处草丛都不许放过。既要搜查人，还要搜查人遗留下的痕迹。"

象屿面积不大，不到一会儿工夫，全都搜索遍了。

行动队长向美枝子报告："课长，没有发现有人潜伏，也没有发现可疑痕迹。"

美枝子满腹狐疑，问站在一旁的田野荒木和钱德贵："你们确定雷达站人员集体中毒吗？"

钱德贵说："确定，中毒的五个人都口吐白沫，我派去观音山守备连的军医都证实了。我还亲眼看见他们被送出蝶岛，到漳城救治。"

美枝子问田野荒木："你认为呢？"

田野荒木说："昨天有我们的谍报人员混在码头的人群中，看到这五个被担架抬上船的人确实中毒了，而且还比较严重。"

美枝子说："还真有些遗憾，现在，我更愿意在这小小的象屿上和雷达站人员遭遇，不然，这一趟就白跑了。"

这时，传来一阵狗吠声，美枝子循着声音看去，只见狼狗正冲着一块岩石下的灌木丛狂吠。

美枝子拔出手枪，对行动队长说："有情况，快跟我来！"

躲在溶洞里的人隐约听到了狼狗的叫声，亨利有点紧张："联络官，那狼狗不会找到我们吧？"

秦蕊说："这里海风大，加上有海水隔着，只要不在象屿上面落下东西，敌人是不容易发现我们的。不过，我们要随时做好战斗准备。"

象屿上，美枝子冲到岩石跟前，蹲下身，拨开灌木丛，只见里面有一个鸟巢，几只刚出壳不久的小鸟正张嘴等着喂食。这时，两只成年海鸥在美枝子头顶盘旋，发出凄厉的鸣叫声，一撮鸟粪不偏不倚正好落在她头上。

美枝子站起来，用手抹了抹头上的鸟粪，收起手枪，对报务员说："给北岛大佐发报，经过搜查，象屿没有发现异常情况。"

潮城，日军粤东派遣军司令部，佐藤听着北岛对"D计划"执行情况的报告。

"将军，计划进展顺利，观音山雷达站人员集体中毒，已送往漳城救治，一星期后才能出院。航空队对雷达站的轰炸奏效，发电机房被毁，雷达电子管损坏。据了解，雷达站最快得一个星期才能恢复运行。今天，也就是16日上午，美枝子带着行动队对位于蝶岛海域航道附近的象屿进行彻底搜索，没有发现异常情况。"

"嗯，说下去。"

"为了掩护海上舰队的军事行动，我派出二十名陆战队员和一百名换上皇军服装的'和平救国军'士兵，今晚8时乘一艘运输船，从潮城军港出发驶往鹭州。明天，也就是17日早晨，运输船将经过蝶岛海域，如运输船遭到美军轰炸机攻击，说明航道附近有敌人的观察人员。如果运输船顺利通过，说明这个海域是安全的。确定航道安全后，明天晚上8时，满载两个步兵大队共两千二百人舰船将从军港出发。同时，派出黄再生'和平救国军'的三个主力团越过闽粤边界的汾水关，进入福建南大门漳南县，以转移漳城守军注意力，牵制其沿海部队。"

佐藤似乎还有疑虑："万一，我是说万一，敌人的观察人员躲过我们的搜索，而且有意放过运输船呢?"

北岛说："将军，这一点我也想到了，我通过航空队的气象观测了解到，18日晨，台湾海峡西岸的东海与南海交汇处，也就是蝶岛海域将出现平流雾，能见度很低，敌人没有雷达，用望远镜根本看不到我们的舰船。"

佐藤问："海面有平流雾，那我们自己舰队航行安全吗?"

北岛说："将军放心，我们在护卫舰上装有电探，哦，就是舰载雷达，只要舰船开得慢一点，雾天和夜间都照常可以在海上行驶。"

佐藤点点头："嗯，北岛君考虑得很周到。现在，可以告诉你一个重要消息，'一号作战'将于明天，也就是4月17日夜里打响。我军在这次战役动用了五十万精锐部队，由冈村宁次大将统一指挥，整个战役覆盖湘豫桂。大本营特发来密电，命令迅速实施'D计划'，确保东南沿海通道的安全，以策应'一号作战'。这次海上军事行动，是实施'D计划'的收官之笔，至关重要，大本营在等着我回话。"

北岛说："我明白了，将军。"

佐藤瞪着充血的眼睛："北岛君，我命令你亲自率领舰队出征，只许成功，不许失败。"

"是！"北岛双腿合并，脱下军帽，向佐藤作了四十五度鞠躬。

4月17日晨，象屿。

华莱士报告："西南方向天空有一架小型飞机，正朝着象屿方向飞来。"

史密斯下令："是敌人的侦察机，全体注意隐蔽。"

秦蕊说："少校，敌机正在迅速逼近象屿，我们进入溶洞躲避已经来不及了。"

史密斯说："大家穿上迷彩服外套，在灌木丛里卧倒。"

日军侦察机在象屿上空盘旋了几圈，没有发现人，掉头飞走了。

华莱士继续用望远镜观察海面。过了一会儿，华莱士向史密斯报告："少校，有一艘日军运输船正从西南方向经过蝶岛海域。"

史密斯问："确定是日军运输船吗？"

华莱士说:"确定,船上甲板站满日本兵。"

史密斯对秦蕊说:"联络官,立即给机场发报,别让这艘运输船给跑了。"

秦蕊说:"少校,我用望远镜再观察一下可以吗?"

史密斯说:"当然。"

秦蕊接过华莱士手中的望远镜,聚焦海上运输船。

史密斯问:"联络官,有什么新发现吗?"

秦蕊说:"华莱士的观察没错,是一艘日军运输船,不过……少校,可以借一步说话吗?"

史密斯和秦蕊来到一块礁石旁。

史密斯问:"联络官,什么情况?"

秦蕊说:"少校,有个情况向你报告,我这次到漳城,得到一个情报,敌人在破坏雷达站之后,将出动一艘护卫舰、两艘运输船,满载两个日军大队约两千二百人,执行一项重要军事行动。"

史密斯:"军事行动的具体方向是哪里?"

秦蕊:"还不清楚,但舰队必经蝶岛海域。"

史密斯:"这情报可靠吗?"

秦蕊:"可靠,是一位不愿暴露身份的抗日志士提供的。可是,今天出现的只是一艘运输船。"

史密斯:"你认为这艘运输船是在为后面的舰队投石问路?"

秦蕊:"是的,自从美国第14航空队在闽西修建军用机场之后,日军过往蝶岛海域的运输船都伪装成商船,而今天的运输船，甲板上站满了日本兵，有的士兵刺刀上还挂着太阳旗，生怕不被发现。少校，你不觉得这很反常吗？"

史密斯恍然大悟："该死，差点中了日本人的圈套。联络官，告诉华莱士暂停观察，全体人员进入灌木丛隐蔽，让这艘日军运输船通过蝶岛海域。"

运输船从象屿跟前缓缓驶过，没有遇到任何攻击。

蝶岛，下街牙科诊所里屋。

田野荒木说："钱桑，'D计划'进展顺利，你的功劳大大的。"

钱德贵趁机邀功："为了彻底排除观音山雷达站的威胁，我确实是冒着很大风险，那是在跟史密斯、秦蕊、肖楚健斗智斗勇呀。现在，终于可以松一口气了。"

"不，钱桑，现在还不是松口气的时候，'D计划'仍在进行中，我们要密切关注蝶岛的动静。观音山现在情况怎么样？"

"观音山现在乱着呢，守备连那帮人正忙着清理发电机房废墟，柳姑不敢来文公祠做饭，艾德森只好跑去跟守备连搭伙吃饭了。哦，对了，有个情况要向您报告。"

"什么情况？"

"我安插到守备连监视肖楚健的副连长车道宽这两天失联了。"

"什么，车道宽失联两天，这么重要的情况你为什么不早说？"

"开始，我以为他私底下跑去哪里找乐子，这两天只顾着执行你布置的任务，所以……"

"所以你就忽略了？知道吗，或许因为你这个小小的忽略，'D计划'的剧本将被改写。"

钱德贵有些紧张："那，该怎么办？"

田野荒木沉思片刻，说："控制柳母，审问柳姑，我要重新确定投毒的真实性，如果投毒有诈，我必须立即向潮城发报，中止'D计划'的后续行动。如果投毒是真，这母女也不能留，必须让她们永远消失，要知道，活人是守不住秘密的。"

4月17日下午，潮城。

宪兵大队，北岛脚穿长筒马靴，用一块绒布擦拭着军刀。

美枝子问："大佐，你出发前还有什么吩咐吗？"

北岛说："通知酒井，无线电信室从今晚开始，报务员二十四小时轮流值班，注意，如有'虎鲨'来电，及时向护卫舰电台发报。"

美枝子说："好的。大佐，你这次海上行动准备带上唐山吗？"

北岛用一块干布擦着刀刃："我身边需要翻译，而唐山的确是个优秀翻译。再说，如果是不放心他，你说把他放在潮城好呢，还是让他不带武器、孑身一人跟着部队走好？"

美枝子说："可西村院长告诉我，丁亦儒在今晚或明天上午就能开口说话。"

北岛把军刀插入刀鞘，说："不是有电台嘛，如果丁亦儒开口说话，你第一时间通过酒井的电台和我联系。"

美枝子说："大佐，我明白了。"

下午6时，唐山离开宪兵大队，经过横街拐角处时，听到五脚基柱子旁有人小声说："先生，擦皮鞋吗？"

唐山眼睛一亮，是小沙弥赵海波，依然戴着那顶小草帽。唐山正想走过去，一个日本军曹追上来："翻译官，大佐有事找你。"

唐山对军曹说："知道了，你先回去，我的皮鞋有点脏，擦干净后马上去见大佐。"

军曹催促道："对不起，翻译官，是急事，大佐让我陪着你立刻返回。"

唐山说："既然是急事，那就赶紧走吧。"

望着唐山的背影，小沙弥下意识地摸了摸揣在怀里的小本本。

唐山来到北岛办公室，见北岛正背着身，在看挂在墙上的军用地图。

"大佐有急事找我？"唐山问。

北岛转过身："唐山君，你就别回去了，在办公室等候，军曹会给你送盒饭。今晚8时随我上军舰。"

唐山问："大佐，是什么任务？"

北岛说："是一次重要军事行动，你很快就知道了。"

唐山回到办公室，他意识到，和北岛最后对决的时刻到了。他拉开抽屉，准备给美枝子留下一份特殊礼物。

傍晚，肖楚健带着守备连一排排长、新加入地下党的周子华，沿着"九九寿梯"下了观音山。

两人来到柳姑家，见门虚掩着，肖楚健轻轻推开门，屋里空无一人。肖楚健用火柴点亮了桌上的油灯，只见一只长条椅子翻倒在地，掀开锅盖，锅里的菜还是热的。

肖楚健说："不好，柳姑和她阿姆被敌特劫持了。"

周子华焦急地说："这母女俩会被劫持到什么地方呢？"

肖楚健想了想，说："我大概知道在什么地方了。"

周子华问："连长，我们才两个人，就两把短枪，是不是回观音山带些人？"

肖楚健说："来不及了，快跟我来。"

肖楚健带着周子华到附近顶街一家修车铺借了两辆自行车，风驰电掣般直奔石笋滩。

肖楚健和周子华在迷宫般的怪石阵中搜索着。忽然，肖楚健听到前面有动静，他示意周子华放慢脚步，两人悄悄隐蔽在一根海蚀柱后面观察。

只见柳姑和她阿姆嘴里塞着毛巾，被反绑着双手，身后站着五个蒙面人。

一个身材矮胖的蒙面人走到柳姑跟前，取下柳姑嘴中的毛巾，用带鹭州腔的闽南话说："我知道，其实那包药粉你没有放到炒贻贝里，雷达站那些人中毒是假的。只要你照实说，我包你母女'无代志'（没事情）。"

肖楚健觉得这声音很熟悉，他想起来了，这是牙医"田大夫"的声音。

柳姑冲着蒙面人说："我都照你们说的做了，雷达站的人吃了贻贝一个个口吐白沫，都被担架抬走了，你们又不是不知道。"

蒙面人摇了摇头："不，姑娘，你没有说实话，我再给你一次机会，不然，就当着你的面杀了你阿姆。"

一个蒙面人把刀架在阿姆脖子上。

肖楚健示意周子华，做好射击准备。

蒙面人说："我喊一二三，你再不说，你阿姆就死定了。救不救你阿姆，就看你了。现在，我开始数数，一……二……"

柳姑哭喊着："别杀我阿姆……"

"开枪！"肖楚健和周子华同时向蒙面人射击，瞬间三个蒙面人被撂倒了。剩下两个蒙面人，一个拽着柳姑，一个拽着柳姑的阿姆，退到怪石后面。

一阵对射，又一个蒙面人被击毙。

石笋滩归于寂静。

肖楚健和周子华冲到怪石背后，只见柳姑和阿姆坐在地上瑟瑟发抖。肖楚健解开绑在两人手上的绳子，对柳姑说："现在安全了，快和你阿姆一起回家。"

肖楚健数了数被击毙的蒙面人，发现少了一个。他揭开四个蒙面人的黑纱，发现有钱德贵，但没有牙医。

肖楚健对周子华说："'虎鲨'跑了，绝不能让'虎鲨'向潮城发报。"

周子华说："连长，子弹都打光了。"

肖楚健说："用敌人的手枪，快，去下街牙科诊所。"

肖楚健和周子华冲进牙科诊所，只见田野荒木正戴着耳机准备发报。

肖楚健朝着田野荒木当头一枪，田野荒木趴在桌上，一摊污血在桌面上洇开。

这时，窗帘后面突然吐出一道火舌，肖楚健倒在血泊中。

周子华朝窗帘连开数枪，一个手持百式冲锋枪的"牙医助理"扑倒在地。

周子华蹲下身，抱着肖楚健，哭着说："连长，你要坚持住，我马上送你去医院。"

肖楚健口吐鲜血，嘴唇微微抖动，似乎想说什么，但已经说不出话了。他睁大双眼，像在眺望胜利的曙光，似在向战友告别……

第十六章　蝶海惊雷

4月17日晚，潮城，三个团的伪军由"和平救国军"司令黄再生指挥，在六架飞机掩护下，向漳南县方向进发。

两个日军大队两千二百名官兵在军港集结，开始登船。

"翻译官，大佐让你上护卫舰，请跟我来。"宪兵中队长涩谷对刚在军港码头下车的唐山说。

唐山跟随涩谷沿着登船桥上了护卫舰。

两个宪兵走上来："翻译官，请你交出佩枪。"

唐山问："为什么？"

涩谷在一旁说："这是大佐的命令，非一线作战人员不带佩枪上船。"

唐山说："我都要和大佐上战场了，还不算一线吗？"

涩谷鞠了个躬："请翻译官配合。"

唐山交出佩枪。

涩谷说："翻译官，请跟我来。"

唐山跟着涩谷来到一个狭小的船舱。

涩谷说："翻译官，委屈你了，这船舱有点小，你先休息，等会儿有军曹带你到舰桥指挥室见大佐，我先告辞了。"

涩谷离开后，唐山在船舱里徘徊着：没有电台，没有密码本，甚至没有武器，周围全是敌人，怎么把日军舰队动向告诉隔海相望的秦蕊？

莫非，这是一项不可能完成的任务？不，绝不能放弃，一切皆有可能。

"唐山君，我好不容易才找到你。"樱子突然出现在舱门口。

"樱子，你怎么来了？"唐山问。

"我一听到部队上船的消息，立即赶到军港码头，见你已经上了军舰。我是跟着随军医生一起上船的，十五分钟后就得离开。唐山君，我是给你送行的，也给你带来一样东西。"

"什么东西？"

樱子打开手提包，从里面拿出一把袖珍勃朗宁手枪。

唐山有些诧异："樱子，你这是做什么？"

樱子问："唐山君，还记得那天晚上我约你到'爱琴海'西餐厅用餐吗？"

唐山说："记得呀，那天晚上我们点了西班牙火腿、法式蜗牛、鲜煎三文鱼，还有神户牛肉，你还说，想当个中国厨娘，要俘虏我的胃呢。"

樱子说："其实，那天晚上是在对你测试。"

唐山故作惊讶："对我测试？"

樱子说："是我哥哥安排的，他让我在用餐期间上一趟洗手间，故意落下一个装有关于丁亦儒救治报告的皮包，看你会不会趁我不在时打开，如果你打开看，就证实了他对你的怀疑；如果你没有动皮包，就打消对你的怀疑。"

"那么，你就答应你哥哥了？"

"我给我哥哥提了个条件，如果你动了皮包，我就用这把手枪打死你，如果你没有动皮包，他要同意我跟你结婚。哥哥答应了。"

"如果我当时动了皮包，你真的会对我开枪吗？"

"我就知道，你不会动那皮包。"

樱子把枪放到唐山手上："刚才，我看到你上军舰的时候佩枪被宪兵收走了，打仗怎能没有枪呢？这把勃朗宁手枪装有八颗子弹，你带上，留作自卫。"

唐山收起手枪，说："樱子，谢谢你。"

樱子紧紧抱住唐山："谢什么谢呀！答应我，一定要平安回来，连人带枪一起还给我。唐山君，我该走了，你还有什么话要对我说吗？"

"你是个……好姑娘。"

舰队在漆黑的大海中航行。

护卫舰舰桥指挥室里，摆着一张铺着军毯的长方形条桌，桌上摊开一张军用航海图。北岛坐在主位上，桌子两边分别坐着副联队长松本、联队参谋长武藏，还有两名日军大队长、两名作战参谋、翻译官唐山。

不时有报务员给北岛送来电报。

北岛时而看着航海图，时而离开座位来回踱着步。忽然，北岛转到唐山旁边："唐山君，趁着海上夜航的空隙，我们再来一局盲棋如何？"

唐山说："大佐率部出征还有心下盲棋，看来是胜券在握、气定神闲呀！既然大佐有兴致，我自然乐意奉陪。"

"那么，唐山君这边请。"

两人面对面坐在指挥室靠舷窗的沙发上。

北岛咄咄逼人："从东京到潮城，我一路败给唐山君，今晚，我想和唐山君做个了断。"

唐山淡然一笑："看来，大佐是想在这船上和我作最后对决了。"

"没错，不知为什么，我有个预感，这一局，我会赢。"北岛志在必得。

"那我们就走着瞧吧。哦，记得上回是我先行一步，这回该大佐先出招了。"唐山柔中带刚。

北岛："那我就先走啦，卒3进1。"

唐山："我没记错的话，大佐是第一次用卒子开局呀。"

北岛："我研究了中国象棋古谱，这着棋叫'仙人指路'。"

唐山："大佐别是走迷路了，炮八平七。"

北岛："你是架'兵底炮'瞄上我的卒呀，象3进5，我用象看着呢。"

唐山："马八进九。"

北岛："马2进3。"

唐山："车九平八。"

北岛："车1平2。"

唐山："炮二平五。"

北岛："马8进9。"

唐山："马二进三。"

北岛："车9平8。"

唐山："车一平二。"

……

夜色笼罩下的象屿，气温骤然下降。

秦蕊、史密斯、华莱士、亨利、詹姆斯聚集在一块岩石下，这是他们在象屿度过的第三个夜晚。咸湿的空气让他们身上的衣服黏黏的，不能点灯，不能烧火，甚至不能吸烟。

秦蕊说："大家再坚持一下，前天，敌人搜索了象屿，昨天又派出运输船试探，我判断，敌人的舰队该出动了，如果舰队今晚从潮城军港起航，拂晓就会到达蝶岛海域。"

华莱士说："通过昨天对运输船的观察，敌人舰队经过蝶岛海域，我们用二十倍望远镜看得清清楚楚，绝对跑不了。"

秦蕊说："可现在，我还担心一件事。"

史密斯问："联络官还担心什么？"

秦蕊说："海雾。"

"海雾?"

"是的，这个问题我一开始也忽略了。如果出现海上浓雾，能见度只有十几米，就是再高倍的望远镜也无能为力。蝶岛渔民有一句谚语，'础润而雨，月晕而风，风静而雾'。记得小时候听我当渔民的叔叔说，晚上海面上如果空气潮湿，又突然降温，而且没有刮风，拂晓就会出现浓厚的海雾，行船讨海就要小心了。你们看，今晚的天气正好符合这三个条件。"

史密斯急了："那如果真出现浓雾怎么办?"

秦蕊沉默片刻，说："雨果说过，脚步不能到达的地方，眼光可以到达，眼光不能到达的地方，精神可以飞到。"

"精神可以飞到?"亨利一头雾水，心里嘀咕着，都什么时候了，联络官还在讲文学。

护卫舰舰桥指挥室，北岛和唐山的盲棋经过一夜鏖战，进入残局的最后博弈。

护卫舰舰长进来报告："大佐，现在是5时30分，舰队很快就要进入蝶岛海域了，海面上出现大雾。"

北岛扬扬得意："航空队的气象预报真准，这场大雾如期而至，来得太及时了。唐山君，这局盲棋胜负未定，不，已见分晓。我们过后再接着下。走，现在一起看雾去。"

一帮人跟着北岛走出指挥室，整艘军舰笼罩在白茫茫的浓雾中。

北岛侃侃而谈："我想给诸位讲讲关于'雾与战争'的案

例。先讲一个中国古代'草船借箭'的故事。三国时期，曹操率大军想征服东吴，孙权、刘备联合抗曹。孙权手下有位大将叫周瑜，很妒忌诸葛亮的才干。因水中交战需要用箭，周瑜要诸葛亮在十天内负责赶造十万支箭，没想到诸葛亮只要三天，还立下军令状，完不成任务甘受处罚。周瑜想，三天绝对不可能造出十万支箭，正好利用这个机会除掉诸葛亮。于是他叫军匠们不要把造箭的材料准备齐全，并让大臣鲁肃去探听诸葛亮的虚实。鲁肃见了诸葛亮，诸葛亮对鲁肃说：'有件事要请你帮忙，希望你能借给我二十只船，每只船上三十个军士，船要用青布幔子遮起来，还要一千多个草把子，排在船两边。不过，这事千万不能让周瑜知道。'鲁肃答应了。两天过去了，不见一点动静，到第三天四更时候，诸葛亮秘密请鲁肃一起到船上去，说是一起去取箭。诸葛亮吩咐把船用绳索连起来向对岸开去。那天江上大雾弥漫，对面看不见人。当船靠近曹军水寨时，诸葛亮命船一字儿摆开，叫士兵擂鼓呐喊。曹操以为对方来进攻，又因雾大怕中埋伏，就派六千名弓箭手朝江中放箭，雨点般的箭纷纷射在草把子上。过了一会儿，诸葛亮又命船掉过头来，让另一面受箭。太阳出来，雾渐渐散了，诸葛亮令船赶紧往回开。这时船的两边草把子上密密麻麻地插满了箭，总共超过了十万支。诸葛亮借助一场大雾完成了'草船借箭'的奇迹。"

松本恭维道："大佐博览群书，旁征博引，真不愧是'中国通'呀！"

北岛说:"这是《三国演义》讲述的一段历史故事,对其真实性我无从考证。不过,就在四年前,欧洲发生了一个与雾有关的重大事件。"

松本问:"大佐指的是什么事件?"

北岛说:"1940年5月24日,德国军队以'闪电战'攻破马奇诺防线,把四十万英法联军包围在法国的敦刻尔克海滩上。这时,德军离港口仅十英里,但是,在5月24日中午,希特勒却下令部队停止前进,直到5月26日下午才取消命令又继续前进。利用这两天时间,联军在沙滩上布置好了环形防线,并组织了代号为'发电机计划'的敦刻尔克大撤退。从5月26日晚到6月4日上午,撤退进行了九天,在这九天中,德军不仅从地面进攻,同时还出动飞机飞临多佛尔海峡上空进行轰炸。没想到,从5月26日到31日出现大雾天气,浓厚的云雾笼罩在海峡上空,加上油库燃烧形成的黑烟,使德军的轰炸机找不到轰炸的目标,到4日上午,联军共撤出三十四万六千人。可以说,是浓雾造就了英法联军敦刻尔克成功撤退的奇迹。"

站在一旁的参谋问:"大佐,今天这场海雾和我们这次军事行动有什么关系呢?"

北岛说:"问得好,此雾非彼雾。敦刻尔克那场雾是掩护英法联军的大撤退,而今天这场雾则是掩护我帝国军队的进攻。我们将续写'雾与战争'的奇迹。"

北岛转身吩咐武藏:"参谋长,立刻通知中队长以上的军官到指挥室开会，我要宣布这次绝密行动的全部内容。"

雾锁象屿。史密斯忧心忡忡："联络官，真被你言中了，这场大雾来得真不是时候呀!"

一向沉默寡言的詹姆斯诅咒道："该死! 这毒雾简直是叛徒，在帮日本法西斯的忙。"

亨利看着秦蕊："联络官，你不是说眼光不能到达的地方，精神可以飞到吗?"

秦蕊戴上电台耳机，说："我想，应该更正一下，眼光不能到达的地方，电波可以飞到。"

史密斯有些困惑："联络官，你是指无线电波? 这个时候谁会发来电报，噢，除非奇迹出现。"

秦蕊说："少校，我认为值得一试，或许，奇迹真会出现。"

秦蕊调试着电台的频率，耳际回响着唐山在漳城更衣室说的话："我没有电台、密码本，暂时无法和你取得联系，不过，这段时间，你的电台要随时保持待机状态。"

秦蕊坚信，奇迹会出现。

潮城，东亚医院病房，丁亦儒苏醒了。

丁亦儒说话断断续续："这是……什么地方，我……怎么会在这里?"

美枝子示意一旁的便衣特务开启录音机的录音功能。

"丁先生，这里是东亚医院，你中枪了，经过抢救，已经脱离危险，正处在日本宪兵大队特高课的严密保护中。请你回忆一下，那天晚上在簸箕巷是谁对你开的枪。"

"簸箕巷……"丁亦儒闭上眼睛回忆着，忽然，他急促地喘着气。

美枝子说："不要着急，慢慢说。"

丁亦儒："是……唐山开的枪。"

美枝子："唐山为什么要对你开枪？"

丁亦儒："杀人……灭口，他是中共……地下党。"

美枝子："哦，说下去。"

丁亦儒慢慢恢复平静："我和唐山是燕京大学同学……"

1944年4月18日，星期二，晨。

护卫舰舰桥指挥室，长方形条桌里外两圈坐满日军中队长以上军官，北岛在主位正襟危坐。

"诸位，现在舰队已经进入蝶岛海域，我宣布，今天的行动目标是攻占蝶岛。"

军官们目瞪口呆，有人在窃窃私语。

北岛说："大家安静，这是大本营直接布置、冈村宁次大将亲自过问、佐藤将军精心策划的突袭行动，战略意图是，通过占领蝶岛，使鹭州到潮城沿海一线的岛链都在我掌控之中，从根本上确保东南沿海战略通道的安全。还有，配合《一号作战纲要》的实施，以蝶岛和漳南县为前进基地，择机发动闽南战役，夺取闽南重镇漳城。"

北岛环视四周，整个指挥室鸦雀无声，他干咳一声，接着说："为了确保这次突袭的成功，我们里应外合，摧毁了美军设在蝶岛观音山的雷达站，清理了蝶岛海域的岛礁，舰队选择在大雾天气进入蝶岛海域。昨天，还派出'和平救国军'的三个主力团，由黄再生司令率领，越过汾水关，进入漳南县，现在正在攻打漳南县城。根据情报，漳城守军第75师紧急调动沿海两个团的兵力驰援漳南，蝶岛只有两个营的守军，孤立无援。我们'明修栈道，暗度陈仓'的谋略奏效了。"

对这次行动一直守口如瓶的北岛不再保密了，或许，他认为此时已无须保密。

舰长匆匆走进指挥室，交给北岛一张字条，北岛看完后随手把字条递给坐在一旁的参谋长武藏，兴奋地说："诸位，之前，我们通过对蝶岛渔船的跟踪，已经掌握进入蝴蝶湾的航道。根据舰长的报告，我舰队已安全驶过象屿，正左满舵，驶进蝴蝶湾，现在，由武藏参谋长布置战斗任务。"

武藏让参谋挂起一张蝶岛地图，讲解道："现在，我们的舰队处在东经117°41'18"，北纬23°31'54"。由于航道水文较复杂，时速由20节降至15节，预计二十五分钟后进入停泊点。舰队抛锚后，两个大队两千二百人将分三个梯次登岛……"

唐山佯装上厕所，悄悄走出舰桥指挥室。

潮城，美枝子冲进宪兵大队无线电信室，递给酒井一张字条："快，照着纸条的内容，立即向护卫舰上的北岛大佐发报。"

酒井展开字条一看，惊呆了，字条上面写着：

> 丁已开口说话，翻译官唐山是中共地下党，代
> 号"鹰眼"。

美枝子声嘶力竭："还愣着干什么，赶紧发报!"

护卫舰无线电信室，报务员高桥收到潮城宪兵大队"菊"发来的特急密电，他将密电交给坐在一旁的译电员："岸谷君，这是一封4A级密电，赶快译出来。"

宪兵大队，美枝子带着一帮特务撬门冲进唐山办公室。

美枝子像吃了枪药，吼叫着："给我仔细地搜。"

特务们奉命分头搜索着。美枝子来到唐山的办公桌跟前，见抽屉没有上锁，她猛地拉开抽屉，只见抽屉里放着一张字条，上面写着：

> 美枝子小姐，送你一件礼物，当你拉开这个抽
> 屉时，也将拉响一枚手雷。

来不及惊叫，一声巨响，这个恶贯满盈的日本"特工之花"瞬间灰飞烟灭。

象屿，秦蕊收到一封摩尔斯明码电报：

日军两个大队共两千二百人，乘一艘护卫舰、两艘运输船进犯蝶岛。现在舰队方位东经117°41'18"，北纬23°31'54"，时速15节，正驶入蝴蝶湾，二十五分钟后进入停泊点。

同样内容，对方又重发一次。接着，秦蕊收到一则简短电文：

让大海星辰做证。鹰眼

秦蕊怔住了，这电报是唐山发来的。唐山在第一时间报告了敌舰的精确方位，说明他就在敌舰上。而电报用明码发出，说明情况万分紧急，而且唐山已经做好暴露身份的准备。

秦蕊眼泪夺眶而出。这封电报如果发给航空队，唐山将和敌人的舰队同归于尽。如果不发，不仅失去消灭敌人舰队的唯一机会，蝶岛还将被日寇占领，保护雷达站、切断敌人海上航线的所有努力将功亏一篑。

秦蕊眼前浮现出唐山坚毅的目光，秦蕊从这目光中读到了唐山最后的嘱托，读到了责任和使命。秦蕊不再犹豫了。

"联络官，你怎么啦？"史密斯问。

秦蕊把一封译成英文的电报交给了史密斯。

史密斯看了电文，吃惊地问："这电报是什么人从哪里发出的，难道真是奇迹发生？"

秦蕊哽咽着说："是一位抗日志士从日本军舰上发来的，他已经做好和敌人同归于尽的准备。"

史密斯点点头："我明白了。那，这电报……"

秦蕊戴上耳机，语气坚定地说："发。少校，这电报必须发。我们做的一切、所有付出的牺牲，都是为了消灭日本法西斯。如果不发，我们将前功尽弃，也对不住这位抗日志士。"

史密斯看了看腕表，说："迷雾正在消散，敌舰队进入抛锚点需要二十五分钟，我轰炸机飞到这里只需二十分钟。联络官，立即向美国第14航空队闽西机场发报，派出轰炸机，赶在敌人抢滩登岛之前炸沉敌舰！"

秦蕊强忍泪水，调整电台发射频率，按动着发报键……

秦蕊明白，这是她和唐山最后一次并肩作战，是一次死与生的情报接力。

从闽西机场起飞的美军五架鱼雷轰炸机各挂载一枚五百三十三毫米、八百公斤的鱼雷，在四架野马战斗机掩护下，飞临蝴蝶湾上空。

日军舰船上的高射炮匆忙对空射击。

四架野马战斗机向日军舰船轮番俯冲扫射，压制敌舰高射炮火力。五架轰炸机绕到敌舰船侧面。担任轰炸机编队中队长的约翰·琼斯上尉下达命令："飞行高度降到九十八英尺，进入攻击距离时，瞄准目标施放鱼雷。听着，詹姆斯负责攻击进入海湾的第一艘运输船，大卫负责攻击第二艘运输船，我负责攻击日军护卫舰。杰克和凯文做后备，看哪艘舰船没被前面的鱼雷击沉，迎上去，干掉它！击沉敌舰船后，轰炸机返航，战斗机继续战斗，把漂在海上的日军消灭掉。"

象屿，秦蕊和史密斯、华莱士、亨利、詹姆斯站在礁石上，目睹蝴蝶湾的海空激战。

一艘日军运输船被鱼雷击中船艏，一头扎入海中。另一艘运输船被鱼雷击中船艉轮机舱，向右舷侧翻沉入大海。护卫舰被鱼雷击中后，引发弹药库大爆炸，舰体断成两截，火光冲天。

蝴蝶湾在燃烧。

听着轰隆隆的爆炸声，望着熊熊火光，秦蕊百感交集："唐山，我看到了，看到日寇在爆炸中毁灭，而你，在烈火中永生。"

潮城，日本派遣军司令部，佐藤神情凝重，听着参谋人员报告："将军，由黄再生率领的三个团'和平救国军'在漳南反水，黄再生带着剩下的一个营逃回潮城。还有……"

"还有什么，说下去。"

"还有，舰队在海上遭到美军鱼雷轰炸机攻击，军舰和运输船被击中，北岛联队长率领的两个大队全军覆没。"

"什么，北岛率领的两个大队全军覆没？"

"是的，将军。在中国战场，帝国军队和中国军队的战损比例是1比5，而这一次，战损比是2200比1。"

"知道了，你们都出去吧。"

佐藤取下横搁在架子上的指挥刀，感叹道："时也，运也，命也。这把佩刀，本来是用来征服支那、为帝国争得荣誉的，没想到竟然是用来向天皇谢罪的。"

这时，进来一个军官和两个戴着白色袖章的宪兵，军官说："将军，我们是宪兵司令部派来接你回东京大本营的，请你交出指挥刀和配枪。"

"明白了。"佐藤取下配枪，连同指挥刀放在桌上。他整了整衣领，长长叹了一口气，对军官说，"走吧。"

潮城，中共地下党新的负责人、代号"曙光"到位。

小沙弥赵海波奉命带着开元寺六个年轻和尚脱掉袈裟，参加中共领导的广东人民抗日游击队韩江纵队，成为优秀的游击队员。

罗掌柜失踪了。有人说他被潮城地下党给除掉了，有人说他跑到印尼的爪哇岛，隐姓埋名，开了一家参茸行。

丁亦儒对特高课已失去利用价值，不久，突然死在了潮城东亚医院。

日本投降后，樱子被遣返回国，在东京一家医院当医生，后来加入日中友好协会，致力于日中民间交流。中日实现邦交正常化后，她曾参加日中友好代表团访问中国。

　　观音山，被日本飞机炸毁的雷达站发电机房经过一个多星期的重建，恢复了运行。

　　秦蕊在周子华陪同下，来到观音山下一座新修的坟茔前，她敬上一炷香："楚健，秦姐看你来了。你走得那么匆忙，那么突然，都来不及和姐道声别。你还是个大男孩，可你是那样睿智，那样干练，那样勇敢坚强。是你，消灭了企图偷袭雷达站的敌人；是你，击毙鬼子狙击手，挫败敌特的暗杀行动；是你，在紧要关头除掉'毒刺''虎鲨'，阻止敌特发报。观音山有你在，我心里就感到踏实，可你却牺牲在抗战胜利的前夜。"

　　秦蕊站起来，摘下船形军帽，对着墓碑三鞠躬："楚健，我想告慰你，敌人的'D计划'彻底失败了，两千二百名日本侵略者葬身海底，观音山雷达站仍在我们手中。这里面朝大海，背靠观音山，环境挺美的，你好好休息，等待着抗战胜利的消息。对了，那把缴获的狙击步枪，本来是要作为战利品奖励给你的，现在，我把它交给子华，让他替你多杀几个鬼子。我知道，你肯定也是这样想的。"

　　周子华也在坟前烧了一炷香，哽咽着说："肖连长，你放心，我们一定守护好观音山雷达站。每年清明节，我都会来给你扫墓的。"

这时，传来一群人的声音："肖连长，你放心，我们一定守护好雷达站。""清明节，我们会来给你扫墓的。"

秦蕊和周子华回头一看，只见来了一群观音山守备连的士兵，还有不少古城百姓。

人群中，有一个包着头巾的女人。

傍晚，秦蕊来到南门湾。望着湛蓝的海水，秦蕊仿佛看到唐山正缓缓向她走来。

"唐山，咱们不是说好'待到春暖阴霾散，相约南门看归帆'吗，可你却这么早就离开了我……"

"秦蕊，我是多么渴望和你一起过上幸福美好的生活呀！可为了消灭日本法西斯，让民族脱离苦难，让鲜花开遍原野，让孩子们远离战争，我宁愿献出生命。古榕、肖楚健，还有许许多多爱国志士，都牺牲在黎明前，这是中国人的骨气和血性啊！我们粉碎了敌人的'D计划'，但战斗还在继续，守护雷达站的任务就交给你了。你一定要好好活着，等赶走日本侵略者，还有很多事情要做呢，你不是说要当一名英语教师吗？"

"我记住了！唐山，你融入浩瀚大海，潮起潮落，生生不息；你定格在我的记忆，历历在目，栩栩如生。等到抗战胜利那一天，我们依然'相约南门看归帆'。"

"好的，让大海星辰做证。"

"让大海星辰做证……"

第十七章　智除"暗礁"

八个月后，聚祥银铺里屋。

秦蕊报告："老树同志，最近，蝶岛的守军指挥官有些调整，姚守堂调任漳南县守备团团长，而漳南县原守备团团长沈鸿鸣调任蝶岛守备团团长。观音山守备连一排排长周子华提任副连长。我通过史密斯少校向沈鸿鸣建议，观音山守备连暂不配正连长，由周子华代理，沈鸿鸣同意了。"

老树说："周子华是我们自己的同志，你这样做是对的。雷达站最近的情况怎样？"

秦蕊说："雷达站运行正常。粉碎敌人的'D计划'后，蝶岛海域航道再也没有发现敌人舰船。"

老树说："秦蕊同志，我想和你谈谈当前反法西斯战争形势。今年6月6日，英美发动了代号'霸王行动'，二百八十万同盟国军队在法国诺曼底登陆，在西线开辟欧洲第二战场。苏军也在东线向德军发动战略大反击，德国法西斯遭到西线、东线的夹击，灭亡已成定局。"

秦蕊问："中国战场呢?"

老树说："侵华日军按照大本营的《一号作战纲要》，从1944年4月17日到12月10日，发动对湖南、河南、广西的大规模进攻。在日军进攻面前，国民党军队除少数战役进行了较激烈的抵抗外，大多数情况是一触即溃，八个月中，丧失了四个省会和一百四十六座城市、七个空军基地和三十六个飞机场。日军在豫湘桂战役中，侵占中国大片地区，形式上虽完成了打通大陆交通线的作战计划，但也付出重大代价，实际上无力保障大陆交通线的畅通，也未能阻挡美国飞机空袭日本本土。"

秦蕊关切地问："敌后抗日根据地情况怎样?"

老树说："今年春季和秋季，八路军、新四军和华南纵队各部，在华北、华中、华南敌后对日伪军普遍发起局部反攻，攻击敌占城镇，拔除日伪军在解放区周围的据点，歼灭日伪军近二十万人，俘虏日伪军六万多人，争取伪军反正三万多人，恢复并扩大了解放区。'塔山'来电指出，由于潮城、蝶岛地下党同志艰苦卓绝的斗争和做出的牺牲，彻底粉碎了敌人的'D计划'，成功切断敌人在我东南沿海的海上交通，对抗战局势发挥了重要影响，而歼灭北岛两个大队于海上，给日寇以很大的心理震慑。"

秦蕊眼睛闪着亮光："老树同志，那我们下一步的任务呢?"

老树切入主题："豫湘桂战役后，日本军国主义再也无力发动大规模进攻，中国战场将由局部反攻逐步转入战略大反攻，盘踞在闽粤沿海一带的日军处于孤立无援的境地，为了收缩兵力和保障供给，沉寂了一段时间的海上通道很可能被冒险启用。"

秦蕊说："敌人难道不怕重蹈北岛两个陆军大队葬身海底的覆辙?"

老树神色凝重："根据情报，最近，日本在鹭州的特务头子中村到潮城接任华南特务机关长，中村长期负责闽南地区的谍报网组建，曾经在蝶岛布下一枚代号'暗礁'的闲棋冷子，这枚闲棋冷子在敌人实施'D计划'时都没有启动，甚至连'虎鲨'也不知道其存在。现在，蝶岛的敌特情报站已被摧毁，敌人将打出最后一张牌，利用雷达站人员胜利后的麻痹大意，实施'暗礁行动'。"

秦蕊问："有关于敌人'暗礁行动'的进一步情况吗?"

老树说："没有，这'暗礁'一直隐藏在'水底'，不露痕迹，我们对其无从了解，危险也就在这里。"

秦蕊说："老树同志，这个情况非常重要，也提醒了我，敌特仍然在行动，时刻不能放松警惕。"

老树吩咐道："潜伏的敌特只要有活动，就会有痕迹。你要冷静观察，注意安全，周子华同志会密切配合你的。"

秦蕊说："我会注意的。"

老树语重心长："唐山同志牺牲后，你的任务更重了。"

秦蕊说："我感觉，唐山仍然和我们在一起并肩战斗，

'鹰眼'并没有消失。"

傍晚，秦蕊在"观海"巨石前徘徊着思索着。

"暗礁"到底隐藏在哪里？潜伏在蝶岛守军内部？不大可能。开个诊所或以什么店铺作掩护？更不可能。"暗礁"一定是隐藏在一个不容易让外界察觉，却能方便观察到外界的地方。在蝶岛，会是什么地方？

可以判断，"暗礁"是富有经验而不按常规出牌的特工。没有"虎鲨"那样的行动小组作支撑，"暗礁"很可能会采取随机的"独狼"式行动。可敌特为了破坏雷达站，已经穷尽一切办法，几乎能用的手段都使用上了，这回，会从哪里下手呢？

望着朦胧的海面，心里默默地说，唐山，你要是还在，该有多好呀！

"联络官，我猜你一定是在这里看海。"秦蕊转身一看，是史密斯。

"少校，找我有事？"秦蕊问道。

史密斯问："你知道明天是什么日子吗？"

秦蕊反应过来："噢，今天是12月23日，明天晚上是圣诞夜。"

史密斯说："是的，漳城联络处的梅勒上校特地寄来一箱香槟酒，新到任的蝶岛守备团沈鸿鸣团长也要到观音山看望慰问雷达站的人员。我想，明晚就在文公祠搞一个小型联欢活动，庆贺一下胜利，也提振大家的士气。对了，我还要借此机会宣布一件事。"

秦蕊问："少校，是什么事？"

史密斯卖了个关子："这个嘛，你到明天晚上就知道了。"

12月24日晚上8时，观音山文公祠，几十根蜡烛点亮了整个后殿。长方形条桌上摆放着糕点和盛满香槟酒的杯子。殿堂中间，立着一棵挂满小铃铛、小灯笼的圣诞树。

史密斯容光焕发，端着酒杯走到圣诞树前："诸位，今天晚上是我们到观音山度过的第一个平安夜。沈团长特地送来这棵圣诞树，看到这棵温馨的圣诞树，让我们想起家乡银装素裹的雪地，想起驾着驯鹿雪橇的圣诞老人，想起挨家挨户讨糖果吃的孩子们，想起和亲人在家中共度圣诞节的欢乐时光。今天晚上，我们还邀请了观音山守备连周子华副连长和三位排长跟我们一起共度平安夜。借此机会，我要特别感谢观音山守备连的全体官兵，感谢雷达站的艾德森上尉、秦蕊中尉、华莱士上士、亨利中士、詹姆斯中士，感谢所有为保护雷达站做出贡献的朋友们。请大家干杯！"

史密斯喝了杯中的香槟酒，说："今天晚上，我还要向大家宣读昨天刚刚收到的一项授衔命令。"

整个后殿突然安静下来。

史密斯清了清嗓子："我宣布，秦蕊联络官被授予上尉军衔。"

全场响起了掌声。史密斯走到秦蕊跟前，把授衔证书和一枚上尉肩章郑重地交到她手中。

史密斯问道："上尉，你不想和大家说点什么吗？"

秦蕊眼睛湿润："上校，此时此刻，我更加怀念为保护雷达站而牺牲的战友……"

史密斯点点头。他转过身，招呼道："请大家品鉴香槟酒，还有，欣赏我们来自田纳西州的小伙子亨利中士弹唱的《平安夜》。"

亨利抱着吉他向大家鞠了个躬，在烛光映照下，做出很投入的"guitar face"表情，弹唱着《平安夜》。

秦蕊一双眼睛警惕地巡视着后殿各个角落，不知为什么，她感觉今晚的平安夜潜藏着某种危机。秦蕊的目光停留在圣诞树的底座上。

周子华走过来，小声问道："秦姐，有什么吩咐吗？"

秦蕊问："你知道这棵圣诞树是哪里制作的吗？"

周子华说："听说是古城鲜花店做的。"

秦蕊问："圣诞树的底座检查了没有？"

周子华说："没有，因为圣诞树是沈团长送的，就没有再检查。你是担心……"

秦蕊说："这样，你带上两个人，把圣诞树移到大殿门口，就说是为了迎接圣诞老人的到来。我要亲自检查圣诞树的底座。"

周子华带着两个士兵把圣诞树搬到位于前殿与后殿之间

空旷的天井中。

秦蕊蹲下身，轻轻拨开铺在底座上的人工草皮，大家惊呆了，里面埋着一颗定时炸弹。

秦蕊侧着耳朵，底座里传出炸弹定时装置的嘀嗒声，她对周子华说："这是一颗高爆定时炸弹，起爆时间应该是设定在晚上9点，现在是8点50分，我们只有十分钟时间。"

周子华问："秦姐，是不是先把圣诞树取出来，这样搬动底座比较轻便。"

秦蕊说："不，取出圣诞树很可能会引爆炸弹。文公祠有一条通往'观海'悬崖的近道，现在天黑，我在前面引路，你们三个人捧着圣诞树紧跟着我，快！"

周子华和两个士兵用手托着圣诞树底座，跟着秦蕊沿着崎岖小道一股劲往上冲，很快来到"观海"巨石前。

秦蕊命令："快，把圣诞树甩出去。"

周子华和两个士兵使尽全力把圣诞树连同底座一起甩下山崖，只听崖底传来一声"轰隆"的爆炸声。

两个气喘吁吁的士兵顿时瘫坐在地。

秦蕊看了一下手表，正好是晚上9点整。

文公祠，联欢活动仍在进行中。艾德森吹着口琴，华莱士、亨利、詹姆斯三人正在合唱《友谊地久天长》。人们似乎没有听到崖底的爆炸声。

史密斯走到秦蕊身边，小声问道："上尉，看你满脸是汗，发生什么事了？"

秦蕊说："上校，借一步说话。"

史密斯跟着秦蕊走出后殿。

秦蕊说："上校，这个平安夜可不平安，刚刚在圣诞树底座发现一颗高爆定时炸弹，现在危险已经排除了。"

史密斯倒吸一口凉气："把定时炸弹藏在圣诞树底座，借守备团沈鸿鸣团长之手，在我们眼皮底下把圣诞树送进联欢会场，一颗炸弹就可以把雷达站全体人员和守岛部队指挥官给灭了，这个间谍不一般呀！上尉，抓紧排查，弄清楚定时炸弹是什么人在什么时候放进圣诞树底座的。"

两天以后，观音山榕树下，秦蕊向史密斯报告："少校，经过排查，问题出在古城鲜花店。"

"原来鲜花店老板是间谍？"

"不，是一个神秘的女人。"

"一个神秘女人，怎么回事？"

"昨天上午10点左右，古城下街鲜花店的伙计正在安装圣诞树，突然来了一个女人，这个女人在花店买了一束鲜花后并不急着离开，似乎对圣诞树很感兴趣。有一阵子，伙计到店门口搬运鲜花，女人蹲在圣诞树前好奇地翻看底座的人工草皮。因为花店老板、伙计都在忙，也没太在意她。"

"这个女人长什么模样，什么口音？"

"根据花店伙计回忆，这个女人身高大约一米六八，年纪在三十岁左右，包着头巾，哦，蝶岛风沙大，这里的女人包头巾很正常。那女人除了买花，不怎么讲话，不过听口音不太像蝶岛当地人。"

"这个女人随身带什么物品吗？"

"女人手里提着一只篮子，篮子上面盖着一条白毛巾。"

史密斯若有所思："本来以为粉碎敌人'D计划'后，蝶岛的敌特已被肃清，没想到敌人还埋下一颗雷呀！上尉，你认为敌特下一步会有什么行动？"

秦蕊说："中国有句古语，叫'树欲静而风不止'。我判断，敌特这回对雷达站下手，与海上行动有关，敌人很可能再次启用沉寂数月的海上航道。还有，也是对雷达站的报复，即便摧毁不了雷达站，也要杀死雷达站人员。昨天晚上，敌特的图谋差点得逞了。"

史密斯说："我同意你的判断，不过，我们还没弄清楚这个神秘女人到底是谁，潜伏在哪里。"

秦蕊说："敌特已经露出马脚。少校，我想这两天抽空下一趟观音山。"

"嗯，注意安全，要知道，你一直是敌特袭击的主要对象。"

"我会注意的。上校，我们不能被动防守，知己知彼，方能占据主动。"

"上尉，你是不是已经有了怀疑目标？"

"疑似之迹，不可不察。这个神秘女人的出现让我产生一些联想，当然还只是联想，而这些联想需要得到证实。"

"圣诞树事件"过去一个多月，观音山雷达站没有再现异常情况，"暗礁"似乎又销声匿迹了。

1945年2月的一天，"九九寿梯"机枪阵地前的哨卡前，来了一个戴斗笠、包着头巾的女人。

带班的哨兵走上前拦住女人："请问你是什么人，要找谁?"

女人说："我是莫乃巷的阿贞，哦，是你们以前肖连长的老邻居。我找联络官，有急事要当面告诉她。"

哨兵说："你等等，我先给联络官挂个电话。"

女人观望着四周，焦急等待着。一会儿，哨兵从哨所走出来，客气地说："联络官在鹰嘴岩石室等你，那里比较安静。"

女人说："可我不知道鹰嘴岩石室在哪里?"

哨兵说："你跟我来。"

哨兵带着女人来到鹰嘴岩前，说："联络官就在石室里，你自己进去，我得回哨位了。"

女人走进石室，早已在这里等候的秦蕊走上前："你就是阿贞呀，我以前听肖连长说过。"

女人环视四周，石室里除了一张石桌和几只石墩，空荡荡的。她对秦蕊说："联络官，我是阿贞，今天找你，是要当面告诉你一件重要的事情。"

秦蕊指石墩说："来，坐下说。"

女人取下斗笠，突然从里面抽出一把消音手枪，枪口对着秦蕊。

秦蕊看着女人："你是……"

女人冷笑道："联络官，我就是你要寻找的'暗礁'，没想到吧。我知道，你是中共地下党。是你策划让两个美军飞行员装扮成渔民从后澳离开蝶岛，是你和'鹰眼'联手，在漳城杀了西园，是你制造雷达站人员中毒假象，骗过'虎鲨'，诱使北岛部队覆没于蝴蝶湾。还是你，发现了平安夜圣诞树底座的定时炸弹。可是，你百密终有一疏，还真把我当成阿贞了。"

秦蕊面无惧色："如果我告诉你，我不仅知道你是日本间谍'暗礁'，而且还知道你就是三年前害死海月庵慧真师太的'念慈'呢？"

女人吃了一惊，马上镇定下来："知道又怎么样？我告诉你，尽管整座观音山戒备森严，但在这个山洞里是一对一，你的生命完全掌控在我手中。"

秦蕊淡定地说："是吗，那你想怎么样？"

女人晃动着手枪："我呀，不能白来一趟观音山，我会先开枪打死你，然后再顺便炸掉雷达站，告诉你，我身上还绑着几公斤烈性炸药呢。当然，如果你愿意配合，带我上山顶雷达站，我可以考虑留你一条活命。"

秦蕊说："想让我带你上雷达站，做梦吧。告诉你，你今天是自投罗网，我已经等候你多时了。"

这时，周子华带着两名端着汤姆森冲锋枪的士兵冲进石室，周子华端起那支在乱石冈缴获的狙击步枪对准"念慈"。

女人见势不妙，正要拉响绑在身上的炸药，周子华迅速扣动扳机，女人应声倒下，只见头巾脱落在地，露出光秃秃的脑袋。

潮城，特高课课长黑田向中村报告："机关长，'暗礁行动'失败，千代子'玉碎'。"

中村神色黯然："这是我最不愿意听到的消息。千代子在蝶岛蛰伏多年，她处事冷静、果敢、缜密，擅长出其不意，攻其不备，一招制敌。怎么刚一行动就'玉碎'呢？莫非遭遇了'鹰眼'？"

黑田有些茫然："机关长，'鹰眼'不是已经……"

中村瞪着眼睛："不，黑田君，你没听懂我的意思，'鹰眼'还在。我们低估对手了。"

观音山，风清气朗。史密斯和秦蕊沿着山间小道边走边谈。

史密斯问："上尉，你是怎么知道阿贞是'念慈'冒充的呢？"

秦蕊说："我之前听肖楚健连长说过，莫乃巷的阿贞经常去海月庵烧香拜佛，结识了庵里的一个尼姑。据说这个尼姑在日本占领粤东时，逃难到蝶岛，被海月庵慧真师太收留，起名'念慈'。两年后，慧真师太突然去世，'念慈'成了海月庵年轻的师太。这引起我的怀疑，慧真师太我以前见过，身体挺硬朗的，怎么就突然去世了呢？对于敌特来说，以海月庵师太身份作掩护，既置身于世外，又可洞察人间烟尘，是一个颇费心机的选择。"

史密斯问："那你的怀疑是怎么得到证实的呢？"

秦蕊说："我下山走访了阿英婶。"

"阿英婶，阿英婶是谁？"

"我小的时候，阿英婶就在海月庵帮忙挑水做饭，阿姆每次去海月庵进香，都会带上我。热心的阿英婶总会拿出各种精致的小糕点给我吃。我上燕京大学期间，有一年放暑假还特地去海月庵看望阿英婶和慧真师太。这次下山，我是到阿英婶家里，她告诉我一个惊人的秘密。"

"什么秘密？"

"阿英婶告诉我，慧真师太去世得很突然很蹊跷，鼻孔有血迹。阿英婶认为是'念慈'害死了慧真师太。阿英婶还说了一件事，慧真师太去世后的一天深夜，她隐约听到嘀嘀嗒嗒的奇怪声音，她循着声音来到'念慈'寝室门口，发现那奇怪的声音是从里面传出来的。这时，屋里的嘀嗒声突然停止了，阿英婶急忙闪到廊道一根柱子后面，只见'念慈'轻轻打开房门，探头仔细观察着门外，没有发现什么动静，嘴里不知嘟哝着什么，又把门关上。这件事让阿英婶特别惊恐，过后，她借故辞去海月庵的活，回到自己家里。"

"我想，你一定也走访了阿贞。"

"没错，我在莫乃巷找到阿贞，和她作了一次长谈。我了解到，12月24日那天上午，阿贞正好去海月庵烧香，但没有见到'念慈'。"

"阿贞怎么会清楚记得那天是12月24日呢？"

"哦，她记着农历十一月初十上午，我查过了，农历初十那天正好是12月24日。阿贞当时问庵里小尼姑，'念慈'师太去哪里了？小尼姑告诉她，师父一早就提着篮子出门了。根据花店伙计回忆，那天上午出现在古城鲜花店的女人手提篮子，带着外地口音，年龄特征和阿贞描述的'念慈'也相仿。于是，我产生联想，这神秘女人会不会就是'念慈'？"

"我还有一个问题，'念慈'怎么会知道阿贞是肖连长的老邻居，而且还知道阿贞上观音山找肖连长时是包着头巾、戴着斗笠呢？"

"阿贞和我谈到一个重要情况，肖连长牺牲后，她曾经请'念慈'做一场法事，在'念慈'的追问下，阿贞说出了她和肖连长联系的过程。'念慈'还详细了解了阿贞去观音山找肖连长时的穿戴，一般人是不会关注这个的。由此我推断，圣诞树事件之后，'念慈'很可能孤注一掷，冒充阿贞上观音山。于是……"

"于是你就把自己当作诱饵，让周子华带人在鹰嘴岩设伏。"

"是的。'念慈'万万没想到，我已经和阿贞见过面。当她出现在鹰嘴岩时，尽管戴着斗笠，包着头巾，我还是一眼看出她是假阿贞。后来，鹰嘴岩石室发生的事你都知道了。"

史密斯说："上尉，我很欣赏你缜密的逻辑思维和敏锐的观察力。你为保护观音山雷达站、挖掉潜伏敌特又立了一功呀!"

秦蕊说:"少校,还有一件事要向你报告,'念慈'被击毙后,周子华副连长带人搜查了她在海月庵的住所,发现在经书里夹着一张'念慈'穿着日本尉官军服的照片,照片背后写着'北条千代子'。周子华还在'念慈'寝室墙壁夹层中发现了电台、密码本和一封密电。"

史密斯说:"抓紧译出电文,我等着你的消息。"

秦蕊说:"有了密码本,我已按敌特预先设定的编码规则进行解密,译出了电文。"

史密斯眼睛一亮:"密电是哪里发来的,内容是什么?"

秦蕊说:"密电是新任日本华南特务机关长中村发给北条千代子的,电文是'实施暗礁行动,确保413海上安全'。"

史密斯思索着:"'暗礁行动'已经清楚,可这'413'是什么意思,是指4月13日吗?"

秦蕊说:"据我了解,盘踞在鹭州的日军有龟田大佐的独立步兵第413大队、武智弘少佐的独立野炮兵第8大队,还有日本海军中国方面的鹭州根据地舰队。这封密电提到的'413'会不会是指龟田的413大队呢?"

史密斯说:"这就对上了,由于海上通道被我封锁,日军在鹭州陷入困守孤岛、给养无法维持的境地,为摆脱困境,龟田第413大队准备撤出孤岛,方向应该是粤东,而蝶岛海域是必经之通道。中村在密电中所提到的'确保413海上安全’，就是指确保龟田的413大队撤退时海上航道的安全，这也是敌特急于实施‘暗礁行动’的原因。”

秦蕊若有所思：“少校，这会不会是中村和千代子布下的迷局呢？”

“迷局，还有什么迷局？”史密斯有些茫然。

秦蕊说：“所有特工都有一条铁律，收到密电后，必须及时译出电文并将密电销毁。千代子作为一名有经验的日本特工，不可能犯留下密电这种常识性错误。而且，这次千代子上观音山，身上绑着炸药，准备铤而走险炸毁雷达站，在这种情况下，更不可能把密电和密码本留下。”

史密斯突然意识到什么：“你是认为密电和密码本是千代子有意留下误导我们的？”

秦蕊说：“我想是的。何况在千代子被击毙、观音山雷达站仍在照常运行的情况下，中村和龟田更不可能让413大队从海上撤走。《孙子兵法·始计篇》中写道，‘故能而示之不能，用而示之不用，近而示之远，远而示之近’。看来中村是深谙此道。兵不厌诈，如果说，敌人的‘D计划’是以陆路行动掩护海上行动，这回则是以海上行动掩护陆路行动。”

史密斯想了想，说：“如果龟田的413大队不走海路，选择从陆路撤出，必须经过漳属四个县，最后从漳南进入粤东，途中可能受到守军的伏击，这是要冒很大风险的。”

秦蕊说：“两害相权取其轻，对龟田来说，相比在海上全军覆没，冒险穿越漳属四县可能是更好的选择。你知道，国民党守军的战斗力是不强的。"

史密斯点点头："嗯，你的分析有道理。我敢肯定，国民党守军第75师根本没有料到龟田的413大队会从陆路撤往粤东。"

秦蕊说："少校，是不是通过梅勒上校向驻漳城的第75师师部作个通报，让他们有所防备。"

史密斯有些犹豫："我们雷达站的任务是探测海上目标，配合航空队炸沉过往的敌舰船，陆地的军事行动不归我们管。"

秦蕊坚持道："少校，我们是最先掌握413大队可能从陆路撤走这个动态的，有责任也有必要向守军提个醒，至于怎么采取行动，是他们的事。再说，都是为了打击日本侵略者这个共同目标，你说呢？"

史密斯耸了耸肩："上尉，你好像说服我了。我会通过梅勒上校向漳城守军第75师师长作个通报。不过，我们的雷达站仍然不能放松对海上目标的探测。"

秦蕊松了一口气，说："那是当然，少校。"

这时，艾德森跑过来，把一张雷达探测记录交给史密斯："少校，雷达刚刚探测到一艘日军运输船进入蝶岛海域，正朝着鹭州方向驶去。"

史密斯看了记录，对秦蕊说："上尉，这是给413大队运送给养的运输船，立即向闽西机场的航空队发报，炸掉它！"

困守鹭州的日军由于给养断绝，终于支撑不住。

拂晓，在海军舰炮掩护下，413大队登上漳属一侧的海岸，在龟田指挥下，一路烧杀抢掠，向着漳南方向撤退。守军虽然组织若干次伏击，给日军一定的杀伤，但由于缺乏战斗经验和有力指挥，屡遭日军逆袭，死伤了好几百人。

聚祥银铺，老树与秦蕊见面。

"413大队闯入漳属境内已经第六天，马上就要进入漳南县了，国民党守军几次伏击战果不佳，只能跟在后面放枪，让413这支作恶多端的军队从我们眼皮子底下溜掉，太让人揪心了。"老树充满焦虑。

秦蕊说："能不能在413大队进粤东前，找机会给予有力一击？"

老树说："凭守军的战斗力，要在陆地消灭413大队几乎不可能，然而，有一个机会我们可以抓住。"

秦蕊问："什么机会？"

老树摊开一张地图："你看，413大队进入漳南县后，必须经过一条叫东溪的河流，如果趁日军过河的时候，引导美军航空队的飞机赶来扫射轰炸，那就能给敌人以沉重的打击。"

秦蕊有些讶异："老树同志，你对漳南县的地形很熟悉呀！"

老树狡黠地眨了眨眼："我就出生在漳南县，小时候还经常到这河里游泳呢！"

秦蕊说："这个思路非常巧妙。不过有几个问题，一是必须有人预先隐蔽在河岸某处，随时观察日军过河动静；二是及时将日军过河的情报发出，而且要计算好时间差，从距离上看，飞机起飞到东溪河的上空大约需要二十分钟，飞机早到了不行，迟到也不行；三是必须和美军航空队做好沟通，让他们相信情报的真实性，并派出飞机。这第三点由我来解决，可这前面两点怎么办？"

老树沉思片刻，说："在漳南及周边几个县，活跃着一支我们党领导的抗日游击队，游击队的侦察员小郭以卖木炭为掩护，经常往返于蝶岛与漳南之间。我最近为游击队筹措了一笔经费，小郭今晚会过来取，我写封短信让他带给游击队大队长鲁涛，让他派出一个侦察小组提前隐蔽在河边的凤山上，那里视野开阔，日军过河情况将尽收眼底。只是游击队的电台在一次夜间行军中摔坏了，鲁涛大队长正愁着没电台呢。"

秦蕊说："这好办，我们从千代子住处搜到的那部电台现在还存放在周子华那里呢。"

老树高兴地说："太好了，真是'瞌睡遇到枕头'，这电台派上用场了。"

秦蕊说："到时候游击队报务员必须用密码发报，还要调好无线电发射频率。"

老树说："这个没问题，我让小郭明天就把游击队的密码本带过来。"老树想了想，说，"还有一件事差点忽略了，我记得东溪河上有一座桥，必须把这座桥炸掉，才能迫使龟田的部队蹚水过河，歼敌于河上。"

秦蕊说："我通过史密斯和漳城联络处梅勒上校取得联

系，让守军炸掉这座桥。"

龟田带着413大队来到漳南县东溪北岸，他站在断桥旁，用望远镜观察着河面。伪军向导报告："大佐，好在这河水并不深，人和马匹可以涉水过去。过了河再往前走十几公里就进入粤东了。"

侦察参谋报告："大佐，根据小分队侦察，河对岸没发现伏兵。"

龟田收起望远镜，说："我并不担心地面，而是担心天上。如果部队在过河时遇到敌机来袭，那就麻烦了。"

参谋长板垣在一旁说："大佐不必担心，漳南守军连人影都看不到，再说，他们和美国第14航空队也不可能有联系。"

龟田对作战参谋说："传我命令，机枪中队先过去，占领河对岸高地，掩护部队过河。行动要快！"

凤山，鲁涛带着游击队侦察小组隐蔽在山腰丛林中。报务员架好天线，随时准备发报。

侦察排长报告："大队长，敌人开始过河了，要不要发报？"

鲁涛用望远镜观察过河的日军，说："别急，这是敌人的机枪中队，注意计算这拨敌人过河的时间。"

过一会儿，山下隐约传来口哨声。侦察排长报告："敌人的机枪中队已经过河，用了二十五分钟。先行过河的日军用旗语报告，已经占领河对岸高地。敌人的大队人马正在集结，开始准备过河了。"

鲁涛向报务员下令："现在可以发电报了。"

一道密电从凤山传到观音山，又从观音山传到驻闽西的美军航空队。

二十分钟后，龟田率领的日军大队人马已快到河对岸，龟田挥挥手，示意部队尽快登岸。这时，六架P-51野马战斗机突然出现在东溪河上空，战斗机俯冲到五百米高度，向正在过河的日军猛烈扫射，日军纷纷中弹跌入水中。

岸上的日军机枪中队对正在俯冲的野马战斗机疯狂射击。两架野马战斗机迅速飞临机枪阵地上空，向下扫射。

一路骄横跋扈、杀气腾腾的龟田一脸惊恐："美国人是怎样获得情报、精准掌握空袭时机的？"

板垣说："大佐，要不要向潮城的中村机关长发报，请求派飞机空中支援？"

龟田绝望地吼叫着："报务员也在过河，一切都来不及啦！"

一架野马战斗机呼啸而过，龟田中弹，摇摇晃晃栽倒在水中。

板垣带着侥幸过河的413大队残部，朝着汾水关方向仓皇逃去。

鲁涛看着过河逃窜的日军，用拳头捶着树干："妈的，放着小鬼子这样跑掉，姚守堂一个团的兵力躲哪儿去了？"

与凤山成掎角之势的神仙岭，姚守堂收起望远镜，吩咐身边的参谋长："向漳城韩师长发电报，我漳南守备团将士英勇奋战，配合航空队歼敌大部于东溪河，现正乘胜追击。"

参谋长问："团座，是不是命令松柏岭的一营移动到汾水关阻击敌人，二营和三营乘胜追击，歼敌于汾水关。"

姚守堂训斥道："蠢！不懂得困兽犹斗的道理吗？万一一营在汾水关被粤东前来接应的日军反包围怎么办？"

"那……"参谋长有些茫然。

姚守堂说："还不明白我乘胜追击的意思吗？"

参谋长领悟过来了："团座，我明白了。"

第十八章　塔山召唤

几个月后。下街，秦蕊穿过庆祝抗战胜利的游行队伍，来到聚祥银铺。

老树放下手中的活计："请问，你是要修银器还是买银饰？"

秦蕊会心地笑了："我想买一只银手镯，不知道你这里有合适的吗？"

这是秦蕊和老树在银铺第一次见面时的对话，此时两人对答，别有一番意味。

老树一脸神秘："跟我来，相信你会有惊喜。"

"老树同志，什么惊喜呀？"

秦蕊跟着老树走进里间，她怔住了，站在眼前的竟然是向明教授。

向明穿着崭新的汉装，显得特别精神："没想到我们会在这里见面吧？"

秦蕊走上前，紧紧拥抱着向明，像女儿见到久别的父

293

亲。她抽泣着:"教授,我没想到会在这里见到你,真的没想到……"

"我是来接你回家的。"

"接我回家?"

"是的,回家,'塔山'在召唤。来,坐下,我们听一段广播。"

老树熟练地启动了那台高灵敏度的收音机,轻轻转动着旋钮,收音机里传出延安新华广播电台的播音:

1945年7月26日,中、美、英三国发表波茨坦公告,促令日本无条件投降。

8月6日和9日,美国先后在日本广岛和长崎各投下一枚原子弹。

8月8日,苏联对日宣战。9日,苏联军队进入中国东北,向日本关东军大举进攻。

8月9日,毛泽东在延安发表《对日寇的最后一战》的声明,随后,朱德发布对日开展全面反攻等七道命令。

8月15日,日本天皇裕仁以广播形式发布《终战诏书》,日本无条件投降。

9月2日,日本代表在投降书上签字。侵华日军128万人向中国投降。中国抗日战争经历艰难曲折的斗争,取得了最后的胜利。

中国人民抗日战争是近代以来中国人民反抗外敌入侵持续时间最长、规模最大、牺牲最多的民族解放斗争，也是第一次取得完全胜利的民族解放斗争。

下面，播放歌曲《延安颂》，歌词是："夕阳照耀着山头的塔影，月色映照着河边的流萤，春风吹遍了坦平的原野，群山结成了坚固的围屏。啊延安，你这庄严雄伟的古城，到处传遍了抗战的歌声。"这首歌不仅是对延安景色的描绘，更是对抗战胜利的庆祝和对未来的美好憧憬……

听着来自延安的声音，秦蕊热泪盈眶。

向明示意老树关了收音机，对秦蕊说："我这次从香港回延安，特地拐到蝶岛来见你，有件重要的事情要告诉你。"

"重要事情？"

"是的，抗战胜利后，国民党反动派加紧发动内战的部署。中共中央指示，我党我军在全国的战略方针是'向北发展，向南防御'，打击和阻止国民党军北进，继续大力消灭日伪军，并派出2万名干部、11万部队挺进东北。在无形的战场上，国共双方无线电通信斗争也在全面展开。你受过无线电通信的专业训练，并且掌握编制密码和破译密码的特殊技能，更重要的是，你在抗战隐蔽战线经历了血与火斗争的考验。组织决定，让你回延安，接受新的任务。"

"回延安，这正是我梦寐以求的呀！什么时候走？"

"你准备一下，两天后，我们从一条隐蔽、安全的地下秘密交通线走。"

"好的。教授，我是不是要和史密斯道个别？"

"当然，这是必须的。不过，你准备以什么理由和史密斯道别呢？"

"我会斟酌的，我觉得史密斯应该已经猜出我是地下党，只是没有点破而已。教授，你还有什么吩咐吗？"

向明握着秦蕊的手，语气低沉："找个时间带我去楚健同志的坟茔看看，还有，我想去一趟南门湾。"

秦蕊眼眶发热："我知道了，教授。"

刚刚晋升为中校的史密斯手里拿着柯达照相机，把雷达站全体人员召集到文公祠前："诸位，接上司的命令，观音山雷达站已经完成使命。在离开蝶岛前，我们在这里照张合影作个留念吧。"

"太好了，可是谁来帮我们拍照呢？"艾德森问。

"我有办法。"秦蕊接过史密斯的照相机，招呼大家站好，然后调整好相机的焦距、光圈，对一旁的周子华说，"子华你过来，站到我刚刚站的这个位子上，把镜头对准我们按下快门就行了。"

周子华笑着说："就这么简单呀，比我端枪瞄准容易多了。"

秦蕊刚刚入列，周子华就拿起相机咔嚓按下快门："好啦。"

华莱士正拿着小梳子梳理着头发："这就好啦？我还没来得及梳好头发呢！"

亨利说："噢，我还没摆好pose呢！"

秦蕊陪着史密斯一行来到与南门湾毗连的马銮湾。一群渔家娃娃在沙滩上玩耍，唱着蝶岛方言儿歌：

天黑黑，卜落雨（要下雨），

海龙王，卜娶某（要娶妻），

龟吹箫，鳖打鼓，

水鸡（青蛙）扛轿目凸凸，

田婴（蜻蜓）举旗叫辛苦，

火萤担灯来照路，

老鼠沿路打锣鼓，

为着海龙王卜娶某，

鱼虾蟹卒真辛苦。

海湾缓缓的碧波泛着浪花层层叠叠由远而近，轻轻拍打在银色的沙滩上。史密斯感叹道："这海浪波连着波，就像西班牙女郎的百褶裙，太美了。蝶岛的海湾就像东方的夏威夷，哦不，比夏威夷还要美。我喜欢上这个海岛了。"

华莱士、亨利中士和詹姆斯脱掉鞋袜和身上的衣服，只穿着短裤在沙滩上狂奔着、跳跃着、呼喊着，最后干脆跳进海里，像孩子一样嬉戏着。

艾德森则坐在沙滩上的一艘小木船的船帮上，面朝大海，用口琴吹奏着《红河谷》。

史密斯和秦蕊漫步在沙滩上。

史密斯："上尉，雷达站的人员离开蝶岛后可能休整一段时间，然后重新分配。航空队的长官对你在观音山雷达站的表现很满意，你可以作选择，是留在中国的某个雷达基地，还是去美国。"

秦蕊："少校，哦sorry，你晋升中校，可我还是习惯称你为少校。抗战胜利了，我想选择离开部队，我是中国人，还是留在中国吧。"

史密斯有些错愕："什么，你刚刚晋升上尉，却选择离开部队，这太可惜啦。能告诉我，你离开部队后准备做什么吗？"

秦蕊说："还没想好，但肯定是做对我的祖国、对民族有益的事。"

史密斯停住脚步："上尉，我最近想了很多，有些事想问你……"

秦蕊也停下脚步："少校，你想问什么？"

史密斯说："这几天，我回想起在观音山的日日夜夜，心里很不平静，如果没有那位抗日志士冒死从敌舰发出明码电报，蝶岛将被北岛率领的日军攻占，雷达站也将不复存在。如果没有肖楚健率部阻击武装敌特，观音山雷达站将在敌人的夜间突袭中灰飞烟灭，同样，没有他暗中掩护，我将死于日本狙击手的枪下。而就在大家都认为平安无事的时候，是你及时发现了圣诞树的定时炸弹，并除掉了千代子。从粉碎敌人的'C日行动''D计划'到'暗礁行动'，真可谓危机四伏，步步惊心，而每一个环节，你都发挥了不可替代的作用呀。"

秦蕊说："这每一个环节都离不开雷达站全体人员的密切配合。少校，我还要特别感谢你的信任、默契和支持。"

史密斯说："那位壮烈牺牲的抗日志士是个令人敬佩的传奇式英雄，能和我说说他吗?"

秦蕊沉默片刻，说："少校，你既然问了，我可以告诉你，他的名字叫唐山，是我在燕京大学的同学，也是我的恋人。"

史密斯说："明白了。如果我没猜错，你和唐山，还有肖楚健都是延安……"

"少校，你为什么这样想?"秦蕊注视着史密斯。

史密斯说："我读过埃德加·斯诺1937年10月在伦敦出版的采访录《红星照耀中国》，我感受到，你们身上，有着坚定的理想信念、深厚的家国情怀、顽强的战斗意志、英勇的献身精神，这正是斯诺先生在书中描述的中国共产党人特有的品质。抑或说，通过你们，我加深了对中国共产党的了解。我坚信，唯有中国共产党能够带领中国走向光明，给人民带来幸福的生活。"

秦蕊感动地说："少校，你是一位有良知的充满正义感的军人。"

史密斯拿出一支钢笔："这是一支派克51钢笔，哦，就是我签发电报的那支笔。我在上面用英文刻着'友谊地久天长'，本来想在离开蝶岛时送你的，现在提前交给你了，留着作个纪念。"

秦蕊收下钢笔，拿出一支海柳烟斗："少校，这是我父亲生前收藏的用蝶岛海域特有海柳做成的烟斗，父亲并不吸烟，收藏海柳烟斗只为家乡情结。现在我把它转送给你，作个纪念吧。"

史密斯接过海柳烟斗，感慨道："好漂亮的海柳呀，我收藏的是一份珍贵的友谊，是一段难忘的记忆。上尉，我要把蝶岛这段并肩战斗、共同打击日本法西斯的故事讲给美国人民听，讲给子孙听，让后代铭记这段历史，让中美两国人民友谊地久天长。"

秦蕊看着在沙滩上追逐、跳跃的孩子，说："我也一样，要把这段故事讲给年轻的朋友们听，讲给孩子们听。"

史密斯带着几分惆怅："但愿还能再见面。"

"少校，你是指……"

"噢，我希望自己和这座美丽的海岛还能再见面，当然，也希望这海柳烟斗和派克笔能再见面，你说呢？"

"我想会的。"

南门湾，天高云淡，风清气朗。洋面上，白帆点点，海鸥翔翔。

"教授，这里就是南门湾。"秦蕊陪着向明走在瓷实的沙滩上。

向明望着漂在海上的片片白帆："记得我在潮城的时候听唐山说过，他和你曾经有过一个约定。"

"是的，'待到春暖阴霾散，相约南门看归帆。'"

"在去十八里铺的路上，我答应过唐山，等抗战胜利，我会到南门湾和你们一起看归帆。今天，我是履行承诺来了。"

"教授，我想，你的话唐山听到了。"

"唐山牺牲得非常英勇、非常壮烈，他完成了一项几乎不可能完成的任务，书写了一段隐蔽战线斗争的传奇。"

"教授知道唐山牺牲时的情况？尽管在当时，我坚信唐山一定会想办法把情报发出来，但在戒备森严的敌舰上，他是怎么搞到电台发报的，至今对我依然是个谜。"

"北岛的舰队被炸沉后，有几个日本鬼子乘坐一只充气橡皮艇逃生，结果漂到蝶岛邻县的海滩上被抓获。负责审讯记录的是我们的地下党同志。"

"教授，能跟我讲讲唐山牺牲的经过吗？"

"当然，你有理由知道。"

向明的讲述把秦蕊带回到1944年4月18日拂晓。

日军护卫舰舰桥指挥室，日军联队长北岛向参会的军官宣布了这次军事行动的目标就是蝶岛。联队参谋长武藏通报了舰队所处的方位，并布置部队登岛作战方案。

唐山悄悄走出舰桥指挥室。

护卫舰无线电信室，日军译电员岸谷译出"菊"的密电后，大惊失色："高桥君，翻译官唐山是中共地下党，得立刻把电报送给北岛大佐。"

"不用送了。"

岸谷回头一看，一个高大的身影握着勃朗宁手枪堵在船舱门口。

"是翻译官……"

岸谷拔出手枪，唐山迅速扣动扳机，岸谷眉心出现一个红点，"扑通"一声栽倒了。

高桥站起来准备掏枪，唐山一枪打中他的左胸，高桥应声倒地。

唐山迅速坐到电台跟前，戴上耳机，把电台发射频率调到438.500兆赫，用摩尔斯明码向秦蕊发报：

> 日军两个大队共两千二百人，乘一艘护卫舰、两艘运输船进犯蝶岛。舰队方位东经117°41'18"，北纬23°31'54"，时速15节，正驶入蝴蝶湾，二十五分钟后进入停泊点。

确认秦蕊收到后，唐山又重发了一遍。

这时，舱外甲板上传来急促的哨声和杂乱的脚步声，唐山意识到，北岛带人冲过来了。

唐山淡定地敲动着按键，打出最后一组摩尔斯电码：

让大海星辰做证。鹰眼

这是为了让秦蕊确认自己的身份，也是向秦蕊作最后的诀别。

北岛带着几个荷枪实弹的日本兵冲进无线电信室，看到戴着耳机坐在电台跟前的唐山，还有倒在地上的岸谷和高桥，北岛一切都明白了。

"原来你就是'鹰眼'……"

唐山站起来，从容地取下耳机："没错，我就是你一直在寻找的'鹰眼'——中共地下党员唐山。"

唐山脱掉身上的日军军衣，甩在甲板上，身上露出白色的衬衫。

北岛枪口对着唐山："尽管你是我的敌人，但我不得不承认，你是一名内心强大、智勇双全的特工。没有想到，我一直在寻找的'鹰眼'，竟然是以这样的方式见面。唐山，你保护了雷达站、破坏了我的'D计划'，但遗憾的是，你看不到胜利，你的末日到了。"

唐山说："不，我已经看见抗战胜利的曙光。是你的末日、所有侵略者的末日到了。告诉你，我已经通过你的电台把舰队的精确方位发出去，轰炸机马上就要到了。现在，大雾已散，你的三艘舰船连同两个步兵大队无处遁逃，将葬身海底。北岛，你总是高兴得太早，这局棋你输定了。"

北岛怒火中烧地朝着唐山连开数枪，鲜血染红了唐山身上白色的衬衫。

唐山靠在舱壁上，努力不让自己倒下。

军舰上空传来飞机的轰鸣声。

唐山望着舱外阴霾渐散的天空，脸上露出胜利的微笑……

秦蕊含着热泪："教授，你让我了解到唐山生命最后时刻的悲壮与辉煌，再现了一个充满血性、视死如归的孤胆英雄形象。这一幕幕动人心魄的画面将永远烙在我的脑海之中。"

向明深有感触地说："唐山、古榕、肖楚健，还有许许多多为民族解放献身的英烈将永远活在我们心中，祖国不会忘记，人民不会忘记。"

秦蕊伫立在开阔的沙滩上，望着波澜壮阔、滚滚而来的海潮，仿佛置身于当年燕京大学合唱的舞台上，耳际回响起《五月的鲜花》雄浑的歌声：

　　　五月的鲜花开遍了原野

　　　鲜花掩盖着志士的鲜血

　　　为了挽救这垂危的民族

　　　他们曾顽强地抗战不歇

　　　……

十天后，延安凤凰山下一孔窑洞里，身着戎装的秦蕊戴着耳机端坐在电台前，全神贯注地搜索着无线电讯号。她的身份是中央机要处机要员，代号——"鹰眼"。

尾　声

2015年9月3日，北京，天安门广场，纪念中国人民抗日战争暨世界反法西斯战争胜利70周年大会在这里隆重举行。

阅兵式上，当抗战老兵乘车方队经过天安门时，车上一位满头银发、身着戎装、佩戴着"中国人民抗日战争胜利70周年"纪念章的女性抗战老战士含着热泪，面向天安门敬了一个标准的军礼。

她是北京外国语学院的离休教师秦蕊。

纪念大会结束后，在中国人民对外友好协会的安排下，秦蕊来到北京国际饭店会客室，会见了几位外国友人，他们是受邀前来参加纪念活动的史密斯的儿子保罗·史密斯，艾德森的女儿黛丝·艾德森，还有飞虎队老兵约翰·琼斯。

秦蕊看着保罗·史密斯和黛丝·艾德森，说："像，真像。"

保罗·史密斯不解："您说像什么？"

秦蕊说："我仿佛见到了当年的史密斯少校和艾德森上尉。"

保罗·史密斯说："在美国，我经常听父亲和艾德森叔叔提起您，你们一起并肩战斗过，结下深厚的友谊，今天见到您感到特别亲切，我可以叫您一声妈妈吗？"

"我和保罗一样，也想叫您妈妈，如果您不介意。"黛丝·艾德森说。

秦蕊眼眶湿润了："当然，就像一家人一样。"

保罗·史密斯从提包里取出一个精致的镜框，只见镜框里镶嵌着一张老照片，他把镜框郑重地交到秦蕊手中："父亲说，这是七十年前抗战胜利时，观音山雷达站全体人员在文公祠前的合影。离开蝶岛时，照片还来不及洗出来。这次，父亲特地让我带到中国交给您。照片背后，还有父亲用英文写下的'友谊地久天长'。"

秦蕊仔细辨认着照片里面的每一个人："这是雷达站站长史密斯少校，这是雷达站副站长兼工程师艾德森上尉，哦，这是我，这是雷达兵华莱士上士，这是雷达兵亨利中士，这是负责电源保障的詹姆斯中士。看，华莱士还拿着把小梳子在梳理头发呢。七十年过去了，往事历历在目呀！"

保罗·史密斯拿出一支海柳烟斗："这是父亲当年离开蝶岛时您送给他的礼物，他一直珍藏着，经常拿出来看看。现在，他把这海柳烟斗交给了我，我特地带到北京。"

秦蕊也从身上拿出一个精致的小盒子，里面装着一支钢笔："这是你父亲送我作纪念的派克笔，你父亲曾用这支笔签过雷达站发给航空队的电报，我准备把它捐给蝶岛抗战纪念馆呢。哦,你父亲身体还好吗?"

保罗·史密斯说:"还好,只是走路不太方便,他和艾德森叔叔商量,让我和黛丝代表他们两人来北京参加纪念活动并看望您,再三叮嘱一定要去蝶岛看看他们当年战斗过的地方。他们想在有生之年写一部回忆录,书的名字就叫《蝶岛雷达站——难忘的岁月》,由我和黛丝执笔。"

黛丝·艾德森俏皮地说:"父亲曾经悄悄告诉我,他在蝶岛时暗恋过一个叫秦蕊的联络官,今天从照片上领略了您当年的气质和风采,我理解父亲了。"

秦蕊爽朗地笑了:"记得你父亲特别喜欢吹口琴,现在还吹吗?回去记得代我向他问好呵!"

黛丝·艾德森说:"偶尔还吹呢,就是老跑调。"

年过九旬的约翰·琼斯依然精神矍铄:"联络官,很高兴在这具有特殊意义的日子见到你。当年,我参与了炸沉日军运输船和北岛舰队的战斗任务,曾经多次飞过观音山上空,只能在飞机上向雷达站人员表示致意。没想到七十年后能在北京和你见面。"

秦蕊说:"琼斯先生,其实我们在七十一年前就在蝶岛见过面。"

"七十一年前在蝶岛见过面?"

"琼斯先生还记得1944年3月1日,蝶岛八个渔民在象屿附近海域救起两名美国飞行员吗?"

"记得,当然记得,那就是我和科文少尉呀!"

"当时，有一位雷达站的翻译官给你当翻译，还安排你和科文少尉化装成渔民乘船离开蝶岛。"

"噢，我想起来了，你就是那个让我们心动的美丽翻译。对了，那几个救我和科文的渔民还在吗？"

"据我所知，船老大秦潮生还健在，他一直珍藏着你当年赠送的小酒壶呢。"

"是吗？这次到中国，我还有一个心愿，就是去蝶岛见见当年的救命恩人，这也是科文先生的心愿，很可惜，他去年在加州去世了。"

秦蕊说："琼斯先生，我们一同前往蝶岛，我也有一个心愿呀！"

在对外友协工作人员小刘的陪同下，秦蕊一行从北京乘飞机到鹭州，然后从鹭州乘车一路向南，经过跨海大桥进入蝶岛。

琼斯见到八个渔民中唯一还健在的秦潮生。

秦潮生拿出当年琼斯送给他的便携式不锈钢扁酒壶，装上蝶岛女人坐月子时常喝的糯米酒，两个老人不用酒杯，直接对着扁酒壶喝酒，一直聊到深夜。

担任两人翻译的依然是秦蕊。

秦蕊坚持不坐缆车，徒步登"九九寿梯"，这里的每一级台阶都铭刻着她对那段难忘岁月的记忆。

观音山，游人如织。此时，文公祠已经开辟为蝶岛抗战纪念馆。秦蕊、琼斯、保罗、黛丝随着一群学生走进纪念馆。

讲解员站在一堆飞机机翼残片和一门锈迹斑斑、攀附着牡蛎藤壶的高射机炮跟前，讲述着："这是最近刚刚从象屿海域打捞上来的美国'飞虎队'的一架飞机残骸和日本运输船上的高射机炮。"

有学生问："什么是'飞虎队？'"

讲解员讲解道："1941年，由美国飞行教官陈纳德组建了美国志愿援华航空队，1943年编入美军系列，成为美国第14航空队。这支援华抗战的部队被称为'飞虎队'。1944年3月1日，一艘满载军需物资的日军运输船经过蝶岛海域，被观音山雷达站发现，及时向美国航空队发电报，航空队迅速派出B25轰炸机。日军运输船被琼斯和科文驾驶的轰炸机炸沉，而琼斯、科文的飞机也被日军高射机炮击中坠入海中。"

几位学生异口同声问："那两名飞行员后来怎么样了？"

讲解员说："那两名飞行员跳伞逃生，被蝶岛八个渔民从象屿附近的海上救了起来，并安全送出蝶岛。我想告诉同学们，当年驾机炸沉日军舰船的飞行员琼斯，还有雷达站联络官兼发报员秦蕊，雷达站站长史密斯的儿子保罗、副站长艾德森的女儿黛丝今天也来了，他们就站在你们中间。"

学生们惊喜地簇拥着琼斯、秦蕊，要求一块合影留念，有的拿出笔记本，请他们签名。

保罗一边拍着照片一边对黛丝说："太感人了，我要把这情景写进父亲的回忆录里。"

夜幕降临，秦蕊佩戴着纪念章，子身一人，手捧鲜花来到了南门湾。

满天星辰，如同熠熠生辉的绚丽宝石，点缀着广袤的苍穹。那闪烁的星星，仿佛在向大地频频发送摩尔斯电码，传递着天籁……

令秦蕊震撼的是，她再次邂逅了南门湾的"蓝眼泪"。

那蓝色的荧光在夜晚的潮汐中时隐时现，宛若流动的星河，诉说着一种超越尘世的神圣与美丽，承载着深沉的爱恋和无尽的追思。

秦蕊仿佛看到，唐山穿着米黄色西装，正微笑着朝她走来。秦蕊眼前，再现了一幕幕刻骨铭心的鲜活的动人心魄的画面：

燕大剧社，那充满深情的"阳台对白"。

礼堂舞台，那热血沸腾的《五月的鲜花》大合唱。

马可波罗广场，咖啡厅里的"摩尔斯"话别。

"阿凤成衣店"，更衣室里漫长的三分钟。

南门湾之夜，"让大海星辰做证"的终极承诺。

茫茫雾海，"鹰眼"从敌舰发出的最后一封电报……

秦蕊把花束放在荧光闪烁的沙滩上，一道海浪缓缓涌上沙滩，轻轻地卷走了鲜花……

后　记

《鹰眼》故事取材于我的家乡东山岛，这座海岛位于福建省东南端，像一只卧在万顷碧波中的的蝴蝶，因而也被称之为蝶岛。

东山岛因谷文昌带领干部群众"上战秃头山，下战飞沙滩，绿化全海岛，建设新东山"而闻名全国，也因"天蓝、水碧、沙白、岛礁奇"而成为旅游胜地。鲜为人知的是，这座海岛曾经发生过一段传奇的抗战故事。

东山岛面向台湾海峡，位于厦门和汕头之间，处于东海与南海的结合部，战略地位十分重要。当时，日寇占领了厦门、金门、南澳、潮汕，如果再占领中间的东山岛，就能在我国东南沿海形成一条完整的封锁链，并确保其海上运输线的安全。

而就在与东山岛一水之隔的云霄乌山，活跃着一支中国共产党领导的抗日武装力量——乌山游击队。

东山岛，注定成为敌我双方争夺的焦点。

在日军粤东派遣军步兵大佐、华南特务机关长山本募的策划下，驻潮汕日军曾经三次从海上进犯东山。充满血性的东山人民"一为祖，二为某（妻子），三为田园，四为国土"，用大刀、长矛、渔叉、锄头，配合守军把日军打下海去。在与日寇殊死战斗中，东山"人人以忠烈自勉"，只有战死，没有投降。据史料记载，1938年至1944年间，日寇出动飞机127批次356架次，在这座200平方公里的海岛上，投下1361枚炸弹。当时的福建《大成晚报》报道："自民国二十六年至二十八年十月止，全省各县遭日寇蹂躏最惨烈为闽南之东山"。历经战争苦难的东山百姓，在食不果腹的情况下，"查埔（男人）俭烟支，查某（女人）俭胭脂，拜神俭纸钱，煮饭俭把米，俭俭抗战买飞机"，捐献了一架"东山号"飞机支持抗日。

抗战后期，为了阻断厦门、金门日军与潮汕日军的海上通道，援华美军航空队在东山岛的文公祠设立观察站，一经发现日军过往舰船，立即通过无线电报告航空队，歼敌于海上。在东山的兄弟屿附近，曾经发生过一场海空激战，美国航空队的轰炸机炸沉日军舰队，而美军一架轰炸机也被日军击落。东山渔民冒着危险，在风浪中救起命悬一线的美国飞行员科文中尉和宾治少尉，并机智地将2人送出海岛。

在东山县档案馆，依然保存着1985年科文和宾治托人写给福建省政府要求帮助寻找救命恩人的信函原件，还附有县信访办对东山渔民从海上拯救美国飞行员的详细记载。前些年，渔民还在东山海域打捞到一架飞机残骸和一门舰载高射机炮。

我根据真实的历史背景材料，植入中共地下党抗日斗争元素，创作了这部抗日谍战小说。

故事以一艘日军运输船在蝶岛海域被炸沉为引子，描写中共地下党与日本特工之间围绕蝶岛观音山雷达站展开的博弈，经过一次次殊死较量，终于除掉了敌特"虎鲨""毒刺"和"暗礁"，粉碎了日军的"C日行动""D计划"。潜伏在敌营的"鹰眼"以非凡的胆略，完成了一项几乎不可能完成的任务，壮烈牺牲在抗战胜利前夜。

在充满悬念、扣人心弦的谍战故事中，穿插描写了同为地下党的唐山与秦蕊的恋情，并融入浓郁的闽南风情和海岛特色。我想，这不仅不会冲淡主题，而且能让作品更生动、更丰富、也更感人。

我试图通过对唐山、秦蕊、古榕、肖楚健等战斗在隐蔽战线的中共地下党员形象的塑造和刻画，展现抗战精神所体现的"天下兴亡、匹夫有责的爱国情怀；视死如归、宁死不屈的民族气节；不畏强暴、血战到底的英雄气概；百折不挠、坚忍不拔的必胜信念。"带着读者走进那热血燃人的峥嵘岁月。

在纪念中国人民抗日战争暨世界反法西斯战争胜利80周年之际，谨以此书献给为中华民族浴血奋战的抗日英雄们。

图书在版编目（CIP）数据

鹰眼 / 吴玉辉著 . -- 北京：作家出版社；福州：海峡文艺出版社，2025.7. -- ISBN 978-7-5212-3519-7

Ⅰ. I247.5

中国国家版本馆CIP数据核字第2025ME0464号

鹰　眼

作　　者：	吴玉辉
责任编辑：	宋辰辰
特约编辑：	吴飔茉
装帧设计：	呦鹿文化
出版发行：	作家出版社有限公司

社　　址：北京农展馆南里10号　　　邮　　编：100125

电话传真：86-10-65067186（发行中心）

　　　　　86-10-65004079（总编室）

E-mail:zuojia@zuojia.net.cn

http://www.zuojiachubanshe.com

印　　刷：河北京平诚乾印刷有限公司

成品尺寸：152×230

字　　数：191千

印　　张：20

版　　次：2025年7月第1版

印　　次：2025年7月第1次印刷

ISBN　978-7-5212-3519-7

定　　价：58.00元